MICHAEL
MOSER

Skala des Bösen

DIE PERFEKTE TÄUSCHUNG Nichts und niemand hätte die Rechtsanwältin Lena von Nierstein auf den wahrgewordenen Albtraum vorbereiten können, in den sich ihr Leben von einem Tag auf den anderen verwandelt hat: Erst löst der bestialische Mord an einem Anwalt aus einer konkurrierenden Kanzlei große Sorgen bei ihr aus, schon muss Lena um ihre eigene Zukunft kämpfen. Ihre Familie ist spurlos verschwunden, eine mysteriöse Botschaft in Kreideschrift ist ihr einziger Anhaltspunkt. Gleichzeitig häufen sich für die Ermittler die Indizien, dass Lena selbst etwas damit zu tun hat. Ist sie Opfer oder Täterin? Während die Polizei sie verfolgt und ihr Umfeld sich gegen sie wendet, bleibt ihr nur eine Chance: den wahren Schuldigen zu finden. Doch was, wenn die Wahrheit schlimmer ist als die Lüge? Denn irgendjemand will, dass sie für diese Verbrechen bezahlt – mit ihrem Leben.

Dr. Michael Moser, Jahrgang 1976, ist Manager und lebt in Frankfurt am Main. Als ehemaliger Rechtsanwalt kennt er das Großkanzleileben. Seine beruflichen Erfahrungen haben ihn zu diesem Titel inspiriert. Er hat bereits mehrere Fachbücher zu wirtschaftsrechtlichen Themen veröffentlicht. »Skala des Bösen« ist sein erster Thriller.

MICHAEL
MOSER

Skala des Bösen

THRILLER

GMEINER

Im Ehnried 5, 88605 Meßkirch
Telefon 07575/2095-0
info@gmeiner-verlag.de

1. Auflage 2025

Satz: Julia Franze
Umschlaggestaltung: U.O.R.G. Lutz Eberle, Stuttgart
unter Verwendung eines Fotos von: © Louis Droege / unsplash
Druck: GGP Media GmbH, Pößneck
Printed in Germany
ISBN 978-3-8392-0904-2

Personen und Handlung sind frei erfunden.
Ähnlichkeiten mit lebenden oder toten Personen
sind rein zufällig und nicht beabsichtigt.

Kapitel 1

Lena starrte in seine blutunterlaufenen Augen. Zögerlich trat sie einen Schritt auf den Fremden zu. Er war unrasiert und musterte sie kalt.

Eine Furche durchzog seine Stirnmitte. Grobe Poren und vernarbte Haut zeugten von einer früheren starken Akne. Aus der rechten Hand des Mannes ragte die glänzende Spindel eines Korkenziehers. Die Spitze war auf Lena gerichtet, und die Pupillen des Fremden waren vor Erregung geweitet.

Lenas Mund wurde trocken. Ihr Körper zitterte. Dennoch fühlte sie sich von dem Blick unfreiwillig angezogen. Sie schauderte.

»Ich dachte, du verabscheust die Idee meiner Ausstellung. Stattdessen scheinen dich meine Fotos geradezu in den Bann zu ziehen, mein Schatz.«

Lena drehte sich um. Dabei rutschten ihre schulterlangen, dunkelblonden Haare aus dem Gummiband. Die Nähe ihres Mannes Mark beruhigte sie. Sanft legte sie ihm die Hände um den Hals und gab ihm einen zärtlichen Kuss.

»Ich habe dich so vermisst und schon befürchtet, das Büro lässt dich heute nicht mehr frei«, sagte Mark. Er strahlte.

Lena stellte ihre Aktentasche auf einen der freien Stehtische und legte ihren Kaschmirmantel ordentlich über die Stuhllehne eines in einer Ecke stehenden Barhockers. Seine Unsicherheit wegen der neugierigen Blicke der Gäste versuchte Mark durch seine fröhliche Art zu überspielen. Er wusste um die Wirkung seiner Frau. Vor allem, wenn sie ein figurbetontes Businesskostüm trug.

»Wie läuft die Vernissage? Soll ich jemanden vom Wert deiner Werke überzeugen, oder ist alles schon verkauft?« Lena sah flüchtig erneut auf das Porträt des Typen mit den unfassbar blauen Augen. Unterhalb des Bilderrahmens stand in blutroten Buchstaben »Der perfekte Mord«. Gab es den? Lena war überzeugt, dass jeder Mörder am Ende seine gerechte Strafe erhalten würde, mochte er seine Tat noch so gut geplant haben.

»Du hattest mal wieder recht, Leni. Es sind fast nur Journalisten gekommen. Weit und breit kein kaufwilliger Kunstliebhaber. Das Thema meiner Fotoreihe trifft vielleicht den Nerv der Zeit, aber leider will sich niemand Fotos von Schwerverbrechern an die Wände hängen«, gab Mark kleinlaut zu.

Lena drückte ihm tröstend die Hand. An dieser Niederlage würde er zu knabbern haben.

»Stattdessen giert die Boulevardpresse nach Druckrechten. Und weißt du, was die häufigste Frage ist?« Mark spitzte die Lippen und schob das Kinn nach vorn. Mit hoher, leiernder Stimme ahmte er die Journalisten nach. »Wer ist die 22?« Er rollte mit den Augen. »Alle sind nur am größten Verbrecher aller Zeiten interessiert. Sie gieren nach Superlativen. Und auch du, mein Schatz, hast ihm gerade in die mörderischen Augen geblickt. Wenn ich an das Interview mit ihm denke, wird mir heute noch angst und bange.«

Lena spürte, dass Mark versuchte, seine Enttäuschung zu verbergen. Sie kannte seine typische Reaktion, wenn ihm oberflächliche Fragen gestellt wurden: darüber hinweglächeln. Am liebsten hätte sie ihn schützend in den Arm genommen. Seit seinem Abschluss an der Kunstakademie Frankfurt hoffte ihr Mann auf den großen Durchbruch. Doch außerhalb der Städelschule kannte keiner den selbstständigen Künstler. Mehrere Vernissagen waren bereits gefloppt.

Lenas und Marks Rollen im Alltag waren klar verteilt. Während sie als Rechtsanwältin in der Großkanzlei das Geld verdiente, kümmerte er sich um ihren anderthalbjährigen Sohn Luca und den Haushalt. Dass sie in den überfüllten Kitas rund um Frankfurt keinen Platz bekommen hatten, war Lena, wenn sie ehrlich war, ganz recht. Aus ihrer Sicht sollte Luca erst in fremde Hände gegeben werden, wenn er richtig sprechen konnte. Mark sah dies anders, und während der Vorbereitung für die Ausstellung war es hierüber regelmäßig zum Streit gekommen.

Im Freundeskreis bezeichnete sich Mark gern als Vollzeitpapi. Tatsächlich füllte er diese Rolle mit Leib und Seele aus. Er kannte sämtliche Kinderlieder, baute Sandburgen und hatte sogar eine Krabbelgruppe in ihrem Viertel organisiert. Und doch wünschte er sich nichts sehnlicher als beruflichen Erfolg. In jeder freien Minute tüftelte er an neuen Projekten, um endlich Anerkennung für seine Ausstellungen zu bekommen.

Mit der Fotoreihe »Das Böse in uns« musste es endlich funktionieren. »Provokation schafft Aufmerksamkeit«, lautete sein Kalkül.

Lena zog Mark zu einer Gruppe Journalisten, die sich zu langweilen schien. Es war höchste Zeit, dass Mark sich um sie kümmerte.

»Hat die Skala Ihr Interesse geweckt?«, fragte er.

»Ah, der Künstler. Hi. Ich bin vom Kulturmagazin ›Kunst Szene Frankfurt‹ und werde eine Kritik über Ihre

Ausstellung schreiben. Was zeichnet Ihre Kunst aus? Bitte in drei bis vier Sätzen.«

Mark atmete tief ein. »Also. Tja. Wo soll ich anfangen? Alle Fotos, die Sie sehen, zeigen Mörderinnen und Mörder. Darunter die brutalsten des 20. Jahrhunderts. Meine Werke beruhen auf der Skala des Bösen, die zurückgeht auf Michael Stone. Der forensische Psychiater hat Gewaltverbrecher je nach Schwere der Schuld in 22 Kategorien eingeordnet. Diese Kategorien teilte er wiederum in vier Gruppen auf. Die erste Gruppe beinhaltet Personen, die in Notwehr getötet haben, bei denen jede Spur des Bösen fehlt. In die zweite Gruppe sortierte Stone all jene Mörder ein, die ihre Tat aus Bosheit, Eifersucht oder Hass verüben. Die dritte Gruppe verkörpert die unscharfe Grenze zur Psychopathie. Zur letzten Gruppe zählen Psychopathen, die keine Reue empfinden können.«

»Klingt für unsere Leser zu abstrakt, Herr von Nierstein. Was macht den Mörder aus, der ganz oben auf dieser Skala steht?«

Mark dozierte trotz der rüden Unterbrechung unbeirrt weiter. »Das Ziel der Mörder der letzten Gruppe war allein das Vergnügen, das sie aus der Gewalttat zogen. Ein extremer Folterer etwa, der mit kaltem Verstand einen brutalen Mord verübte, wird als im höchsten Maße schändlich eingestuft. Mit den Porträts der Mörder, in denen diese mit ihren Tatwaffen zu sehen sind, illustriere ich diese Gewaltleiter.«

»Was unsere Leser brennend interessieren würde«, ging der Pressevertreter der Boulevardzeitung dazwischen, »ist, wie die Gespräche mit den Mördern abgelaufen sind. Hatten Sie Angst? Wurden Sie bedroht?«

»Es war faszinierend.« Marks Augen funkelten. »Für die Ausstellung habe ich vier Jahre lang in unregelmäßigen Abständen 13 Häftlinge in Psychiatrien und Gefängnissen besucht. Eine Mörderin ist mir dabei besonders im Gedächtnis geblieben. Claudia Nebel alias die ›Zungensammlerin vom Bodensee‹.«

Mark wartete ab, ob der Name bei den Journalisten Wirkung zeigte. Als die erhoffte Reaktion ausblieb, fuhr er fort. »Claudia hat mir von Beginn an vertraut. Bereitwillig hat sie mir offenbart, was sie an Zungen so fasziniert und warum sie ihren Opfern dieses Körperteil entfernte. Wohlgemerkt, als ihre Opfer noch lebten. Sie hat mir sogar ihre Dienste angeboten, sollte sie eines Tages aus der Psychiatrie entlassen werden. Genauer gesagt, passen Sie auf, was Sie schreiben.« Mark schob ein verlegenes Grinsen hinterher.

Lena spürte, dass der Funke nicht übersprang. Marks Begeisterung für das Thema war ihr ebenfalls fremd. Die Vernissage war eine geschmacklose Inszenierung von niederträchtigen Menschen. Doch die Eröffnung war so wichtig für ihn, deshalb bangte sie mit. »Mein Mann macht nur Witze. Keine Sorge.« Lena durchbrach die angespannte Situation mit einem Lachen. »Ich verstehe Ihre Zurückhaltung. Mir ging es ebenso, dass ich zu Beginn des Projekts nicht begriffen habe, warum man diese widerlichen Menschen ins Scheinwerferlicht rücken sollte.«

Mark blinzelte Lena dankbar an. »Meine Frau war in der Tat meine größte Kritikerin. Noch letzte Woche hat sie mir an den Kopf geworfen, dass jeder mit gesundem Menschenverstand einen großen Bogen um die porträtierten Mörder machen würde, statt sie sich ins Wohnzimmer zu holen.«

»Von deinem Dozieren über menschliche Urinstinkte abgesehen, hast du mich aber letztlich überzeugt, Schatz.«

Lena lächelte Mark liebevoll an und nickte ihm auffordernd zu.

»Selbst wenn wir es nicht wahrhaben wollen, Gewalt schlummert als Erbe der Evolution in jedem noch so gut sozialisierten Menschen.« Mark blickte provozierend in die Gesichter seiner Zuhörer. Endlich war er in seinem Element. Locker und sicher führte er sein Argument aus. »Nur diejenigen, die Gewalt ausübten, verfügten über Nahrung und hatten daher die besten Chancen, sich zu vermehren.«

»Um ehrlich zu sein, klingt das für mich nach ziemlichem Blabla. Wieso geben Sie diesen Bestien überhaupt eine Bühne? Haben Sie sich für deren Opfer ebenfalls so viel Zeit genommen?« Eine Journalistin mit überdimensioniertem Brillengestell baute sich auf. Ihre Abneigung war fast mit Händen zu greifen.

»Mögen Sie Krimis?«, fragte Mark freundlich.

Die Frau bejahte.

»Ihre Krimileidenschaft ist ein Beweis dafür, dass wir alle vom Bösen fasziniert sind. Die Krimis entspringen allerdings der Fantasie. Sie flüchten sich als Leserin in eine fiktive Welt. Meine Kunst dagegen offenbart schonungslos, wie brutal und böse die Welt in Wirklichkeit ist.«

Die Journalistin musterte Mark. Sichtlich im Angriffsmodus rückte sie ihr Brillengestell zurecht. »True-Crime-Art, um die ohnehin viel zu grausame Welt noch grausamer zu machen? Was kommt als Nächstes? Ein Porträt von Kriegsverbrechern, die zum eigenen Machterhalt auf bestialische Weise Kinder abschlachten?«

Mark starrte die Frau entgeistert an. Ihm fehlten die Worte.

Trotz aller Bemühungen war die Luft raus, und die Journalisten verteilten sich am Buffet. Die Vernissage war auf dem besten Weg, als Reinfall zu enden. Die kritischen Fragen waren da noch das Harmloseste. Der deutlichste Hinweis war, dass die Journalisten keine Fotos von Mark oder der Ausstellung machten.

»Mach dir nichts draus. Vielleicht kauft ja später einer die gesamte Ausstellung auf.« Lena glaubte zwar selbst nicht daran, wollte aber die Stimmung retten. Es war ihr erster freier Abend ohne Luca, auf den ihre Schwiegermutter aufpasste.

Lena und Mark hatten nach eineinhalb Jahren endlich mal wieder Zeit nur für sich. Schon seit Tagen freuten sie sich wie Teenager auf die Nacht nach der Ausstellung und malten sich aus, was sie alles anstellen würden. Mark wollte in jedem Zimmer ihrer Wohnung mindestens einen Orgasmus bekommen. Lena wollte das Ganze noch mit einer dreifachen Portion Spaghettieis toppen, die sie auslöffelten, während sie eine komplette Staffel Killing Eve anschauten.

Lena gönnte sich in der kleinen Küche des Ausstellungsraums einen doppelten Espresso macchiato. Da die letzten Tage anstrengend gewesen waren, musste Koffein sie bei ihrem Vorhaben für die Nacht unterstützen. Genüsslich kippte sie einen halben Beutel Zucker in kleinen Türmchen auf den Milchschaum.

»Baust du wieder deine Tröpfelburgen, gnädige Frau von Nierstein?«

»Robi! Wie schön, dass du da bist! Nun kann die Party richtig losgehen.«

Lena prostete ihrem besten Freund mit der Kaffeetasse zu, während sie sich mit Mark auf eine Bank setzte und Robert auf den leeren Platz neben sich zog. Robert und sie waren seit ihrer Kindergartenzeit nahezu unzertrennlich, sie hatten sogar an derselben Uni studiert. Für beide war es daher logisch gewesen, dass sie in derselben Kanzlei als Anwälte anfingen.

»Auf keinen Fall würde ich Marks Megaevent verpassen. Mein Plan ist, dass ich mich kostenlos betrinke und endlich die Frau meines Lebens kennenlerne.« Lachend riss Robert die Arme wie bei einer La-Ola-Welle nach oben.

Mark kniff die Augen zusammen. »War mir klar, dass du dir das Freibier nicht entgehen lässt.«

Lena schaute erst Mark und anschließend Robert irritiert an. Mark hatte schon lange ein Problem mit ihrem Kindergartenfreund. Immer wieder waren Marks Eifersüchteleien Thema. Robert war in der Gegenwart ihres Mannes daher gewöhnlich eher zurückhaltend.

»Mach dir nichts draus, Lena. Dein Liebster ist nur etwas angespannt.«

Lena wollte gerade auf Roberts ungewohnt schnippische Antwort eingehen, als der DJ die Musik lauter drehte. Begleitet von künstlichem Nebel und dem Licht blutroter Scheinwerfer dröhnte düstere Gothicmusik durch die Ausstellung. Wie bei einem kitschigen Remake des Michael-Jackson-Klassikers Thriller trat eine rothaarige Frau im schwarzen Abendkleid aus dem Nebel.

»Ich wäre unter den Top Ten der Skala des Bösen, wenn ich nicht das perfekte Verbrechen begangen hätte«, sagte sie.

Lena sah Mark fragend an. Auch er war von dem Auftritt offenbar überrascht. Den verbliebenen Gästen schien es jedenfalls zu gefallen.

»Sie wissen nicht, ob ich spaße oder es ernst meine«, fuhr die Frau fort. »Das werden Sie heute auch nicht erfahren. Sehen Sie sich um. Schauen Sie in die Augen der porträtierten Frauen und Männer. Es gibt keinen eindeutigen Weg, wie man zu einem Unmenschen wird. Vielleicht wird der Künstler selbst zum Massenmörder.«

Ein Raunen ging durch den Raum.

»Vielleicht wird Mark von Nierstein aber auch bald ein bemitleidenswertes Opfer. Denn natürlich gibt es keine vorhersehbare Bestimmung, ein Opfer zu werden.«

Lena schauderte und zog Mark an sich.

Mit rhetorischen Finessen und humorvollen Spitzen gegen Mark pries die Rednerin weiter die Kunst des perfekten Mordens und ging auf jedes Ausstellungsstück ein.

»Wo hat Mark diesen heißen Feger her? Endlich wird der langweiligen Meute hier etwas eingeheizt«, frotzelte Robert.

»Das ist unsere Nachbarin Annika. Wahnsinn. Die rettet uns noch die Veranstaltung. Und soviel ich weiß, ist sie Single.« Marks Laune war nach Annikas gelungenem Auftritt merklich gestiegen. Er winkte sie zu sich, und gemeinsam stießen sie auf die Retterin des Abends an.

»Eine atemberaubende Rede und eine atemberaubende Frau«, raunte Robert Annika zu.

Es dauerte keine zehn Minuten, und die beiden verschwanden auf die Tanzfläche, um sich bei hämmerndem Elektrosound körperlich näherzukommen.

Ausgelassen tanzten die Gäste um die breit grinsenden Schwerverbrecher. Als in den frühen Morgenstunden die Letzten gingen, sah Lena ihre Chance. Sie schnappte sich Mark und schob ihn sanft aus dem Atelier. »Lass uns nach Hause gehen.« Lena deckte Mark mit Küssen ein. Widerstandslos holte er den Autoschlüssel aus der Hosentasche hervor.

Ein Schauer lief Lenas Rücken hinunter, als sie einen letzten Blick auf die Mörder warf.

Als Lena die Tür ihrer Wohnung aufsperrte, waren die Anstrengungen des langen Tages wie weggeblasen. Für sie zählte lediglich der Luxus, mit Mark ein paar ungestörte Stunden zu verbringen. Stunden, in denen es ausschließlich sie beide gab.

Lena streifte ihre Pumps ab und zog Mark sanft, aber fordernd zu sich. Vergessen war die Skala des Bösen und verflogen war Lenas beklemmendes Gefühl, einem Mörder in die Augen zu sehen.

Kapitel 2

»Hey, Robi. Tut mir leid, dass wir gestern nicht bis zum Ende geblieben sind. Wie lief es mit unserer Nachbarin Annika?« Lena umarmte ihren alten Freund auf dem Kanzleiflur.

Robert klappte seufzend eine Aktenmappe zu. »Ich hab ein schlechtes Gewissen, dass ich Mark so einen blöden Spruch reingedrückt habe. Mit Annika lief es echt gut, aber um 2 Uhr nachts hat mir unser geschätzter Chef Berg einen Strich durch die Rechnung gemacht. Schläft der denn nie? Und das wegen eines bescheuerten Vertragsentwurfs für einen Mandanten, der den Termin natürlich kurzfristig abgesagt hat. Wieder ein vielversprechendes Date viel zu früh abgebrochen. Für nichts.«

Lena hakte sich bei Robert ein. »Sieh es positiv, Robi. Berg hält viel von dir, deshalb spannt er dich so ein. Ich wünschte, er würde sich auch so um mich kümmern. Annika wirst du bestimmt wiedersehen. Ich hatte den Eindruck, sie war ganz angetan von dir.«

»Meinst du nicht, ich hab sie abgeschreckt? Gegen eine zweite Chance hätte ich nichts einzuwenden. Und mach dir wegen Berg keinen Kopf. Der ist halt, wie er ist. Und er schätzt dich sehr.«

»Das bezweifle ich mittlerweile. Ich versuche seit Wochen, einen Termin bei ihm zu bekommen, und habe gerade einen per E-Mail erhalten. Hoffentlich sagt er nicht schon wieder ab. Glaub mir, der hat ein Problem mit mir.«

»Ach Quatsch. Ich sehe ihn in einer Stunde wegen des Projekts Nautilus. Und dann mache ich ihn noch mal darauf aufmerksam, welch wertvollen Beitrag du dafür geleistet hast. Aber zu etwas anderem, du kannst dir nicht vorstellen, was ich gerade gehört habe. Madlung ist wohl regelrecht hingerichtet worden.«

Lena zuckte zusammen. Der Tod ihres Anwaltskollegen vor wenigen Wochen war in aller Munde gewesen. »Hinrichtung? Wie um Gottes willen meinst du das?«

»Vorhin habe ich mit einem Anwalt von Nors gesprochen. Madlung wurde tot an seinem Schreibtisch sitzend gefunden. Seine Gesichtshaut war mit einer Rasierklinge akribisch abgezogen worden, und er hat vor seinem Ableben mit blutverschmierten Fingern ›Ich bin eingebildet und dumm‹ auf die Tischplatte schreiben müssen.«

»Ist ja abscheulich. Welche kranke Seele tut das? Oh Mann, und wir reden über so banale Sachen.«

»Wäre jedenfalls was für deinen Mark. Die Skala des Bösen wird erweitert.«

»Mach dich nicht auch noch lustig. Das ist entsetzlich. Wie kannst du da nur so kühl reagieren?« Lena schüttelte erschüttert den Kopf. Mehr aus Gewohnheit drückte sie Robert kurz und ging schnellen Schrittes in Richtung ihres Büros. Eine Nachricht ging auf ihrem Handy ein. Lena warf einen Blick darauf. Unfassbar, ihr Termin mit Berg war tatsächlich wieder gecancelt worden!

»Boah. Das ist so 'n Spacko«, hallte es Lena auf dem Flur entgegen.

Nie zuvor hatte sie von Prof. Bergs Assistentin eine derart abfällige Bemerkung gehört. Diana kam zwar gerne direkt auf den Punkt, aber derart emotionale Beleidigungen waren bisher nicht vorgekommen. Seitdem sie ihre leicht pummelige

Figur durch veganes Essen zu *shapen* – wie sie sagte – versuchte, war sie reizbarer. Ihre Low-Carb-Ernährung musste dann als Entschuldigung für ihr Temperament herhalten.

Lena blieb auf Höhe des Vorzimmers stehen. »Ich habe gerade etwas Schreckliches erfahren. Ich bin nicht sicher, ob ich jetzt den Kopf frei habe. Außerdem habe ich ja gleich dieses Teamsmeeting, wie du weißt. Aber sag schnell: Was ist los?«

»Das ist so ein frauenverachtender Scheißladen hier. Boah, ich könnte kotzen. Diese arroganten Anwälte meinen echt, ihnen gehört die Welt, und wir sind ihr dummes Fußvolk.«

Lena trat näher an Diana heran. »Sei leiser und reiß dich zusammen! Es gibt im Moment bedeutend Schlimmeres.«

»Schlimmeres? Was bist du denn für eine? Wir sind hier bei der Serie Mad Men gelandet. Fehlt nur noch, dass die Herren der Schöpfung uns ihren Tabakrauch ins Gesicht pusten.«

»Diana, ich bitte dich. Jetzt ist nicht der richtige Moment für Witze.«

»Okay, dann eben Klartext: Du erinnerst dich doch an die Kanzleifeier vorletzte Woche? Zum ersten Mal waren selbst wir Assistentinnen eingeladen.«

»Klar erinnere ich mich.«

»Amelie hat mich vorhin angerufen, also die junge Assistentin von Dr. Hartmut Fischer. Sie ist am Tag nach der Feier von zwei Sicherheitsleuten aus der Kanzlei rausbefördert worden. Fristlose Kündigung. Ausgerechnet, als ich im Urlaub war und ihr nicht beistehen konnte. Amelie hatte auf der Feier zu viel getrunken.«

»Ist mir aufgefallen. Aber deswegen wird man doch nicht entlassen.«

»Deswegen nicht, aber wenn man als dumme Sekretärin mit einem Anwalt Sex hatte.«

»Bitte was?«

»Dr. Fischer hat sich an Amelie rangemacht. Und sie hat sich von dem Alten begrapschen lassen.«

»Dr. Fischer? Der ist doch Ende 50, verheiratet und hat erwachsene Kinder. Und eigentlich ist der nett. Dachte ich zumindest. O Gott.«

»Vor allem war er ihr Chef. Deswegen hat Amelie die Sache ganz schnell beendet. Allerdings haben die beiden die Kameras im Parkhaus vergessen. Der Ausrutscher ist für die Nachwelt festgehalten worden. Tja, und nun rate mal, wer keine Konsequenzen fürchten muss.«

»Das ist unfassbar, Diana. Ich bin echt geschockt.«

»Anscheinend wurde sie nicht nur entlassen, sondern sie musste außerdem eine Unterlassungserklärung unterzeichnen. Sobald sie mit irgendwem über die Sache spricht, erwartet sie eine erhebliche Vertragsstrafe. Sie hat mir trotzdem davon erzählt, weil ihr Vorstellungsgespräch bei Nors & Partners ziemlich bescheiden gelaufen ist und sie jemanden gebraucht hat, bei dem sie sich ausheulen kann. Ich dürfte es eigentlich nicht weitersagen. Ist riskant für sie. Hilfe ist jedoch zwingend erforderlich. Du musst was tun. Irgendwas. Das sind solche Wichser. Der Anwalt kommt ungeschoren davon, weil er abrechenbare Stundensätze von 200 bis 800 Euro einbringt. Da ist eine Assistentin leicht zu verschmerzen. Und als wäre das allein nicht asozial genug, wird Amelie wie eine Verbrecherin abgeführt und rausgeworfen.«

»Diana, ich verstehe dich. Das ist ekelhaft. Schreien und beleidigen bringt uns allerdings auch nicht weiter.«

»Man muss den Säcken doch mal Paroli bieten! So kann man nicht mit Mitarbeitern umspringen. Und die Arme sucht verzweifelt nach einem Job.«

»Ausgerechnet bei Nors & Partners hat sie sich umgeschaut? Jedenfalls gut, dass sie dort nicht anfängt. Die haben gerade echt andere Sorgen.«

Diana sah Lena fragend an.

»Hast du das im Urlaub nicht mitbekommen?«, wollte Lena wissen. »Stand in allen Zeitungen. Bei denen ist ein Anwalt ermordet worden.«

»Bei Nors? Krass. Kannte ich den? Wenn das mal kein Karma ist. Irgendwann rächt sich arrogantes Arschlochverhalten eben doch. Anwälte sind halt alle gleich.«

Lena legte Diana die Hand auf den Arm. Die Pietätlosigkeit der Assistentin machte sie fassungslos. »Wir überlegen später, was wir für Amelie tun können.«

»Danke. Ach, eine Sache habe ich vergessen. Auch das darf ich dir eigentlich nicht sagen.« Diana machte eine theatralische Pause. Eine ihrer typischen Angewohnheiten. Diana prahlte häufig damit, dass sie streng vertrauliche Informationen von Prof. Berg einsehen konnte. Denn er gewährte ihr Einsichts- und Editierrechte für alle eingegangenen E-Mails sowie den Kalender. Das erleichterte nicht nur das Diktieren von Nachrichten, sondern auch das Sortieren, Löschen, die Wiedervorlage und das Drucken von Dokumenten. Dass Diana auch für Lena Assistenzaufgaben wahrnehmen musste, ließ sie gerne unter den Tisch fallen. Viel zu wichtig war Diana, dass sie durch die Zusammenarbeit mit Prof. Berg an der Spitze des informellen Assistentinnen-Rankings stand. »Du solltest mal mit Robert sprechen. Er hat deine rechtliche Einschätzung gestern Abend an den Professor gemailt. Einen Hinweis, dass du die Analyse erstellt hast, habe ich nicht gefunden.«

»Robert hat es ihm bestimmt gesagt, Diana.« Lena legte die Stirn in Falten und schaute ihre Assistentin scharf an.

Das war ihre Art, unliebsame Themen mit Nachdruck zu beenden. »Eine Sache noch bevor ich mich endlich in die Videokonferenz einwähle: Berg hat meine heutige Besprechung mit ihm gerade abgesagt. Schon wieder. Weißt du, was mit ihm los ist? Ich muss dringend mit ihm sprechen. Gib mir bitte Bescheid, wenn er über den Flur läuft, ich werde ihn abpassen und mit ihm reden.«

Diana kaute auf ihrem Bleistift, klickte zweimal mit ihrer Computermaus und schnaubte, ohne aufzublicken. »Würde ich dir nicht raten. Er hat den ganzen Tag furchtbare Laune. Ich vereinbare einen neuen Termin für dich. So, noch ein Klick. Schwups, und nun in deiner Inbox. Nächste Woche Donnerstag um 14 Uhr.«

»Danke, und jetzt trink mal draußen einen Kaffee, danach sieht die Welt weniger finster aus.«

Diana stand auf und eilte mit einem überraschend kalten »Bis später, ich bin im Park« aus dem Büro.

In Diana hatte Lena eine Verbündete und eine gute Verbindung zu Berg gefunden. Über die Jahre war zwischen den Frauen ein Vertrauensverhältnis entstanden. Dianas Loyalität Lena gegenüber hatte beispielsweise dazu geführt, dass sie eigenmächtig zur Personalabteilung stolziert war und sich darüber echauffiert hatte, dass Lena seit Jahren eine veraltete Büroausstattung hatte. Etwas, das in den ansonsten luxuriös ausgestatteten Büros, bei denen sogar auf individuelle Wünsche eingegangen wurde, aus dem Rahmen fiel. Diana hatte Lenas Bürosituation als Diskriminierung arbeitender Mütter angeprangert. Einer der Partner hatte entgegnet, wie schade es sei, dass ausgerechnet die Anwältin mit den zweitbesten Examensnoten aller 420 Anwälte ihre Karriere mit der Gründung einer Familie torpediert hatte. Mit Dianas Alleingang und vor allem mit dem altchauvinistischen Flurfunk umzugehen, war Lena schwergefallen. Ihr tief verwurzelter Gerechtigkeitssinn kitzelte zwar die Rebellin in ihr, nach nächtelangen Rotweingesprächen mit Mark und Robert hatte sie jedoch beschlossen, die Sache auf sich beruhen zu lassen.

»*Choose your battles*«, wie es Robert nannte. Eine abwartende Haltung gepaart mit einer Portion Gelassenheit fehlte Lena auf ihrem Weg zur Staranwältin. Das beklemmende Gefühl in ihrem Bauch meldete sich zurück, sobald sie an die kalte Atmosphäre in der Kanzlei dachte.

Lena ging zurück in ihr Büro, klappte ihren Laptop auf und verband sich mit der Videokonferenz.

Zwei Stunden später kam Diana zu ihr. »Also, was können wir für Amelie tun? Wir können nicht tatenlos zusehen, wie die Gerechtigkeit hier vor die Hunde geht.«

Lena zuckte mit den Schultern. »Alle ächzen unter dem Druck der Partner. Eine Nachtschicht nach der anderen und kein freundliches Wort. Solange jeder davon träumt, diese Kanzlei im Lebenslauf stehen zu haben, werden die da oben nicht umdenken. Ich überlege mir was. Ich darf jedoch nichts riskieren, zumal wir unsere Wohnung noch nicht abbezahlt haben.«

»Und solange du für Roberts Schulden einstehst und deswegen mit karrieregeilen Machos arbeiten musst. Wann ist seine Privatinsolvenz wegen seines Start-up-Versuchs eigentlich ausgestanden?«

Lena ignorierte Dianas Kommentar und zog einen Kaufvertragsentwurf an sich heran. »Ich überlege mir was wegen Amelie. Versprochen.«

Diana sah sie mit müdem Blick an. »Du lässt dich also von denen kaufen.«

»Es reicht. Du bist schließlich selbst auch hier. So ein fürstliches Gehalt schlägt niemand einfach so aus. Außerdem hat Amelie sicherlich eine Abfindung erhalten.«

Diana verstummte und stapfte zurück in Bergs Vorzimmer.

»Sei doch nicht eingeschnappt! Hey, ich rede mit dir.«

Das laute Klappern der Tastatur von Dianas Laptop war bis in Lenas Büro zu hören.

Lena gab auf und versuchte, sich mit der Überarbeitung des Vertrags abzulenken. Ihr Beratungsschwerpunkt war der Kauf von Unternehmen, in der Wirtschaftssprache Mergers & Acquisitions genannt. Aktuell beriet sie die größte deutsche Bank bei einem öffentlichen Übernahmeangebot. Dafür erstellte Lena etliche Analysen und Gutachten. Prof. Berg und Robert nutzten Lenas Ausführungen, um die Übernahme mit den Mandanten vorzubereiten.

Lena liebte den direkten Austausch mit Klienten. Meistens erhielt jedoch Robert oder ein anderer Senior Associate den Vorzug. Sie wusste, wie es in der Kanzlei um das Thema Gleichbehandlung stand und dass es kein purer Zufall war. Dennoch hoffte sie, dass sie irgendwann wieder Gelegenheit haben würde, in einer Verhandlung ihr Können zu zeigen.

Eine Stunde später mailte Lena Robert das Vertragswerk. Ihre Grußworte »Mach was daraus« dekorierte sie mit einem Smiley. So etwas fügte sie ausschließlich bei ihm ein. Das Versenden von Emojis war in der konservativen Kanzlei verpönt.

Nach getaner Arbeit am frühen Abend wollte Lena eigentlich einzig noch den Laptop zuklappen und schnell nach Hause. Doch der Streit mit Diana hielt sie davon ab. Sie ging in die Büroküche und gesellte sich kurz darauf mit zwei frisch aufgebrühten Tassen Holundertee zu

Diana in Bergs Vorzimmer. Diana zog sich ihre Kopfhörer von den Ohren.

»Frieden?«, fragte Lena.

Diana nickte. Lena lächelte sie an und hielt ihr den duftenden Tee entgegen. »Du hast mir noch nicht von deinem Kurzurlaub erzählt. Warst du in dem Kinofilm? Wie hieß er doch gleich?«

»Knives Out.« Diana nahm ihre Teetasse. »Du weißt ja, Daniel Craig würde ich nicht von der Bettkante stoßen. Wie war denn dein freier Abend mit Mark? Hast du ordentlich die Sau rausgelassen und ihn durch die Wohnung gevögelt?«

Lena ignorierte Dianas vulgären Kommentar. Ihre Augen leuchteten. »Es war unglaublich schön. Genau die richtige Mischung aus Aufgeregtheit wie beim ersten Date und unendlichem ...«

Diana fiel ihr ins Wort. »Da fällt mir meine schrullige Vermieterin ein. Du kennst die alte Dame ja schon.«

»Natürlich erinnere ich mich. Sie ist echt süß.«

»Die spricht jetzt mit ihren Blumen.« Diana prustete los. »So stelle ich mir deine Schwiegermutter vor.«

»Da müssen wir am Mittwoch hin. Sie feiert ihren 60. Sonst werde ich mir wieder den ganzen Tag lang anhören dürfen, was mir alles zur perfekten Ehefrau fehlt.« Sie plauderten noch eine Weile, dann trank Lena den letzten Schluck des mittlerweile kalt gewordenen Tees und stand auf. »Ich muss los. Luca wartet bestimmt schon mit seinem Elefantenpuzzle auf mich.«

In ihrem Büro prüfte Lena kurz ihren Maileingang und fuhr anschließend den Laptop runter. Schemenhaft sah sie ihre gespiegelten Konturen auf dem schwarzen Monitor. Sie war bis zu ihrer Schwangerschaft nie eitel gewesen, hatte keine Sekunde länger vor dem Spiegel verbracht als unbedingt notwendig. Doch seitdem Luca auf der Welt war und sie wenige Monate später wieder hatte arbeiten müssen, suchte sie ständig nach einem Makel bei sich, nur um sich vorzuhalten, dass sie eine erfolglose Anwältin, eine Rabenmutter und eine Frau zweiter Klasse geworden sei. Der Spagat zwischen Familie und Beruf war jeden Tag eine Herausforderung. Jammern kam für Lena jedoch nicht infrage, auch wenn ihr oft danach zumute war. Zumal die Vereinbarung mit Prof. Berg, anfänglich halbtags zu arbeiten, regelmäßig ignoriert wurde. Groteskerweise war das Gehalt jedoch von Beginn an penibel genau angepasst und reduziert worden. Ständig hatte sie das Gefühl, sich rechtfertigen zu müssen, sobald sie das Büro später als andere betrat oder früher verließ.

Lena schaute prüfend über ihren Schreibtisch. Auf gelben Notizzetteln hatte sie ihre Aufgaben für den nächsten Tag geschrieben. Daneben lag ihr Tageskalender mit allen Telefonkonferenzen und Meetings. Am rechten Tischende stand ein Foto von Mark und Luca, links davon befanden sich ihre Schreibtischutensilien. Ihr Blick fiel auf ihren Montblanc-Füller. Ihre Eltern hatten dafür ihre Ersparnisse zusammengekratzt und ihn Lena zum Juraabschluss geschenkt. Noch nie hatte sie ihre Eltern so stolz gesehen. Lena vermisste sie schrecklich. Vor drei Jahren waren sie bei einem Segelflug gestorben. Sie hatten sich zum 40. Hochzeitstag einen Rundflug über die Stadt gegönnt, von dem sie nicht zurückgekehrt waren. So früh die eigenen Eltern zu verlieren, hatte Lena noch enger mit Mark zusammengeschweißt. Nächtelang hatten sie über Lenas Trauer geredet.

Sie legte den Füller behutsam zu dem Stapel Briefpapier. Dessen Wasserzeichenprägung, umrandet von einem dezenten Silberstreifen, wirkte unaufdringlich, aber doch distinguiert und passte zur stilvollen Büroeinrichtung, welche dank Dianas Einsatz spendiert worden war.

Lena schnappte sich ihr übliches Paket für zu Hause: Smartphone und Tablet. Am Ende packte sie noch eine Familienpackung Gummibärchen ein, um die eine rote Schleife mit kitschigen Herzen gebunden war.

»Wieder ein Geschenk deines heimlichen Verehrers«, hatte Diana trompetet, als sie mit den Gummibärchen in der Hand den Kopf in Lenas Büro gesteckt hatte. »Kam vorhin mit der Post. Genau wie die belgischen Pralinen und der Blumenstrauß letzte Woche. Der Typ scheint vieles von dir zu wissen, dich aber nicht richtig zu kennen. Das wird allmählich unheimlich, Lena.«

Lena seufzte und verließ schnellen Schrittes ihr Büro.

Kapitel 3

Während Lena durch die Kanzleiflure lief, spähte sie durch die bodentiefe Fensterfront. Die Aussicht auf die Frankfurter Skyline war atemberaubend. Das Prestigegebäude der Kanzlei strotzte vor Macht. Als Lena im Warteraum des Empfangsbereichs an den ordentlich drapierten Wirtschaftsmagazinen in englischer, französischer, japanischer oder chinesischer Sprache vorbeiging, klingelte ihr Mobiltelefon. Ihr Mann.

»Hey, mein Schatz. Ich bin auf dem Weg zu dir und Luca.« Lena sah auf ihre von der italienischen Bluse dezent versteckten Ballon Bleu de Cartier. Unauffällige Uhren trug sie am liebsten. 19:47 Uhr.

Es war aus Kanzleisicht zu früh und aus Sicht einer Mutter deutlich zu spät.

»Du weißt schon, dass ich seit über einer Stunde mit dem Essen auf dich warte?«

Lena wunderte sich über Marks ungewöhnlich aggressiven Ton. »Es tut mir leid, aber du kannst dir nicht vorstellen, was heute hier los war.«

»Und du kannst dir nicht vorstellen, was *hier* los war. Einfach, weil du kaum zu Hause bist. Deine Kanzlei scheint dir zunehmend wichtiger zu sein als deine Familie. Ich hatte vor, dich mit einem Lauchauflauf zu überraschen. Tja, und der Einzige, der tatsächlich überrascht war, war Luca. Der wollte nämlich von dir ins Bett gebracht werden, schläft aber inzwischen.«

»Ach, Mark. Das tut mir leid. Ich bin schon auf dem Weg zum Auto. Lass es mich wiedergutmachen. Soll ich ein Spaghettieis vom Da Marietto mitbringen?«

»Nicht nötig. Das macht es nicht besser. Auch den Artikel über meine Vernissage nicht. Statt über meine Kunst zu berichten, schreiben die Ignoranten: ›Rechtsanwältin Dr. von Nierstein ist davon überzeugt, dass es kein perfektes Verbrechen gibt.‹«

Mark hatte aufgelegt. Ungläubig starrte Lena auf ihr Display. Sie konnte sich nicht erinnern, dass in ihrer langjährigen Beziehung zuvor schon einmal ein Gespräch so kühl beendet worden war. Mit einem mulmigen Gefühl im Bauch nickte Lena der Empfangsdame zu. »Bitte stellen Sie keine Anrufe auf mein Handy durch.«

Lenas ansonsten ansteckendes Lächeln verkümmerte zur Fassade. Ohne auf eine Antwort zu warten, verschwand sie in einem der marmorverzierten Aufzüge Richtung Tiefgarage.

Luca war bestimmt nur unter Protest ins Bett gegangen. Seine Kreativität fand ihren Höhepunkt, wenn er den Zeitpunkt dafür hinauszögern wollte. Mit seinen eineinhalb Jahren hatte er bereits klare Vorstellungen davon, wann es Zeit zum Schlafen war. Jedenfalls nicht, bevor er mindestens eines der zwölfteiligen Puzzles mit seiner Mama vervollständigt hatte. Bestimmt war Luca beim Warten auf sie eingeschlafen.

Schon wieder.

Die schwere Stahltür zur Garage öffnete sich mit einem lauten Quietschen. Die fünfstöckige Tiefgarage stand in krassem Gegensatz zum sonstigen Stil der Kanzlei. Einzig das oberste Parkdeck, das für Mandanten und Partner reserviert war, verfügte über eine ausreichende Beleuchtung und ordentlich verputzte Wände. In den unteren Stockwerken war es dagegen düster. Unweigerlich musste Lena an ihren unbekannten Verehrer denken. Mark anzurufen war nach dem Telefonat keine Option. Sie wählte Roberts Nummer.

»Ich bin in der Dunkelkammer auf dem Weg nach Hause. Hoffentlich erwischt mich die Skala des Bösen nicht.«

»Was ist los, Leni? Du klingst geknickt.«

»Mir geht der entsetzliche Tod von Alexander Madlung nicht aus dem Kopf. Von heute auf morgen auf so brutale Weise aus dem Leben gerissen zu werden. Unfassbar. Währenddessen dreht sich das Hamsterrad weiter, als wäre nichts passiert. Und jetzt ist Mark sauer, weil ich mal wieder im Büro hängen geblieben bin und ich ihm angeblich die Show in einem Zeitungsartikel über seine Vernissage gestohlen habe. Und Luca schläft schon. Egal, was ich mache, es ist falsch. Arbeite ich viel, kommen meine Männer zu Hause zu kurz. Tja, und arbeite ich weniger, dann dreht Berg am Rad und stellt mich aufs Abstellgleis.«

»Der Gedanke an den kranken Mord lässt mich auch nicht los. War heute den ganzen Tag über wie paralysiert. Aber zumindest deine Sorgen wegen Berg kann ich dir nehmen. Du bist super und gibst dein Bestes für die Kanzlei. Und was deine Familie betrifft: Mark ist im Grunde garantiert genauso stolz auf dich, wie ich es bin.«

Roberts Verständnis tat ihr gut. Als Karrieremama pendelte Lena zwischen dunkelblauen Businesskostümen und Jogginghosen sowie Kapuzenpullis mit Kinderrotze daran. An guten Tagen genoss sie die Arbeit als willkommene Abwechslung zu vollen Windeln und nächtlichem Geschrei. Doch immer öfter erschien ihr die Kanzleiwelt surreal und kalt. Von außen betrachtet gehörte Lena dazu.

Dennoch fühlte sie sich oft wie ein Gast, der nur vorübergehend willkommen war.

»Um Berg brauchst du dir echt keine Gedanken zu machen. Er schätzt dich sehr, Leni, das weiß ich.«

»Schätzen? Du machst wohl Witze. Nie vergessen werde ich, dass er mir fehlende Professionalität vorgeworfen hat, weil sich ein Mandant darüber beschwerte, dass ich während einer Telefonkonferenz auf Luca aufpassen musste. Und du weißt ja auch, was unser Kollege Siewert beim Abschlussdinner des Workshops erzählt hat.« Ihre Schritte hallten durch die verlassene Tiefgarage.

»Dass Berg die Anwälte bewusst durch Druck und Überforderung seelisch brechen will, um sie dann zu Topanwälten wiederaufzubauen. Und ich glaube inzwischen, exakt so ist es. Seinetwegen hast du dich in der Kanzlei beworben. Hast du nicht vom Besten der Besten lernen wollen?« Robert imitierte beim letzten Satz Lenas Stimme.

»Jaja. Aber er hat wohl gemerkt, dass ich es nicht draufhabe, und geht mir aus dem Weg.«

»Ach, das ist Quatsch, Leni. Du bist mit Abstand die Beste von uns Associates, und daran ändert auch dein Familienleben nichts. Das ist ein unglückliches Missverständnis, glaub mir. Nun mach einen Haken dahinter und bring das mit Mark ins Lot. Er kann froh sein, eine Frau wie dich zu haben. Und Luca liebt seine Mama eh über alles.«

Lena lächelte ins Telefon. »You made my day. Und denk dran: Du brauchst auch mal eine Pause. Tschüss und bis morgen.«

Sie erreichte ihr Auto und hörte ein Klirren. »Hallo, ist da wer?«

Sie drehte sich in Richtung des Klirrens, konnte aber nichts Ungewöhnliches entdecken.

Mit klopfendem Herzen öffnete Lena den Kofferraum ihres cappuccinofarbenen Fiat 500 und warf ihre Unterlagen hinein. Aufgrund des fortgeschrittenen Baujahrs war ein elektronischer Türöffner kein Teil der ohnehin recht spartanischen Grundausstattung. Selbst die Kanzleisekretärinnen fuhren luxuriösere Autos. Lena liebte jedoch ihren kleinen Flitzer.

Hastig stieg sie ein.

Drinnen fiel ihr Blick auf ihre Sporttasche, die unschuldig im Fußraum vor dem Beifahrersitz stand und seit Wochen auf ihren Einsatz wartete. Sie war offen. Lena hätte geschworen, dass sie die Tasche geschlossen hatte. Ein mulmiges Gefühl breitete sich in ihrer Magengegend aus. Sie durchwühlte sie ihre Sporttasche. Ihr Sport-BH fehlte. Sie kippte den gesamten Inhalt aus. Der BH war nicht da. Bestimmt hatte sie ihn zu Hause liegen lassen. Lena startete den Wagen. Sie wollte so schnell es ging aus der Tiefgarage.

Kapitel 4

Lena öffnete die Wohnungstür. Verheißungsvoller Duft stieg ihr in die Nase. Mark schien das Essen aufgewärmt zu haben.

Kaum hatte sie ihre Aktentasche abgestellt, rannte ihr mit lautem Jauchzen Luca in die Arme. Lena zog ihren Liebling mit einem solchen Schwung nach oben, dass sie das Gleichgewicht verlor. Lachend fiel sie zu Boden und hielt Luca dabei eng umschlungen. Der Kleine gluckste vergnügt und vergrub den Kopf an Lenas Nacken.

»Toll, dass du endlich da bist. Wie du siehst, ist Luca auch wieder wach.«

Marks Verärgerung war das Letzte, was Lena gebrauchen konnte. Sie sehnte sich nach Ruhe und Geborgenheit, nach einem harmonischen Ausklang des langen Tages. Sie gab Mark einen Kuss. »Es tut mir furchtbar leid. Wirklich. Heute war unglaublich viel los. Ich möchte nicht mit dir streiten. Und das mit dem Artikel ist echt bescheuert.«

»Na gut, Leni. Das Essen braucht noch ein paar Minuten.«

Sie ging erleichtert ins Schlafzimmer. Vor dem großen Spiegelschrank zog sie sich eine bequeme Jeans und einen Kapuzenpulli an. Dann knipste sie das Deckenlicht aus und stellte sich vor das große Schlafzimmerfenster. Sie betrachtete die Frankfurter Skyline. Sie liebte diesen Anblick. Die leuchtende Pyramide auf der Spitze des Messeturms hatte sie bereits als kleines Mädchen fasziniert. »Bleistift« hatte ihre Mutter das Wahrzeichen Frankfurts genannt. Nie hätte Lena zu träumen gewagt, dass sie dieses Hochhausspektakel einmal von ihrer Wohnung aus genießen könnte.

Sie ließ ihren Blick in den Garten schweifen. Unvermittelt stieß sie einen Schrei aus. Sofort rannte Mark mit Luca auf dem Arm, der wie am Spieß brüllte, ins Schlafzimmer. Lena stand wie paralysiert vor dem Fenster. Sie zitterte.

»Meine Güte, Lena! Was ist los?«

Sie zeigte stumm auf das Gebüsch vor dem Wohngebäude.

Mark runzelte die Stirn. »Was ist da? Du machst uns Angst.«

»In dem Busch dort habe ich ein Licht gesehen. Es wirkte wie eine Kamera, außerdem war da eine dunkle Gestalt. Vielleicht der Typ, der mir die Geschenke macht. Er hat mir heute wieder eines geschickt. Ich ruf die Polizei.« Sie nahm Marks Hand. Luca hatte aufgehört zu weinen.

Mit sanfter Stimme redete Mark auf Lena ein. »Ich habe niemanden gesehen, mein Schatz. Von hier oben kann das alles Mögliche gewesen sein. Das wird dir die Polizei auch sagen. Und jemandem etwas zu schenken ist nicht verboten.«

»Ich meine es ernst, Mark. Ich habe das Gefühl, beobachtet zu werden. Heute lag meine Sporttasche geöffnet im Auto, obwohl ich sie seit Wochen nicht angerührt habe. Und nun diese Gestalt im Gebüsch.«

»Du hattest einen anstrengenden Tag. Das macht dich dünnhäutig. Glaub mir, das ist alles Einbildung.«

»Du nimmst mich nicht ernst.«

»Natürlich tue ich das. Aber ein bisschen überarbeitet bist du ja in letzter Zeit. Und sollte dir tatsächlich jemand nachstellen, gnade ihm Gott. Schließlich weiß ich von etlichen Mördern, was man tun kann.« Mark deutete mit einem Grinsen an, wie er den Stalker vermöbeln würde.

Auch wenn ihr nicht danach zumute war, versuchte sie sich an einem Lächeln. Dabei fielen ihr wieder die Details der kaltblütigen Ermordung von Madlung ein, die Robert ihr erzählt hatte, und sie überlagerten sich mit den gruseligen Fotos von der Vernissage, als fräße sich das Böse in ihr Leben hinein. Lena stemmte sich mit Gewalt dagegen. »Wahrscheinlich hast du recht und es ist ganz harmlos. Außerdem sterbe ich vor Hunger. Lass uns essen.«

Während Lena den Auflauf genoss, spielte Luca vergnügt mit einem Puzzle.

Mark schob Lena sein Handy hin. »Wir waren heute im Zoo. Schau mal. Ist es nicht putzig, wie Luca den Gorilla imitiert?«

Lena schmunzelte. »Ich wäre so gern dabei gewesen. Ui, hier isst Luca sogar sein erstes Eis. Auch das habe ich verpasst.« Luca grinste in Großaufnahme mit von Schokoeis verschmiertem Gesicht in die Kamera. »Ich bringe Luca ins Bett. Schickst du mir sämtliche Schnappschüsse? Knipps bitte viel mehr Fotos von euch. So kann ich wenigstens nacherleben, was ihr unternommen habt.« Lena warf Mark einen flehenden Blick zu. Eigentlich liebte er es, besondere Momente mit seiner professionellen Fotoausrüstung festzuhalten. Doch zurzeit tat er ihr den Gefallen nur selten.

Lena legte sich gemütlich mit Luca ins Kinderbett. Eng aneinandergekuschelt las sie ihm eine Gutenachtgeschichte von der Postkuh Lieselotte vor. Eigentlich war er dafür zu klein, aber sie beide liebten die Geschichten. Bereits nach wenigen Buchseiten war er eingeschlafen.

Lena kämpfte selbst mit ihrer Müdigkeit. Doch sie raffte sich auf und ging ins Wohnzimmer, wo Mark auf dem Sofa saß.

»Wollen wir eine Flasche Wein öffnen und das anstellen, was Erwachsene tun, wenn ihre Kinder schlafen?« Mark hielt bereits Flaschenöffner und Weingläser in der Hand.

Lena drückte ihn an sich. »Ehrlich gesagt bin ich furchtbar müde. Wir können uns auch auf die Couch legen und was Schönes auf Netflix schauen.«

Mark wirkte gekränkt. Doch sie wollte ihm keine Leidenschaft vorgaukeln. Also schob sie Mark die Fernbedienung hin. Lena beobachtete ihren Mann, wie er den Finger fest auf eine Taste der schwächer werdenden Fernbedienung drückte. So fest, dass sein Zeigefinger sich fleckig weiß färbte.

»Versuchst du, die restliche Energie aus den Batterien zu pressen?« Lena lächelte Mark liebevoll zu. Er stellte sich genauso unbeholfen an wie bei seinem Versuch, Lenas verbleibende Energiereserven für einen leidenschaftlichen Abend zu aktivieren. »Sei mir nicht böse, aber ich frage mich, warum du mich nicht einfach in den Arm nimmst, statt mit der Tür ins Haus zu fallen. Dann sehen wir, wie es sich entwickelt. Ich liebe den Sex mit dir, aber ich kann das nicht auf Kommando, schon gar nicht nach einem harten Tag.«

»Tut mir leid, dass ich manchmal einfach nur stumpf bin.« Marks Grinsen war eindeutig *fishing for compliments*, doch Lena ging nicht darauf ein.

»Ich habe morgen übrigens ein Vorstellungsgespräch«, sagte er beiläufig, als sie nicht reagierte. »Deswegen war ich auch sauer, da ich mich vorbereiten wollte. Mit Luca war das nicht möglich, und jetzt bin ich zu müde. Muss es halt so gehen.«

»Du hast *was*? Und das erwähnst du so nebenbei? Super. Oje, hätte ich das gewusst. Für welche Stelle und wo?« Sie kuschelte sich an ihn.

»Im Museum für Moderne Kunst. Ich bin mir nicht ganz sicher, was der Job beinhaltet, aber ich schaue mir das mal an.«

»Wie schön. Deine Augen strahlen ja richtig!«

Mark winkte ab. »Mach es nicht größer, als es ist. Selbst wenn sie mich nehmen würden, kann ich nicht zusagen. Wer soll denn auf Luca aufpassen? Ohne Kitaplatz funktioniert es nicht.«

»Das bekommen wir schon irgendwie hin. Uns wird etwas einfallen. Viel wichtiger ist, dass du diese Chance ergreifst. Das MMK wäre perfekt, und du liebst das Museum wie kein anderer.«

Lena war überzeugt, dass sie es gemeinsam schaffen würden. Insgeheim sah sie darin eine Chance für sie als Paar.

Jetzt wollte sie sich ausruhen. Einfach schweigend vor dem Fernseher liegen und dieses unheimliche Gefühl von eben vergessen.

Kapitel 5

Lena schreckte hoch und saß kerzengerade im Bett. Hatte sie das geträumt, oder klopfte jemand an die Wohnungstür? Sie warf einen Blick auf die Uhr.

03:13 Uhr.

Mark schlief ruhig neben ihr. Lenas Hände zitterten. Vorsichtig schlich sie zur Wohnungstür. Der Monitor ihres Sicherheitssystems leuchtete. Der Bewegungsmelder war aktiviert worden. War es die Gestalt aus dem Gebüsch gewesen? Auf dem Monitor war niemand zu sehen. Sie schaute durch den Türspion. Das Treppenhaus war leer.

Sollte sie Mark wecken? Ausgerechnet heute? Er musste um sieben im Museum für Moderne Kunst sein. Ungewöhnlich früh für ein Vorstellungsgespräch. Jedenfalls sollte er dafür ausgeschlafen sein.

In der Wohnung roch es nach Vanille. Seltsam. Am Abend zuvor war ihr der Geruch nicht aufgefallen. Wahrscheinlich war er vom Laucharoma überlagert worden. Auf dem Weg ins Schlafzimmer fiel ihr die geöffnete Tür der Vorratskammer auf. Sie spähte hinein und erstarrte. Dort lag ein mit Blut verschmiertes Buschmesser. Voller Panik rannte sie ins Kinderzimmer. Erst Lucas gleichmäßiges Atmen ließ ihren Puls wieder sinken. Sie zog vorsichtig die Kinderdecke weg und musterte Lucas Schlafanzug. Kein Blut. Zitternd lauschte sie in den Flur hinein. Es blieb still.

Mark. Sie lief zurück ins Schlafzimmer. Ihr Mann schlief. Seelenruhig und unversehrt. Sie wunderte sich über sich selbst, aber sie beschloss, ihn nicht zu wecken. Noch nicht. Das Messer!

Lena stolperte zur Vorratskammer. Sie hatte es sich nicht eingebildet. Das Messer lag noch immer da. Blutverschmiert. Das Blut schien getrocknet. Erst jetzt bemerkte sie ein am Griff befestigtes Schild. »Skala des Bösen Nummer acht«.

Lena seufzte. Diese Ausstellung schien ihren pechschwarzen Schatten auf sie zu werfen.

Lena kuschelte sich sanft an Mark und schloss die Augen. Kurz vor dem Eindösen schreckte sie erneut hoch und rüttelte Mark nun doch wach. »Ich habe das Türschloss zuschnappen gehört. Da ist jemand in der Wohnung. Mein Gott, Mark. Tu was!«

Mark sprang aus dem Bett, rannte in den Flur und schnappte sich einen Tennisschläger. Lena eilte mit ihrem Handy in der Hand zu Luca. Er lag selig schlafend in seinem Kinderbett.

Mark durchsuchte mit dem Tennisschläger bewaffnet Zimmer für Zimmer. »Keiner da. Ich habe sogar auf dem Balkon nachgeschaut. Du musst dich geirrt haben.«

Lena ging zum Monitor des Sicherheitssystems. Er war aus. Sie schaute durch den Türspion, ging in den Flur und zum Aufzug. Niemand war zu sehen. »Es tut mir leid. Ich weiß, dass du früh rausmusst. Aber ich hätte schwören können, dass hier jemand ist.«

Als Lena und Mark wieder unter der Bettdecke lagen, schmiegte sie sich an ihn.

Knappe drei Stunden später verließ Mark die Wohnung. Lena wälzte sich noch unruhig auf der Matratze hin und her, als Luca zu ihr ins Zimmer krabbelte. Sie genoss es, seine schlafwarmen Wangen an ihre zu drücken.

Mit Luca auf dem Arm bereitete sie das Frühstück zu, als ihr Handy klingelte.

»Ich habe eine gute und eine schlechte Nachricht.« Robert meldete sich nie auf dieselbe Weise. Mal benutzte er die Namen von Hollywoodstars, mal war er betont cool und mal theatralisch. »Zuerst die gute. Berg lässt Grüße ausrichten und bedankt sich für deine hilfreichen Ausführungen.«

»Oh wie toll. Endlich eine Rückmeldung von ihm. Was hat er noch gesagt?«

»Vor allem ging es um den neuen Fall. Aber er wird sich ganz bestimmt beim nächsten Mandat direkt bei dir melden. Er hat überhaupt nichts gegen dich. Daran gibt es keinen Zweifel. Im Gegenteil: Er hat mir gegenüber sogar betont, was für eine außergewöhnlich talentierte Anwältin du seist.«

Erleichtert atmete Lena auf.

»Leider folgt die schlechte Nachricht, Lena. Ich weiß ja, dass du heute auf den Kleinen aufpasst, aber du musst dir was einfallen lassen. Unser Mandant im Projekt Ice will in der nächsten Stunde einen Austausch zu den offenen Punkten. Und Berg möchte, dass ich mit ihm zu einem anderen Mandanten fahre. Kannst du einspringen? In die Kanzlei musst du dafür nicht. Außerdem hat sich der Justiziar des Autokonzerns gemeldet. Er bittet bis morgen um Zusendung einer ersten Stellungnahme zu den Erfolgsaussichten einer Schadensersatzklage gegen den Automobilzulieferer. Du weißt schon, unser Projekt Sky.«

Lena sah auf die Uhr. Allzu lange dürfte Marks Vorstellungsgespräch nicht mehr dauern.

Sie setzten sich auf den Fußboden. Luca hielt ihr einen Kinderkochtopf mit Murmeln entgegen. Mit der anderen Hand wirbelte er einen Kochlöffel durch die Luft.

»Lass mich kurz nachdenken.« Lena griff nach einer Murmel. Als hätte sie etwas zu essen gereicht bekommen, simulierte sie ein genüssliches Schmatzen. Dann reichte sie Luca die Murmel zurück. Fröhlich legte er sie wieder in den Topf.

»Ich weiß zwar nicht, wie, aber ich kümmere mich darum.« Lena kniff die Augen zusammen. Wieder hatte sie nicht Nein gesagt. Immer war sie es, die zurücksteckte, dabei hatte sie sich so auf ein paar freie Stunden mit Luca gefreut.

Das Projekt Sky hatte sie im letzten Jahr reichlich Schlaf gekostet. Nicht, dass sie ohnehin viel davon gehabt hätte. Robert hatte das Deal-Team geleitet und hatte Berg in den Verhandlungen assistiert. Derweil hatte Lena nächtelang im Maschinenraum gesessen, wie die Arbeit im Hintergrund im Anwaltsjargon genannt wurde. Sie hatte den sogenannten Due-Diligence-Prozess, also die detaillierte Analyse des Unternehmens, im elektronischen Datenraum vorangetrieben. Tausende Dokumente hatten binnen weniger Tage auf Risiken untersucht werden müssen, denen der Käufer im Falle des Kaufs ausgesetzt war.

»Noch was, Leni. Du bist in der Kanzlei Flurfunkthema wegen des Zeitungsartikels. Einer der Partner soll sich darüber echauffiert haben, dass das Ausstellungsthema ethisch nicht in Ordnung sei und dem Image der Kanzlei schaden könne.«

»Wie krank ist diese Anwaltskanzleien-Bubble? Unser Kollege Madlung wurde ermordet, und die Leute reden über die Arbeit meines Mannes? Lässt Madlungs Tod die alle etwa kalt?«

»Total absurd. Über den armen Madlung und seinen perversen Mörder spricht kaum noch jemand. Dabei wäre dem Täter die Aufnahme in die Skala des Bösen sicher. Und was das Getratsche angeht: Das ist nur Neid. Schließlich hat so gut wie jeder hier ein übergroßes Ego und will auch mal auf die Titelseite.«

Die Stunde bis zur Telefonkonferenz verging wie im Flug. Mark war noch nicht vom Vorstellungsgespräch zurück. Lena deutete es als gutes Zeichen. Wahrscheinlich wurde er gerade überall bekannt gemacht und durch sämtliche Hallen geführt.

Lena wurde nervös. Der Mandant war eher unangenehm. Er war derjenige, der sich bei Berg beschwert hatte, als Lena bei einer Telefonkonferenz den weinenden Luca hatte beruhigen müssen, während der Mandant sie mit Rechtsfragen torpedierte. Lena verstand seinen Unmut. Es hatte jedoch keine andere Lösung gegeben und daher hatte sie auf mehr Verständnis gehofft.

Ein solcher Fehltritt durfte ihr nicht noch mal passieren. Mark war allerdings immer noch nicht zurück und Luca definitiv zu klein, um sich allein mit Holzklötzchen zu beschäftigen. Daher wusste sie sich nicht anders zu helfen, als ihr iPhone vor ihn auf den Boden zu legen und leise Paw Patrol auf YouTube abzuspielen. Es widersprach ihren Erziehungsgrundsätzen, aber es erfüllte seinen Zweck. So konnte sie ohne Unterbrechungen das Telefonat bestreiten und durch die Rechtsthemen führen. Doch als Mark die Haustür öffnete und Luca das Telefon entriss, war Schluss mit der Ruhe. Luca schrie wie am Spieß. Lena drückte hastig die Mute-Taste.

»Bist du von allen guten Geistern verlassen, Leni? Unser Sohn ist viel zu jung für den Mist.«

Auch Lena war auf 180. »Boah! War das wirklich nötig? Ich brauche nur noch zwei Minuten. Bitte schnapp dir Luca und geh mit ihm kurz auf den Balkon. Ich bekomme sonst echt Ärger.«

Sie drehte Mark demonstrativ den Rücken zu und widmete sich wieder ihrem Mandanten. Kurz darauf hatte sie die restlichen rechtlichen Unklarheiten beseitigen können. Das war gerade noch mal gut gegangen.

Mit schlechtem Gewissen ging Lena auf den Balkon zu den beiden Vertriebenen. »Wie ist es gelaufen?«, fragte sie Mark betont freundlich.

Mark nahm das Friedensangebot an. »Ich hätte nie gedacht, dass das so lange dauern würde. Die Leiterin vom MMK sucht jemanden für sofort. Sie haben mir die Pistole auf die Brust gesetzt. Ich muss spätestens Anfang nächster Woche zu- oder absagen. Da wir frühestens in sechs Monaten einen Platz für Luca bekommen, wird das also nichts. So ein Mist.«

Lena nahm Mark in den Arm. »Freu dich doch erst mal, dass alles so gut gelaufen ist. Sie wollen dich, und das ist spitze. Kümmern wir uns eben um eine private Kita.« Um Marks willen schien ihr das das geringere Übel zu sein.

»Um dann das wenige Geld, das ich im Museum verdiene, direkt an die Kita zu überweisen? No way!«

Lena tat es in der Seele weh. Sein frustrierter Blick passte nicht zu seinem sonst so sonnigen Gemüt. Wortlos küsste sie ihn.

Doch Mark entzog sich. »Mal was anderes. Wann kappst du endlich Roberts Taschengeld?«

Die Attacke saß. Lena schluckte. Normalerweise provozierten sie einander nicht. Vor allem nicht vor Luca.

Er schien zu merken, dass seine Mama Unterstützung brauchte, und kuschelte sich an sie.

»Nächstes Jahr ist Robert schuldenfrei. Ich kann ihn jetzt auf keinen Fall hängen lassen!«

»Hängen lassen? Die Einzigen, die du hängen lässt, sind Luca und ich.«

Wut kochte in Lena hoch. »Was hast du plötzlich gegen Robert? Er ist wie ein Bruder für mich, und ihr seid meine einzige Familie. Ich tue alles, was ich kann, damit es euch gut geht. Findest du es gerecht, so auf mir rumzuhacken?«

Mark seufzte. »Tut mir leid. Ich weiß auch nicht, was mit mir los ist.«

Lena schluckte noch einmal und schmiegte sich dann mit Luca auf dem Arm an Mark.

Kurz darauf erfolgte ihr zweiter Versöhnungsversuch. Sie stellte Mark ein Stück Käsekuchen auf den Esstisch, das sie beim Bäcker um die Ecke besorgt hatte. Während er seinen Lieblingskuchen verschlang, setzte sich Lena zu ihm. Luca spielte unter dem Tisch mit heruntergefallenen Papierservietten.

»Da fällt mir ein, Mark, dass ich gestern Nacht eine unheimliche Begegnung mit der Nummer acht der Skala des Bösen hatte.« In gelöster Stimmung hielt sie das Messer hoch, das ihr gestern noch das Blut in den Adern hatte gefrieren lassen.

Als Mark laut auflachte, sah Lena den richtigen Moment gekommen. »Ich weiß, das ist blöd, aber ich muss ins Büro. Ich soll heute noch eine rechtliche Stellungnahme entwerfen. Es dauert nicht lange. Lass uns danach in Ruhe über alles sprechen. Wir finden eine Lösung. Ich verspreche es dir.«

Mark nickte. Lena packte ihre Sachen, drückte Luca und Mark an sich und schloss mit einem entschuldigenden Blick die Tür hinter sich. Ihr schlechtes Gewissen und ihr mulmiges Gefühl folgten ihr ins Büro.

Kapitel 6

»Mensch, Lena. Warum gehst du nicht ans Telefon? Ich habe es ein paarmal versucht, und immer war besetzt.«

Lena hatte ihre Tasche kaum auf ihren Schreibtisch gestellt, da wurde sie bereits von Diana gelöchert. »Du weißt doch, dass ich auf Luca aufgepasst habe, im Anschluss hatte ich noch ein längeres Mandantengespräch. Was ist denn los?«

»Was los ist? Boah, so cool kannst auch nur du reagieren. Ich habe Berg deinetwegen stundenlang in den Ohren gelegen, was für eine tolle Anwältin du bist und so.«

Lenas Miene verfinsterte sich. »Du hast *was*? Das ist doch viel zu aufdringlich.«

»Ach ja? In dem Fall sage ich Berg, dass du doch nicht mitkommst.« Sie drehte sich übertrieben gekränkt um.

Lena hatte auf dieses kryptische Pingpong keine Lust und fragte knapp: »Wohin mitkommen?«

»Viel weiß ich auch nicht. Irgendwas von in anderthalb Stunden bei Bergs Fahrer in der Tiefgarage warten, hat er mir zugerufen. Ach ja, und dass du dich einlesen musst. Es geht um einen Pitch bei einem großen Mandanten. Den Namen des Deals hat er mir nicht genannt.«

Lena fiel Diana um den Hals. »Wie hast du das geschafft? Dein Einfluss auf Berg ist beeindruckend.«

»Ich arbeite ja schon seit meiner Ausbildung mit ihm zusammen, das zahlt sich nun aus. Außerdem ist das die Chance, Berg von Amelie zu erzählen. Er wird garantiert nach dem Pitch mit dir essen gehen wollen. Dann kannst du ihn auf die Sauerei mit Hartmut Fischer und der asozialen Kündigung hinweisen. Wenn Berg von einer Anwältin davon hört, nimmt er das Thema bestimmt ernst. Du hilfst uns doch, oder?«

Lena war überrumpelt. Einerseits freute sie sich über ihre Chance beim Pitch, andererseits fühlte sie sich in die Ecke gedrängt. »Jaja. Ich versuche es.«

Diana reckte triumphierend die Faust.

»Jetzt muss ich mich erst mal um den Pitch kümmern. Absurd, dass die uns so kurzfristig eingeladen haben und ich kaum Zeit habe, vernünftige Unterlagen vorzubereiten.« Lena strich sich nervös durchs Haar, klappte ihren Laptop auf und las Bergs E-Mail.

Sie blickte auf die Uhr. Berg hatte die Nachricht vor einer Stunde geschickt. »Das wird sportlich. Berg will eine Kurzpräsentation zum künftigen Deal-Team, eine Auflistung aller Transaktionen, die wir in der Branche begleitet haben, und eine erste Vorüberlegung, wie die Transaktion strukturiert werden könnte.« Lena starrte erneut auf die Uhr. »80 Minuten. Ausgedruckt und gebunden werden müssen die Dokumente auch noch. Das braucht gute acht Minuten. Zwei Minuten zur Tiefgarage. Verbleiben 70 Minuten.« Lena blickte zu Diana. »Bitte sorg dafür, dass mich keiner stört. Du musst später zehn DIN-A4-Mappen binden. Und kontaktiere Robert. Er soll mir für den Pitch zehn erfolgreiche Deals unserer Kanzlei aus der Energiebranche schicken. Da ist bestimmt etwas in unserer Mustersammlung. Setz dich an das Masterdokument und verwende die übliche Vorlage. Berg als verantwortlicher Partner, Robert und mich im Teamlead und das Junior-Associate-Team von Projekt Sky. Robert soll dir seinen Teil in 60 Minuten schicken. Formatvorlage bitte auch gleich anhängen. Ich maile dir parallel das Herzstück. Ein paar Vorüberlegungen zur Transaktionsstruktur. Ach, und gib mir Bescheid, wenn ich runter in die Garage muss. Nicht, dass ich zu spät komme.«

Diana nickte knapp und setzte sich an ihren Schreibtisch.

Lena durchforstete angespannt die Datenbank der Kanzlei. Gab es denn keine Übersicht zu Transaktionsoptionen? Noch 50 Minuten. Sie verlor wertvolle Zeit, ohne fündig zu werden.

Gestresst nahm sie mehrere weiße Blätter aus dem Drucker. Anschließend wählte sie die Nummer eines jungen Kollegen, der sich als Genie in Sachen PowerPoint-Folien einen Namen gemacht hatte.

Als die Uhr nur noch 40 Minuten anzeigte, stand der PowerPoint-Spezialist Fred in ihrem Büro.

Lena kritzelte mehrere Seiten mit Zeitleisten und Organigrammen voll und überreichte sie ihm. Der Junganwalt stand mit hochrotem Kopf vor ihr. Er zog ständig an seinem linken Ohrläppchen und glich eher einem pubertierenden Teenager, der vor einem schönen Mädchen stand, als einem angehenden Staranwalt.

»Bitte setz die Skizzen in PowerPoint um. Leider hast du nur zehn Minuten. Achte dennoch auf die Rechtschreibung und kontrolliere die Seitenzahlen. Ich werde sie nicht durchsehen können. Qualität und Schnelligkeit, Fred.« Dass Lena seinen Namen kannte, schmeichelte ihm sichtlich. Sie tippte ihm auf die Schulter. »Mach dir keine Sorgen. Alles wird gut. Vielen Dank, dass du mir hilfst.«

Fred rannte mit den Zeichnungen aus dem Büro.

Blieben noch 32 Minuten. Sie öffnete eine Datei und begann mit der Zusammenfassung.

»Die PowerPoint-Folien von Fred sind eingetroffen. Sehen gut aus«, ließ Diana wenig später eine Wasserstandsmeldung verlauten.

Lena strich sich über die Stirn.

Noch 15 Minuten.

Während sie an den Unterlagen arbeitete, kaute sie an ihren Haarspitzen. Den Tick hatte sie bereits als kleines Mädchen gehabt.

Noch zehn Minuten. Lenas Magen wurde nervös. Sein immer lauter werdendes Grummeln schien das Ende der Bearbeitungszeit anzukündigen.

Lena saß mit überkreuzten Beinen und in gebückter Haltung vor ihrem Laptop, als wollte sie sich mit ihrem Körper gegen das Verrinnen der Zeit stemmen. Sie musste Berg zeigen, was in ihr steckte. Lena fühlte sich bereit. Jetzt musste sie nur diese Chance ergreifen. Als der Text fertig war, mailte sie ihn Diana und lief zu ihr. »So. Fertig, Diana. Ist alles andere auch da?«

Diana reagierte nicht.

»In zehn Minuten muss ich unten sein. Hast du alles?« Lena beugte sich über den Tisch.

Diana zuckte zusammen. »Alles bis auf Roberts Teil. Der Arsch hat dich offenbar hängen lassen. Ich habe ein paarmal versucht, ihn zu erreichen. Im Büro war er nicht, und er geht nicht ans Handy. Ich habe ihn um …«

»Was? Das gibt's doch nicht«, unterbrach Lena sie schroff. »Es geht um eine der größten Transaktionen des Jahres, und Robert rührt sich nicht? Verdammt.«

Lena wählte seine Nummer. Vergeblich. Er schickte eine kurze WhatsApp. *Bin in einem Meeting mit einem Mandanten. Wichtig?*

Robert hatte den Auftrag wohl missverstanden und

schien nicht zu wissen, dass es eilig war. Nun war es ohnehin zu spät. Lena antwortete daher mit einem kurzen *Vergiss es.* »Diana, bitte druck die Unterlagen ohne Robs Part aus.«

Sie strich sich mehrmals über ihr Kostüm und verschwand auf der Toilette. Für ein leichtes Make-up brauchte sie keine drei Minuten. »Alles fertig? Geht das so?«, fragte sie Diana, als sie zurückkehrte.

»Super. Du wirst das rocken.«

Lena schluckte ihren Ärger herunter und packte die Sammelmappe mit den gebundenen Präsentationen in ihre Tasche. Schnellen Schrittes ging sie in die Tiefgarage.

Berg wartete bereits auf sie, was noch nie vorgekommen war. »Frau von Nierstein. Ich hoffe, Sie sind vorbereitet. Die beiden deutschen Energieriesen wollen Teile ihrer Unternehmen tauschen. Die Transaktion wird den europäischen Energiemarkt durcheinanderwirbeln. Da müssen wir dabei sein. Steigen Sie ein. Wir haben zur Konzernzentrale in Essen drei Stunden Fahrt vor uns. Haben Sie die Unterlagen parat?«

»Alles mit heißer Nadel gestrickt. Aber wir haben das Unmögliche möglich gemacht.« Lena hielt die Mappe hoch und wollte gerade das fehlende Kapitel erwähnen, als Berg sie jäh unterbrach.

»Selbst für eine Teilzeitkraft hatten Sie genug Zeit für die Pitch-Unterlagen.«

Das saß. Lena wollte protestieren, entschied sich aber, ihren Unmut runterzuschlucken. Berg auf ihre kurzfristige Involvierung hinzuweisen, würde ihn nur noch mehr aufbringen. Erst recht, wenn sie ihm den fehlenden Teil beichtete.

Kapitel 7

Lena hatte wegen der erneuten Überstunden ein schlechtes Gewissen. Schnell schrieb sie Mark eine liebevolle Nachricht. Aber er musste das verstehen.

Die nächsten Stunden waren für Lena anstrengend und intensiv. Sie musste Berg alle denkbaren Fallstricke der Transaktion erläutern. Auch stellte er mögliche Fragen, die während des Pitches aufkommen könnten. Ihr Chef machte seinem Image als Schleifer alle Ehre.

»Versauen Sie es nicht und halten Sie sich im Hintergrund«, raunzte er ihr beim Betreten des Empfangsbereichs am Brüsseler Platz zu.

Sie vor einem solch wichtigen Meeting noch zusätzlich unter Druck zu setzen, war typisch für ihn. Vor zwei Jahren hatte er sie derart nervös gemacht, dass sie bei der Vorstellungsrunde eines wichtigen Meetings ihre Visitenkarten zu Boden fallen ließ. Diesen Fauxpas schien Berg nicht vergessen zu haben, denn als sie von der Empfangsdame in den Besprechungsraum der Vorstandsetage im zwölften Stock geleitet wurden, sagte er lapidar: »Visitenkarten überreichen Sie besser keine. Die sollen sich direkt bei mir melden.«

Lena fragte sich, ob Berg auch Robert so kühl behandelte.

Sie schluckte und versuchte, sich an den Namen ihrer Erzieherin im Kindergarten zu erinnern. Nicht, dass es jetzt darauf ankäme. Doch mit harmlosen Gedanken konnte sie sich gut ablenken.

Komm runter. Entspann dich. Du schaffst das, redete sie sich gut zu.

Frau Weller! Überrascht von ihrer Gedächtnisleistung, schmunzelte Lena. Sie hätte wetten können, dass sie ihre damalige Erzieherin geduzt hatte. Aber in ihrer Erinnerung gab es keinen Vornamen zu Frau Weller.

Ruckartig wurde die Tür des übergroßen Besprechungsraums aufgerissen. Mit ausgestrecktem Arm kam der Finanzvorstand gefolgt vom Leiter Mergers & Acquisitions sowie dem Chefjustiziar lächelnd auf Berg und Lena zu.

»Vielen Dank, dass Sie gekommen sind. Bitte bedienen Sie sich.« Der Finanzchef deutete auf eine reichhaltige Getränkeauswahl und ein eher bescheidenes Sortiment an Keksen. Klassisch für Unternehmen, die bereits ihr drittes Einsparprogramm in Folge abgeschlossen hatten.

Lena war vom Auftreten des jungen Finanzvorstands beeindruckt. Mit wenigen freundlichen Worten gelang es ihm, eine entspannte Gesprächsatmosphäre zu schaffen. Verflogen war ihre Anspannung.

Der Leiter Mergers & Acquisitions, ein schlecht gelaunt dreinschauender Engländer, fasste in gebrochenem Deutsch die wesentlichen Eckpunkte der beabsichtigten Transaktion zusammen. Dann bat er darum, das Vorhaben aus Kanzleisicht zu bewerten.

Lena verteilte die ausgedruckte Präsentation, während sich alle setzten. Siedend heiß fiel ihr das Fehlen des Kapitels über die bisher begleiteten Energiedeals ein. Sie hatte sich nicht getraut, Berg darauf hinzuweisen. Nun war es zu spät und offenbar fiel es Berg sofort auf. Seine Augen funkelten giftig und die Stirn war mit tiefen Furchen durchzogen.

»Ich gehe davon aus, dass Sie, Frau von Nierstein, uns rund um die Uhr für die Transaktion zur Verfügung stehen. Daher interessiert uns insbesondere Ihre Sicht.« Der Rechtschef nickte ihr zu. Dass Berg nicht nach seiner persönlichen Einschätzung befragt wurde, würde er zweifellos als Affront auffassen. Ein typisches Machtspiel. Der Leiter der Rechtsabteilung wollte zeigen, dass er den Prozess steuerte und nicht der Berater.

Lenas Wangen glühten. Die Blicke der ihr gegenübersitzenden Manager ruhten auf ihr. Bergs Anspannung machte sie zusätzlich nervös. Es musste in ihm brodeln, und ganz sicher würde er eingreifen und den Fokus auf sich lenken.

Der junge Finanzvorstand lächelte beschwichtigend. »Ihre Meinung interessiert uns selbstverständlich auch, Herr Professor, und ebenso selbstverständlich erhoffen wir uns, dass Sie die Transaktion persönlich intensiv begleiten werden. Wir wissen jedoch, dass Sie als gefragter Managing-Partner noch weitere Transaktionen zu stemmen haben.«

Berg lächelte zufrieden und forderte Lena auf, die Herren durch die Präsentation zu führen.

Lena atmete tief durch und dachte an Luca, um sich zu beruhigen. Ihm war es gleichgültig, ob ihr die Präsentation gelang oder nicht. Es half. Statt wie sonst, wenn Lena aufgeregt war, zu schnell und zu viel zu plappern, sprach sie langsam und betont. Sie wurde zunehmend sicherer. Zwischenbemerkungen konnte sie ebenso mit Bravour parieren wie die eine oder andere bewusst provokativ gestellte Frage.

Der Finanzchef drehte sich zu Berg. »Was sagen Sie dazu, Herr Professor?«

Berg nickte Lena zustimmend zu. »Wie Frau von Nierstein bereits ausführte, sehe ich ebenfalls den Fokus zunächst in der Entwicklung einer optimalen Transaktionsstruktur. Auch die restlichen Aspekte hat sie perfekt angeführt, und so kann ich mich allem lediglich anschließen.«

Lena war erleichtert. Die anerkennenden Worte von Berg taten ihr gut. Natürlich ließ er es sich nicht nehmen, am Ende ihre Ausführungen noch mal in eigenen Worten zusammenzufassen, doch das änderte nichts an ihrem Triumph. Zu Lenas Verwunderung harmonierten Berg und sie wie ein eingespieltes Team. Es war offensichtlich, dass die Transaktion bei Scrutch & Partners in besten Händen war.

Der Finanzvorstand schob die Unterlage zur Seite und legte die Handinnenflächen wie in Zeitlupe aufeinander. »Ich danke Ihnen für die intensive Auseinandersetzung mit dem Projekt. Besonders überzeugt hat mich, dass Sie nicht Ihre Kanzlei in den Vordergrund gestellt haben, sondern unser Unternehmen. Üblicherweise werden wir überschüttet mit Hinweisen, welch herausfordernde Transaktionen die Kanzleien bereits gemeistert haben. Dabei wird häufig unser konkretes Anliegen vergessen. Das war bei Ihnen anders. Jedenfalls freuen wir uns, diesen Deal gemeinsam mit Ihnen anzugehen.«

Die schnelle Entscheidung überraschte Lena.

Berg lächelte den Herren zu. »Wir bedanken uns für Ihre Aufmerksamkeit und die Möglichkeit, uns in dieses Projekt mit unseren Kompetenzen voll einzubringen. Meine Herren, Sie werden sehen, dass wir Ihrem uns entgegengebrachten Vertrauen jederzeit Rechnung tragen.« Er zwinkerte Lena zu. Es dauerte nur den Bruchteil einer Sekunde. Zum ersten Mal fühlte sie sich von Berg richtig wahrgenommen. Seit langer Zeit zeigte er endlich eine menschliche Regung ihr gegenüber.

Lena freute sich über Bergs Geste mehr als über den Zuschlag. Emotional beschwipst stieg sie kurz darauf in seinen Wagen. Auf der Rückfahrt hing Berg ununterbrochen am Telefon. Die drei Stunden hätte Lena gerne für ein Gespräch mit Mark oder zumindest für einen kurzen Anruf bei ihm genutzt. Doch sie wusste, dass Berg während seiner Telefonate keinerlei Hintergrundgeräusche duldete. Also starrte Lena abwechselnd aus dem Fenster oder auf ihr Handy und schrieb Mark eine Textnachricht.

Zurück in Frankfurt bestand Berg wie erwartet darauf, noch eine Kleinigkeit zu essen. Obwohl es bereits später Abend war, willigte Lena ein. Sie wäre jetzt viel lieber nach Hause gegangen, zu Mark und Luca. Außerdem hatte sie Mark versprochen, nicht allzu lange im Büro zu bleiben. So kurz nach dem letzten Streit direkt wieder so spät zu kommen, war sicherlich nicht hilfreich. Aber Berg abzusagen, wo sie wochenlang um ein bisschen Aufmerksamkeit von ihm gekämpft hatte, wollte sie nicht. Sie durfte das wiedergewonnene Vertrauen nicht strapazieren, selbst wenn darunter ihre Beziehung mit Mark litt.

Mein lieber Schatz. Es tut mir furchtbar leid, aber ich brauche hier noch etwas Zeit. Berg will mich zum Essen einladen, und dann muss ich noch schnell ein Gutachten verschicken. Sei mir nicht böse. Ich liebe dich und mache es wieder gut. Versprochen!

Lena schickte die Nachricht ab und hoffte auf Marks Verständnis. Irgendwie war es ja ein Notfall.

Der Chauffeur wartete im Wagen, während Lena und Berg in dessen Lieblings-Sushi-Restaurant in Sachsenhausen gingen.

»Sie erzählen nichts von Ihrer Familie«, leitete Prof. Berg das Gespräch ein. »Wie geht es Ihnen als arbeitende Mutter?«

Die unbeholfene Überleitung in ein privateres Fahrwasser ließ Lena innerlich schmunzeln. Es überraschte sie, dass Berg bei diesem Thema unsicher wirkte. Berg war eine absolute Koryphäe. Aufgrund seines hohen Ansehens und Wissens galt er als Rainmaker, der seiner Kanzlei etliche Umsätze in Millionenhöhe einbrachte. Der sonst so souveräne Staranwalt begab sich offenkundig auf ein von ihm selten betretenes Terrain.

Überschwänglich erzählte Lena von Luca und zeigte ihm ein Foto von ihrer Familie im Frankfurter Palmengarten. Insgeheim war sie stolz auf sich, wie locker sie von ihrem täglichen Spagat zwischen Kanzleileben und Mutterdasein berichtete.

Berg hörte aufmerksam zu. »Sie wissen, welch hohe Erwartungen ich an Sie habe, Frau von Nierstein. Sie haben das Talent, eine richtig gute Anwältin zu werden. Vielleicht eines Tages sogar so gut wie ich. Ob Sie jedoch beiden Rollen gerecht werden können, weiß ich nicht. Das Meeting war zumindest ein guter Anfang.«

Lena blickte Berg ernst an. »Ich werde Sie nicht enttäuschen. Wie gewohnt zeige ich vollen Einsatz. Mein Mann unterstützt mich wirklich perfekt.« Ihr schlechtes Gewissen meldete sich, denn Marks Verständnis hatte seine Grenzen. Das würde sie Berg gewiss nicht auf die Nase binden.

»Gut so. Ein unterstützender Partner ist wichtig. Gibt es noch etwas? Ich hoffe, es betrifft nicht Ihre Familienplanung.« Berg musterte Lena eindringlich.

Sie ignorierte diese Unverschämtheit. »Herr Berg, es fällt mir wirklich schwer zu fragen. Gerade jetzt. Wäre es möglich, vor der Transaktion zwei Wochen freizubekommen? So könnte ich frisch und erholt mit dem Projekt starten.«

Berg zog die Augenbrauen hoch. Er hatte wohl eher mit tiefer Dankbarkeit für das entgegengebrachte Vertrauen gerechnet als mit einem Urlaubsantrag.

Lena versuchte es mit einem anderen Argument. »Sie kennen meine Arbeitsweise. Ich bin selbstverständlich jederzeit erreichbar und breche den Urlaub ab, wenn etwas anstehen sollte.«

Berg nickte Lena gönnerhaft zu. »Maximal zwei Wochen und nur, wenn Sie den Urlaub ab heute nehmen, und prüfen Sie mehrmals täglich Ihren E-Mail-Eingang. Wenn der Deal beginnt, will ich keine Ausreden hören. Ich brauche Sie ausgeschlafen und fit. Die Transaktion wird Sie zu 100 Prozent in Anspruch nehmen. Stellen Sie sich auf Nachtschichten ein. Es werden lange und intensive Monate.«

Lena zuckte zusammen. Natürlich war sie für die freien Tage mit Mark und Luca dankbar. Seit Wochen wünschte sie sich nichts sehnlicher, als mehr Zeit mit ihren beiden Männern zu verbringen. Doch die Aussicht auf jede Menge Überstunden nach der kurzen Auszeit trübte die Freude. Eigentlich arbeitete Lena nur halbtags. Das jetzt einzuwenden, wäre zweifellos ungünstig. Sie atmete tief durch.

Erst mal Urlaub, und danach werden wir sehen, wie hart das Projekt wird, sprach sie sich in Gedanken Mut zu.

Als Berg zahlte, verschwand Lena auf die Toilette. Sie war glücklich, den Tag so gut bewältigt zu haben. Als sie das Restaurant verlassen wollte, zuckte sie zusammen. Der Kellner hielt sie an der Schulter fest. Überrascht blieb sie stehen.

»Das soll ich Ihnen geben, Fräulein.« Er zog eine zusammengefaltete Karte aus der Schürze.

Irritiert las Lena die handgeschriebenen Zeilen.

Das Leben ist vergänglich. Wahre Liebe nicht.

Kein Absender. Der Text war in sehr kleinen, geschwungenen Buchstaben geschrieben. Die Schrift war Lena unbekannt. War das eine Anmache? Oder eine Drohung?

»Wer hat Ihnen diesen Zettel gegeben?«

Der Kellner drehte sich schulterzuckend um und ging Richtung Küche. »Ich bin Kellner, Fräulein, nicht das Einwohnermeldeamt«, rief er ihr überraschend schnoddrig zu. Das Klappern von Geschirr übertönte seinen letzten Satz beinahe. Bevor Lena reagieren konnte, wurde die Eingangstür aufgerissen.

Der Chauffeur stand vor ihr. »Berg muss dringend los. Kommen Sie, Frau von Nierstein?«

Lena nickte dem Mann zu und folgte ihm. Das wachsende Unbehagen ließ ihre Knie weich werden.

Kapitel 8

Als sie an der Kanzlei ankamen, war es nach Mitternacht.

Berg ließ sich von dort aus direkt nach Hause fahren, während Lena vor ihrem Urlaub noch etwas abarbeiten musste. Sie ging den dunklen Kanzleiflur entlang. Nur im Büro von Hartmut Fischer brannte noch Licht. Er war ein Arbeitstier, das Anlauf für den Sprung auf das oberste Treppchen der Partnerschaft nahm.

Lena mochte Hartmut eigentlich. Die Sache mit Amelie hatte ihr Bild von ihm jedoch fundamental verrückt.

»Oh, wie schön, dich zu sehen. Wie lief der Pitch? Worum ging es doch gleich?«, fragte er.

Hartmut sah deutlich jünger aus, als er war. Ob es an seiner unreinen Haut lag, obwohl die Pubertät bereits 30 Jahre hinter ihm lag, wusste Lena nicht. Vielleicht waren es auch sein jugendlicher Gang und sein Grinsen, wenn er verlegen war. Genau wie jetzt. Lena hatte ihn dabei erwischt, wie er gerade eine Flasche Aberfeldy-Whisky öffnete. Fast hätte er den teuren Tropfen vor Schreck neben das Glas geschüttet. Lena hatte nach der Kündigungsgeschichte rund um Amelie keine Lust auf Smalltalk. Hartmut zu so später Stunde mit ihrem Unmut zu konfrontieren, wäre keine gute Idee. Sie wollte nur schnell nach Hause. Vor allem aber wollte Lena eines: schnell weg von ihm.

»Es lief prima«, sagte sie und ließ sich nichts anmerken. »Wir haben den Deal.«

Die inhaltlichen Details verschwieg sie. Berg verlangte absolute Diskretion bei nicht öffentlich bekannten Deals mit Börsenkursrelevanz, sogar innerhalb der Kanzlei. Selbst die Partner tauschten sich bei derart sensitiven Transaktionen nur auf »Need to know«-Basis aus. Das führte manchmal zu einem angespannten Arbeitsklima.

»Das freut mich sehr. Vor allem für dich. Es ist schön zu sehen, wie du deinen Weg durch das Kanzleidickicht findest. Möchtest du auch einen Schluck?« Hartmut hielt zögernd ein Glas hoch.

»Danke, nein. Ich muss noch ein Mandatsschreiben fertig machen, und dann will ich nach Hause.«

Hartmut senkte den Blick, und für einen kurzen Moment lag ein Anflug von Traurigkeit auf seinem Gesicht. »Bleib bitte noch, Lena.« Er trank einen großen Schluck Whisky und bedeutete ihr, sich zu setzen. »Ende des Jahres wird über meine Ernennung entschieden, und jetzt das.« Er schob ihr eine Liste zu.

Es war die monatliche Stundenübersicht sämtlicher Anwälte der Kanzlei. Die Rennliste, wie sie genannt wurde, enthielt ein Ranking aller Associates und Local Partner. Fein säuberlich wurde die geleistete Arbeitszeit in abrechenbaren Stunden und sonstiger Arbeitszeit aufgeführt. Die Zurschaustellung der »billable hours« der Anwälte sollte den Konkurrenzkampf schüren und zu weiteren Höchstleistungen anspornen. Am Monatsersten begann die Uhr wieder bei null. Jeder Anwalt erhielt einen Hinweis hinter seinem Namen, wann sie oder er der Kanzlei Profit bescherte. Anwälten, die sich regelmäßig im letzten Drittel der Rennliste befanden, wurde ein Verlassen der Kanzlei nahegelegt. Die Hire-and-Fire-Mentalität der Kanzlei war arbeitsrechtlich zwar untersagt, keiner der geschassten Anwälte würde es nach Beendigung des Arbeitsverhältnisses jedoch auf einen Gerichtsprozess ankommen lassen. Zu groß war die Angst vor dem langen Arm der Kanzlei und damit vor dem endgültigen Karriereende als Anwalt.

Lena warf einen raschen Blick auf die Liste. »Platz drei ist super, und deine *billable hours* sind es auch: 360. Das ist grandios und bedeutet, dass du jeden Tag inklusive Wochenenden zwölf Stunden bei einem Mandanten abrechnen konntest. Eine unglaubliche Leistung.«

»Aber nicht genug für Platz eins. In den nächsten beiden Monaten muss ich Erster werden.« Hartmut trank sein Glas leer und schenkte sich erneut ein.

Lena runzelte die Stirn. »Das ist schwachsinnig. Du bist zweifellos einer der besten Anwälte der Sozietät. Wenn du nicht International Partner wirst, wer sonst?«

Lena kam sich schäbig vor. Eigentlich hätte sie Hartmut für seine Aktion mit Amelie an den Pranger stellen sollen. Stattdessen munterte sie ihn auf.

»So ist das System nun mal. Wenn all die Arbeit der letzten Jahre umsonst war, weiß ich nicht, was ich machen soll.« Hartmut sah Lena traurig an.

»Kopf hoch, Hartmut. Erstens schaffst du es, und zweitens ist Arbeit nicht alles. Denk an deine Frau.« Sie zeigte auf das Foto einer sportlichen, brünetten Frau um die 40, das neben seiner Whiskyflasche stand.

Hartmut klappte das Foto nach unten auf den Tisch. Im nächsten Moment verzog er das Gesicht, fiel Lena um den Hals und brach in Tränen aus. Völlig verdutzt ließ sie es geschehen.

»Sie hat mich vor einem Jahr verlassen. Kurz nachdem sie mir die jahrelange Affäre mit unserem Nachbarn gebeichtet hatte, packte sie ihre Sachen und zog aus. Ich habe sie angefleht zu bleiben, aber sie meinte nur, dass mir meine Arbeit reichen würde und eine Frau in meinem Leben immer das Nachsehen hätte. Bitte behalte es für dich. Ich habe es niemandem außer dir erzählt. Außerdem fürchte ich, dass eine Scheidung bei der Partnernominierung negativ ins Gewicht fällt. Fehlende Stabilität und so. Und dann diese Lügen um eine angebliche Affäre mit der Sekretärin Amelie. Ich. Ausgerechnet ich.«

Damit hatte Lena nicht gerechnet. Sie hatte Hartmut für einen schamlosen Fremdgeher gehalten. War es womöglich anders gewesen? Ihn mit Details zu Amelie zu konfrontieren, damit, dass es durch die Kameras Beweise für sein Verhältnis mit ihr gab, hielt Lena für falsch. Ihr ging Hartmuts Schilderung nahe, weil sie sich ertappt fühlte. Auch wenn sie ihre eigene Ehe für stark hielt, so versetzte der Gedanke an die Transaktion ihr dennoch einen Schlag in die Magengrube. Berg würde keine Ausreden gelten lassen. Lena schwor sich, die beiden Urlaubswochen für Mark und Luca unvergesslich werden zu lassen.

Sie spürte, wie ihre Bluse an der Schulter feucht wurde.

Kurz darauf löste Hartmut sich von ihr und drehte seinen Ehering wie ein Karussell um seinen Finger. »Nun weißt du, warum ich meine Arbeit nicht auch noch verlieren möchte. Denn dann hätte ich alles verloren.« Er nahm einen weiteren Schluck aus seinem Glas. »Tut mir leid, dass ich dich damit behelligt habe. Du willst zu deiner Familie, und ich halte dich unnötig auf.«

Lena legte ihm die Hand auf die Schulter. Hartmut war in gewisser Hinsicht ihr Vorgesetzter, und zu einem persönlichen Gespräch kam es selten. Daher wusste sie nicht ganz, wie sie ihn trösten konnte, ohne ihm gegenüber respektlos zu erscheinen. »Das tut mir sehr leid, Hartmut. Wenn ich irgendwas tun kann, lass es mich bitte wissen.«

In diesem Augenblick klingelte sein Telefon. Vermutlich einer seiner amerikanischen Mandanten, die sich über Zeitzonen keine Gedanken machten. Sofort setzte Hartmut seine professionelle Maske auf und deutete Lena an, die Tür hinter sich zu schließen.

Müde und von Hartmuts Gefühlsausbruch überwältigt platzierte Lena die Unterlagen und den Zettel aus dem Restaurant auf ihrem Schreibtisch.

Diana hatte ihr eine kleine Karte mit einem Glücksschwein aus Schokolade hingelegt.

Ich hoffe, der Termin lief gut? Konntest du etwas für Amelie tun? Liebe Grüße, Diana

Lena griff zum Telefon und faltete das Schokoladenpapier auf.

Mark meldete sich mies gelaunt. »Verdammt, es ist nach Mitternacht.« Statt sich über ihren Erfolg mitzufreuen, ließ er seinen ganzen aufgestauten Frust raus. »Ich bin kurz weg, hast du gesagt. Ruf doch wenigstens an, wenn es statt eines Abendessens eine Nachtschicht wird. Ich habe Besseres zu tun, als ständig auf dich zu warten.«

Lena fühlte sich mit einem Mal unendlich müde. »Es tut mir leid. Ich beeile mich. Ich muss schnell das Gutachten fertigstellen, dann mache ich mich auf den Weg. Deswegen musste ich ja eigentlich in die Kanzlei, aber mir ist der Termin mit Berg dazwischengekommen. Danach habe ich aber wirklich Zeit. Für dich allein, auch wenn es schon spät ist.«

»Nur noch schnell und dann …«, äffte Mark Lena nach. Das hatte er in einem solch aggressiven Ton bisher nie getan.

Lena stiegen die Tränen in die Augen. Wie gern würde sie alles stehen und liegen lassen und nach Hause fahren. Doch zuerst musste das Gutachten erstellt und versandt werden. »Ich verspreche dir, es dauert nicht lange. Außerdem habe ich eine Überraschung für dich. Für uns alle drei. Ich liebe dich unendlich, und es tut mir wirklich leid. Bis gleich.«

Lena legte auf und aß die Schokolade.

Während sie über dem Gutachten brütete, ging ihr Marks Wut nicht aus dem Kopf. Zum zweiten Mal hatten sie sich heute gestritten. Auch das war ein Novum.

Wenn ich ihm vom Urlaub erzähle, wird seine Laune sich bessern, hoffte sie. Endlich Zeit zu dritt.

Als das Gutachten fertig war, durchsuchte Lena ihre E-Mails. Keine Nachricht von Robert. Weder auf dem Handy noch auf dem Display ihres Bürotelefons war ein versuchter Anruf von ihm vermerkt.

Diana hatte auch keine Notiz auf ihrem Block hinterlassen.

Wieso meldet er sich nicht, fragte sie sich. Sie schüttelte nachdenklich den Kopf und schickte das Gutachten ab. Erschöpft klappte sie ihren Laptop zu. Dann tippte sie eine WhatsApp an Robert.

Hey, mein Lieber. Alles okay bei dir? Werde jetzt ein paar Tage zu Hause bleiben. Berg hat mir Urlaub gegeben. Ach ja, er scheint mich tatsächlich wieder zu mögen, Kuss.

Lena strich sich seufzend eine Strähne aus dem Gesicht. Der Stress des Tages löste sich endlich. Sie vermisste Mark und Luca und hasste sich dafür, dass es wieder so spät geworden war. Immer wollte sie es allen recht machen. Die teure Penthouse-Wohnung hatte sie für Mark gekauft. Er sollte ein wunderschönes Zuhause haben, so wie er es von klein auf kannte. Allerdings konnte sie genau deswegen ihre

Arbeitszeit nicht weiter reduzieren. Weil der Kredit so hoch war, wäre sogar eine Erhöhung der Arbeitszeit erforderlich, wenn der Bonus in diesem Jahr nicht entsprechend ausfiele. An solchen Tagen spürte Lena den Druck, der auf ihr lastete, besonders. An solchen Tagen wünschte sie sich einen erfolgreichen Mann, sodass auch sie sich hin und wieder zurücklehnen könnte. Den unermesslichen Stress in der Großkanzlei würde sie gern gegen die Arbeit einer selbstständigen Anwältin mit einer eigenen Kanzlei tauschen. Der Gedanke trieb ihr erneut die Tränen in die Augen. Seit Wochen aßen sie kaum miteinander. Meist hatten Mark und Luca bereits gegessen, wenn sie von der Arbeit nach Hause kam. Wie gern würde sie Mark mal wieder mit einem griechischen Eintopf verwöhnen. Das letzte Mal hatte sie Marks Lieblingsessen vor Lucas Geburt gekocht.

Lena wischte sich die Tränen weg und raunzte ihr Spiegelbild auf dem Bildschirm an. »Reiß dich zusammen, Lena. Du hast alles, was man sich wünschen kann. Eine gesunde Familie, die dich über alles liebt. Einen tollen Job. Eine tolle Wohnung. Sei bloß nicht so undankbar.«

Sie hielt inne. Jetzt führte sie also auch noch Selbstgespräche. Sie schnappte sich ihr Handy und schickte Mark eine versöhnliche Sprachnachricht. Das Letzte, was Lena wollte, war, mit ihm zu streiten.

Bevor sie nach Hause fuhr, wollte Lena eine Dankesnotiz an Diana schreiben und sich in den Urlaub verabschieden. Doch sie konnte ihren Füller nicht finden. Seltsam. Ihr Montblanc lag sonst immer in der gleichen Schublade auf dem Briefpapier. Lena räumte die Schublade aus, fand jedoch keinen Füller.

Zu müde und zu erschöpft, um ihr Büro auf den Kopf zu stellen, gab Lena die Suche auf. Sie schnappte sich einen

Bleistift und schrieb Diana ein paar nette Zeilen. Dann räumte sie ihren Platz auf und stellte die leeren Wasserflaschen in die Küche.

Ihr Blick blieb an der Spüle hängen. Darin stapelten sich Essgeschirr und Dutzende von Kaffeetassen. Typisch für ihre Kollegen. Nach außen akkurat, aber in Wirklichkeit unordentlich.

Lena krempelte die Ärmel ihrer Bluse hoch und räumte das Geschirr in die Spülmaschine. Plötzlich traf sie fast der Schlag. Unter einem Teller lag ihr Montblanc-Füller.

Ihr geliebter Füller. Zerbrochen in zwei Teile.

Was sollte das? Wer machte so was?

Ihr wurde schwindelig.

Wollte sich ein Kollege an ihr rächen, weil sie beim Pitch hatte dabei sein dürfen? Wer hasste sie so sehr, dass er so etwas tat?

Bisher war Lena davon ausgegangen, zu sämtlichen Kollegen ein sehr gutes Verhältnis zu haben. Ihr fiel niemand ein, dem sie zutraute, ihren Füller vorsätzlich zu zerstören. Vor allem niemand, der sie so gut kannte und von der Bedeutung des Füllers wusste.

War es ein dummer Zufall gewesen? Jemand hatte einen edlen Stift zu einer offiziellen Vertragsunterzeichnung gebraucht, er war ihm heruntergefallen und zerbrochen? Aber wieso hatte derjenige ihn in der Küche versteckt, statt ihn klammheimlich verschwinden zu lassen oder ihr eine Entschuldigung zu schreiben?

Lena steckte den zerbrochenen Füller in ihre Tasche. Vielleicht konnte Mark ihn reparieren. Er hatte ein Händchen dafür.

Auf dem Weg durch die Tiefgarage kroch die Angst in Lena hoch. So schnell wie möglich ging sie zu ihrem Auto. Sie wollte dringend in ihre sicheren vier Wände.

Kapitel 9

Wann kommt sie endlich, fragte er sich ungeduldig.

Er rieb die kalt gewordenen, schwieligen Hände. Wie bei einem verliebten Teenager war sein Blick auf das Schlafzimmer der Penthouse-Wohnung gerichtet. Seit 40 Minuten wartete er schon. Ein Abbruch kam nicht infrage.

Natürlich hatte er andere Möglichkeiten. Kameras, Monitore und Teleobjektive, die allesamt nur sie zeigten. Er schämte sich dafür. Wusste, dass er eine rote Linie überschritt. Sonst war er so professionell. Aber sie zog ihn einfach in ihren Bann. Er wollte die »echte Sicht«. Das Starren auf den Bildschirm reichte ihm nicht mehr. Ein Blick durch die Fensterscheibe war aufregender. Er wollte die echte Lena. Seine Lena.

Den ganzen Tag über hatte er an sie gedacht. Daran, wie sie sich vor der Fensterfront den roten Slip hatte aufreißen lassen. Leider von diesem Idioten. Wie sie sich mit ihren halterlosen Strümpfen und einem fast durchsichtigen BH bekleidet gegen die Scheibe pressen lassen hatte. Er hatte es durch sein Fernglas gesehen. Kurz darauf war ihr durchtrainierter Hintern am Panoramafenster auf- und abgerutscht.

Pornorama.

Er grunzte vor Freude an seinem Wortspiel, doch sofort kehrte die Scham zurück. Er war ein Spanner. Das hatte sie nicht verdient. Diesen Idioten von Ehemann aber auch nicht. Er schloss die Augen, um wieder voll und ganz bei Lena zu sein.

Ihre verschwitzte Haut schien an der Fensterscheibe zu kleben. Jeder Muskel ihres Körpers war angespannt. Wie gern hätte er ihr dabei ins Gesicht gesehen. Nicht wie sonst, dicht herangezoomt, jede einzelne Millisekunde seziert. Eher wie bei seinen nächtlichen Besuchen. Hautnah, mit ihrem Atem in der Nase, während sie sich unruhig im viel zu großen Bett hin und her wälzte. Er konnte seine Augen nicht von ihr lassen. War ihr verfallen. Seiner Lena.

Konzentrier dich, ermahnte er sich. Du schweifst ab. Bleib bei Freitagnacht.

Ihre langen Beine waren um Marks Taille geschlungen gewesen. Ihr kreisendes Becken hatte ihm verraten, dass sie nichts dem Zufall überließ. Sie dominierte das Geschehen. Ihr Körper war wie eine Waffe, die den Einschlag des Kugelhagels bestimmte.

Lena war eine selbstbewusste, moderne Frau. Sie wusste, was sie wollte. Und er wollte mehr von Lena. So viel, wie er nur irgendwie kriegen konnte. Ihretwegen brach er ein Tabu, verlor seine Professionalität. Er war der Einzige, der sie richtig kannte. So, wie sie war.

Seiner hochauflösenden Kamera blieb nichts verborgen. Er allein erlebte sie hautnah. Kannte ihre Schönheit und auch ihre Makel. Ihre kleinen Besenreiser am Fußballen, die sie selbst erst vor einer Woche entdeckt hatte. Die wenigen Sommersprossen um die Nasenspitze herum. Er wusste, wenn sie beim Rasieren ein Haar übersah oder ihre Bodylotion nicht gleichmäßig verteilte. Er kannte sie wie niemand sonst auf der Welt. Die Technik und seine Gier machten es möglich.

Sanders erregte das Wissen, dass seine Augen die einzigen waren, die jeden Winkel ihres Körpers genauestens untersucht hatten. Und das in jeder denkbaren Situation.

Wenn er sie sah, fühlte er sich wie ein ausgezehrter Straßenköter, dem nach tagelangem Hungern ein gefüllter Fressnapf gereicht wurde.

Er war ungenießbar, wenn Lena im Büro war. Auch wenn er sonst eigentlich ein umgänglicher Mensch war. Doch Lena löste etwas Animalisches in ihm aus. Je mehr Zeit sie im Büro verbrachte, desto ungeduldiger wurde er. Neben seinen fest installierten hochauflösenden Kameras hatte er zudem eine portable für Außenaufnahmen. Die mobile Super-Zoom-Kamera hatte er ebenfalls dabei. Draußen in freier Natur vor dem Wohnkomplex und durch die Zimmerfenster kam er sich nicht so schäbig vor, wenn er die Filmchen aufzeichnete. In sicherer Entfernung auf dem Nachbarhügel, aber nah genug, um durch das Schlafzimmerfenster der Penthouse-Wohnung zu knipsen. Einfach draufhalten und später bearbeiten. Dem hochmodernen Zoom entging selbst aus dieser Entfernung nichts.

Zum 43. Mal schaute er auf seine Uhr. Er würde nicht abbrechen. Nicht jetzt. Er lag an seinem Lieblingsplatz auf dem Hügel vor dem Wohnkomplex zwischen den Büschen, von dem aus er den besten Blick hatte. Wenn Lena ihre Businessklamotten durch einen bequemen Schlabberlook ersetzte. Das Spektakel dauerte nicht länger als eine Minute, doch das war es ihm wert. Danach schaute er es sich in seiner Wohnung erneut auf Video an. Immer und immer wieder.

Jetzt sah er nur Lenas Ehemann. Der Drecksack ging zu Luca. Wahrscheinlich war der Junge aufgewacht und vermisste seine Mutter.

»Geh bloß aus dem Sichtfeld, wenn deine Frau nach Hause kommt. Du verdirbst mir sonst wieder alles«, nuschelte er.

Er schreckte hoch, als ihn eine kalte Hundeschnauze anstupste. Ausgerechnet jetzt musste der Nachbar seinen Hund auf die Straße schicken. »Hau ab. Bitte.«

Er liebte Hunde. Doch noch mehr liebte er Lena.

Er kniete sich hin, um den Hund besser verscheuchen zu können, ohne dabei seine Tarnung aufzugeben. Aber der Golden Retriever ließ sich nicht beirren. »Geh zu deinem Herrchen!«

»Benno! Benno, wo bist du?«, hallte es vom Eingangsbereich der Wohnanlage. Ein schriller Pfiff ertönte, und der Golden Retriever hechelte los.

Kapitel 10

Es hatte angefangen zu schütten, und die Luft in der Garage roch nach Regen. Lena liebte diesen Geruch, weil er sie an ihren verstorbenen Vater erinnerte. Er hatte die Schule nach der achten Klasse verlassen, um im städtischen Kraftwerk Geld zu verdienen. Geld, das seine Eltern dringend brauchten. Als Ausgleich zu seiner kurzen Schulzeit las er ständig Fachzeitschriften. Am liebsten erklärte er ausufernd, warum Regen duftete, obwohl Wasser geruchslos war. Lena und ihre Mutter machten sich stets den Spaß, bereits nach den ersten Worten gleichzeitig »Petrichor« und damit den Namen des Aromas herauszuposaunen. Der Vortrag endete immer viel zu früh mit schallendem Gelächter.

Aber Lena war gerade nicht nach Lachen zumute. Wieder überkam sie das Gefühl, beobachtet zu werden.

»Ist da wer?«

Ihre Stimme hallte durch die Garage.

War da neben ihrem Auto nicht eine Gestalt gewesen, die hinter der Säule verschwunden war? Lena blieb stehen und hielt die Luft an, doch das Plätschern des Regenwassers absorbierte fast alle Nebengeräusche.

Sie hielt ihr Handy fest in der Hand, um im Notfall schnell Hilfe holen zu können, und ging weiter in Richtung ihres Autos.

Es klirrte. Hinter der Säule schien etwas auf den Boden gefallen zu sein. Es folgte ein dumpfer Schlag, der trotz des

Regens deutlich zu hören war. Jemand war in der Nähe ihres Autos.

Lena tippte zitternd die Nummer des Notrufs ins Handy. Dann hielt sie inne. Sollte sie tatsächlich die Polizei verständigen? Bis die ankam, läge sie entweder vergewaltigt und ausgeraubt am Boden oder die Person wäre längst verschwunden. Hatte der Sicherheitsdienst etwas bemerkt? Sie hatte keine Ahnung, ob die Sicherheitsleute tatsächlich vor Ort waren oder doch eher weit entfernt in einer Zentrale.

Lena wollte gerade auf den grünen Hörer tippen, um den Notruf anzurufen, als jemand in schwarzem Kapuzenpulli und gebückter Haltung hinter der Säule hervortrat.

Sie wollte brüllen, bekam aber kaum einen Ton heraus. »Hau ab! Ich bin bewaffnet! Hau bloß ab!«, krächzte sie mit dünner Stimme.

Zu ihrer Verwunderung drehte die dunkle Gestalt ab und flüchtete, noch immer gebückt, ins obere Garagenstockwerk.

Lena erstarrte. Sie hatte nur den Rücken gesehen und durch die gollumgleiche Körperhaltung hatte sie nicht erkennen können, wie groß die Person war.

Hastig schloss sie die Autotür auf. Mit zitternden Fingern drehte sie den Zündschlüssel, aktivierte die Türverriegelung, ließ den Motor aufheulen und brauste mit quietschenden Reifen durch die Garage. Sie musste nach oben fahren, einen anderen Ausgang gab es nicht. Doch was, wenn die Gestalt dort auf sie lauerte? Den Blick starr nach vorn gerichtet, raste Lena die Ebenen hoch. Als die Garagenausfahrt vor ihr lag, trat sie das Gaspedal bis unten durch. Jetzt bloß nicht anhalten. Der Typ könnte es sich anders überlegt haben.

Vor Aufregung verlor sie die Kontrolle. Lenas Fiat 500 kollidierte seitlich mit einem Eckpfeiler. Die Beifahrertür schrammte quietschend an Beton entlang. Durch die Wucht des Aufpralls ging der Motor aus. Stille. Lenas Herz pochte wild. Ihr wurde schwindelig. Schritte näherten sich. Schnell und unbeirrt.

Aus dem Augenwinkel sah sie eine Gestalt auf ihren Wagen zulaufen. Dann klopfte etwas mit voller Wucht gegen ihre Fahrerscheibe.

Lena schrie. Sie hupte, um den Angreifer zu vertreiben. Trotz ihrer zitternden Hände gelang es ihr, den Motor wieder zu starten. Sofort trat sie das Gaspedal durch. Der Wagen schoss wie eine Rakete die Auffahrt hoch. Lena konnte den Fiat gerade noch rechtzeitig vor der Schranke zum Halten bringen. Hektisch zog sie ihren Mitarbeiterausweis hervor und hielt ihn vor das Lesegerät. Ihr Blick war auf den Rückspiegel fixiert, von der unheimlichen Gestalt keine Spur.

Mit dem erdrückenden Gefühl, dem Tod gerade von der Schippe gesprungen zu sein, raste sie über die Mainzer Landstraße nach Hause.

Kapitel 11

Trotz der späten Stunde waren etliche Autos auf den Straßen unterwegs. Lena wurde das Gefühl nicht los, verfolgt zu werden, doch sie konnte keinen verdächtigen Wagen ausmachen. Sie wählte Marks Handynummer.

»Bitte. Bitte. Bitte. Bitte, geh ran«, flehte sie. Ich brauche dich.

Es ertönte das Freizeichen. Die Mailbox sprang an.

So ein Mist! Er schlief wahrscheinlich schon. Dann musste ihr Robert helfen. Wie immer in letzter Zeit.

Hektisch rief sie ihn an.

»Gott sei Dank, Robi, zum Glück erreiche ich dich.«

»Heute war echt ein beschissener Tag, Leni. Was ist denn so spät los? Alles in Ordnung bei euch?«

»Nichts ist in Ordnung. Ich werde verfolgt. Zumindest glaube ich das.«

»Beruhige dich erst mal. Ich verstehe kein Wort. Soll ich kommen? Wo bist du?«

»Ich war bis eben im Büro. In der Tiefgarage hat mir jemand aufgelauert.«

»Ach du meine Güte! Ist dir was passiert? Bist du verletzt?« Roberts Stimme bebte vor Sorge.

»Nein. Mir geht es gut. Der Typ ist weggerannt, und ich konnte mit dem Auto entkommen. Ich bin auf dem Weg nach Hause und weiß nicht, ob ich immer noch verfolgt werde.«

»Soll ich die Polizei anrufen?«

»Hab ich mir auch schon überlegt. Aber was soll ich denen sagen? Dass mir eine dunkle Gestalt in der Tiefgarage aufgelauert hat und vielleicht hinter mir her ist? Die halten mich doch für verrückt.«

»Dann komme ich. Wo genau bist du?«

»Ach, Robi. Im Moment sehe ich nur ein Taxi. Du brauchst also nicht zu kommen. Bleib aber bitte am Telefon. Ich möchte nicht alleine sein.« Das Telefonat mit Robert beruhigte Lena. Sie konnte endlich einen klaren Gedanken fassen. »Robi, ich verstehe das Ganze nicht. Heute Nacht habe ich meinen Füller zerbrochen im Büro gefunden, und dann das vorhin in der Garage. Ach ja, gestern bekam ich mal wieder ein Geschenk geschickt und heute Abend habe ich im Restaurant eine anonyme Nachricht erhalten. *Das Leben ist vergänglich. Wahre Liebe nicht.* Keine Ahnung, ob immer dieselbe Person dahintersteckt und ob ich vielleicht mehr daraus mache, als es eigentlich ist. Vielleicht sind es auch diese gruseligen Fotos von Marks Vernissage und der Mord an Madlung, die mich nicht mehr loslassen. Ich glaube, die Skala des Bösen bringt mich um den Verstand.«

»Der Sache in der Tiefgarage müssen wir nachgehen. Da gibt es schließlich Kameras. Und das andere klingt für mich eher nach jemandem, der schwer verliebt ist. Lass uns telefonieren, bis du zu Hause bist. Morgen gehen wir dann alles in Ruhe durch und fahren zum Pförtner der Tiefgarage. Wenn wir keine einfachen Erklärungen für die Vorkommnisse finden, rufen wir die Polizei.«

»Danke, Robi. Nur zur Sicherheit parke ich heute nicht in unserer Tiefgarage und gehe über die Haupttür ins Haus.«

Robert seufzte. »Okay. Stell dein Handy auf laut. Dann bekomme ich mit, was um dich herum passiert. Ich mache mein Mikrofon aus, dadurch merkt niemand, dass ich mithöre.«

Lena parkte ihr Auto in einer Seitenstraße zur Bockenheimer Landstraße, zog sich die Kapuze ihres Regencapes tief ins Gesicht und rannte die Allee entlang. Hinter einem Baum blieb sie stehen und sah sich um. Niemand war ihr gefolgt. Auch hielt kein Auto oder fuhr langsamer.

Lena ertastete ihr Handy in der Hosentasche. Es beruhigte sie, dass Robert auf diese Weise bei ihr war. »Ich renne gleich los.«

Sie wartete noch einen Augenblick. Als der Regen stärker wurde, lief sie in eine doppelreihige Allee. Die Baumreihen unterstrichen an gewöhnlichen Tagen den Wohlstand und die Eleganz der Gegend, doch in dieser kalten Herbstnacht ließen die Ahornbäume traurig ihre Blätter hängen. Der ruhige Anblick, den die Allee bot, passte überhaupt nicht zu Lenas Aufregung. Sie versteckte sich hinter den Baumreihen. Nur vor wem, wusste sie nicht. Ihre Lungen füllten sich immer schwerfälliger. Ob es an der hohen Luftfeuchtigkeit lag oder an dem zunehmend erdrückenden Gefühl, dass sie so schlecht Luft bekam, wusste sie nicht. Schwere breitete sich in ihrem Körper aus.

Wer hatte ihr die Notiz im Restaurant zukommen lassen, überlegte Lena. Wer schickte ihr die Geschenke ins Büro? Wer hatte ihren Füller zerbrochen? Wer war in der Tiefgarage gewesen? Das klang alles so absurd.

Lena schauderte, wenn sie an die Gestalt in der Tiefgarage dachte. Der gebückte Gang war unheimlich gewesen. Der Oberkörper war so gekrümmt gewesen, als fehlte die Wirbelsäule. Lena wurde klar, dass der Täter mit seiner Haltung nur eines gewollt hatte: unerkannt bleiben.

Kurz bevor sie in ihre Straße einbog, sah sie sich erneut um. Weit und breit kein Mensch.

Lena schnaufte. »Ich bin da, Robi. Niemand zu sehen.«

»Ich warte, bis du oben in der Wohnung bist, damit ich weiß, dass dort auch alles in Ordnung ist, Leni.«

Schnellen Schrittes lief Lena auf das Wohngebäude zu, öffnete die Eingangstür und fuhr mit dem Aufzug nach oben.

»Mark? Wo bist du?«, rief sie wenig später im Flur ihrer Wohnung.

Sie zog sich hastig die Schuhe aus und lief ins Wohnzimmer. »Es ist alles in Ordnung. Vielen Dank, Robi. Bis morgen und mach dir bitte keine Sorgen.«

Sie legte auf. Mark kam ihr durch den Flur entgegen. Er sah aus, als hätte er geschlafen. Vermutlich auf der Couch. »Wow. Auch schon da. Dabei ist es doch erst kurz nach eins in der Nacht.«

Lena ignorierte den Kommentar. Sie war einfach froh, dass Mark wach war, umarmte ihn wortlos und weinte.

Er strich ihr zärtlich über den Rücken. »Was um Himmels willen ist los? Was ist mit dir?«

Vor Kälte und Anspannung zitternd erzählte Lena vom Horror der letzten Stunde. Dabei wurde ihr bewusst, wie abwegig ihre Schilderungen klangen. Mark musste das Gleiche denken. Statt ihre Aufregung zu teilen, tätschelte er ihre Hand und zog Lena auf die Couch. Erst in diesem Moment fielen ihr seine nassen Haare auf.

»Seit wann duschst du vor dem Einschlafen?«

»Als ob das jetzt eine Rolle spielen würde«, wiegelte Mark ab. »Setz dich erst mal und beruhige dich, Schatz. Ich kann mir beim besten Willen nicht vorstellen, dass es ein Irrer auf dich abgesehen hat. Warum auch? Und die

Geschenke – das ist doch bestimmt nett gemeint. Du steigerst dich da in was rein. Arbeite weniger, dann siehst du es entspannter.«

Das saß. Lena erzählte von ihrer Todesangst, und Mark nahm sie nicht ernst. Das Tätscheln ihrer Hand und der fast schon mitleidsvolle Blick brachten sie auf die Palme. Das Letzte, was sie im Augenblick brauchte, war ein verständnisloser Ehemann, der sie für überarbeitet und paranoid hielt. Lena versuchte für sich, die Fakten zu sortieren, tat sich in der Aufregung aber schwer.

Sie schluckte ihre Enttäuschung über Marks Reaktion runter. Streit konnte sie noch weniger gebrauchen als den unterschwelligen Vorwurf, psychisch labil zu sein. »Ich rufe bei der Sicherheitsfirma der Tiefgarage an. Die haben bestimmt alles auf Band.«

»Lena, pass auf, dass du dich nicht lächerlich machst. Dein Tag war anstrengend. In der Dunkelheit und bei dem Regen kann man sich leicht was einbilden. Der Sicherheitsdienst wird dir auch nichts anderes sagen. Denk mal weiter. Was, wenn die Scrutch & Partners verständigen? Das würde bestimmt deiner Karriere schaden.«

Lena griff trotzig zum Handy.

Keine zwei Sekunden später meldete sich eine verschlafene Stimme. Nachdem sie ihr Anliegen geschildert hatte, war der Sicherheitsmitarbeiter schlagartig wach. »Sie waren diese Furie, die wie eine Irre durch die Garage gerast ist? Sie hätten mich fast totgefahren. Wäre ich nicht rechtzeitig zur Seite gesprungen, läge ich jetzt auf der Intensivstation.«

Lena zuckte zusammen. »Ich glaube, ich habe mich nicht richtig verständlich gemacht. Ich wurde verfolgt und hatte Angst um mein Leben. Schauen Sie doch bitte Ihre Aufzeichnungen an.«

Es klickte, und die Winterreise von Franz Schubert dudelte in der Warteschleife. Die düstere Stimmung der klassischen Musik, die den Weg des Menschen in sein Grab beschrieb, hätte passender kaum sein können. Lena stellte den Lautsprecher an, doch Mark schien nicht bei der Sache. Sie wollte ihn gerade auf seinen abwesenden Gesichtsausdruck ansprechen, da klickte es erneut in der Leitung.

»Hören Sie. Außer Ihnen und mir ist auf dem Video niemand zu sehen. Wenn Sie mich also verarschen wollen, müssen Sie früher aufstehen.«

Lena konnte kaum glauben, was sie da hörte. Die gollumgleiche Gestalt war nicht auf den Bändern? Verdutzt und mit offenem Mund starrte sie Mark an. Der schien über die Antwort erleichtert zu sein.

»Das kann nicht sein«, widersprach sie. »Haben Sie richtig geschaut? Ich glaube, der Mann hat sogar an meine Fahrerscheibe geklopft. So genau weiß ich das aber nicht mehr. Ich war in Panik.«

Das war offenbar zu viel für den Sicherheitsmitarbeiter. Er atmete tief durch und schrie dann in den Telefonhörer. »Du blöde Tussi! Natürlich habe ich richtig nachgesehen. Sag mir bloß nicht, wie ich meinen Job zu machen habe. Ich habe an deine Fensterscheibe geklopft, weil du mich fast zu Matsch gefahren hast! Es reicht mir jetzt mit deinen Psychospielchen. Ich zeig dich an. Dein Kennzeichen hab ich ja.«

Er legte auf. Lena schaute erst ihr Telefon und danach Mark ungläubig an. Kopfschüttelnd ließ sie sich ins Couchkissen sinken. Reflexartig griff sie in die Innentasche ihres Blazers. Lena seufzte. »Ich habe die Karte vom Sushi-Restaurant im Büro liegen lassen. Aber in meiner Tasche ist noch mein zerbrochener Füller. Ich kann ihn dir zeigen!

Glaub mir bitte, Mark. Es war alles genau so, wie ich es dir erzählt habe. Ich bin nicht irre.«

Lena trottete ins Schlafzimmer und legte sich erschöpft ins Bett. Stunden später schlief sie endlich ein.

*

In seiner Wohnung strich er ein zweites Mal auf dem Bildschirm über Lenas Körper. Die Frau seiner Begierde schlief. Er betrachtete ihr schönes Gesicht. Wie ruhig und behütet sie im Reich der Träume aussah! Das Einzige, was ihn störte, war Mark.

Er schaltete die Monitore aus und zog sich seine dicken Weihnachtswollsocken an. Der rote Bommel am großen Zeh störte ein wenig. Ihn abzuschneiden, war aber unmöglich. Die Socken waren schließlich ein Geschenk seiner Mutter gewesen. Mit ihnen schlich er leise wie ein Panther durch die Räume.

Tagsüber war er mutiger. Sobald alle aus dem Haus waren, betrat er das Penthouse und überprüfte die installierten Kameras. Er liebte den Geruch von Lenas Zuhause und ertappte sich immer wieder dabei, wie er mit geschlossenen Augen einfach nur in der Wohnung stand und an Lena dachte.

Ich liebe dich, meine Prinzessin, sagte er in Gedanken zu ihr. Aber der Bastard an deiner Seite spielt ein entsetzliches Spiel mit dir.

Kapitel 12

Lena schreckte hoch. Das Handy klingelte. Schlaftrunken blickte sie auf ihren Wecker, der unschuldig auf dem Nachttisch stand. 6:47 Uhr.

»Ja, Robi, was ist denn so früh?« Das gleichmäßige Atmen neben ihr verriet, dass Mark noch schlief.

»Unfassbar. Ich weiß gar nicht, was ich sagen soll, Leni. Hartmut Fischer ist tot. Sein Anblick war kaum zu ertragen.«

»What?« Lena war schlagartig hellwach und sprang aus dem Bett.

»Ich habe ihn gefunden, Leni. Überall war Blut. O Gott. Da schlachtet irgendwer Anwälte ab. Gott sei Dank ist dir nichts passiert.«

»Was …? Wie …?« Lena rang nach Luft.

»Ich musste heute wieder sehr früh ins Büro, und da hab ich ihn an seinem Schreibtisch gefunden. Entsetzlich zugerichtet. Die Kripo meinte, es sah aus wie bei Alexander Madlung. Leni, pass auf dich auf und erzähl der Kripo von deinem Verfolger gestern Nacht. Es war keine Einbildung. Vielleicht war das ja der Mörder.«

Den Vormittag über konnte Lena keinen klaren Gedanken fassen. Hartmut Fischer war kaltblütig ermordet worden. Wieder ein Anwalt und erneut auf bestialische Weise getötet. Lena war die Letzte, die ihn lebend gesehen hatte, das bestätigte auch der Polizist, als er ihre Aussage protokollierte. Die Rückfahrt vom Polizeipräsidium und die anschließenden Stunden in der Wohnung verbrachten Lena und Mark schweigend. Nur Lucas gelegentliches Glucksen unterbrach die angespannte Stille.

»Du tippst ununterbrochen auf deinem Mobiltelefon rum«, sagte Mark genervt. »Wir müssen echt los.«

»Ich kann jetzt doch nicht einfach zur Geburtstagsfeier deiner Mutter gehen und so tun, als wäre nichts passiert.« Lena verdrehte die Augen. Marks Unverständnis irritierte sie zunehmend.

»Was willst du denn sonst unternehmen? Du hast der Polizei von deiner Unterhaltung mit Fischer und von der unbekannten Gestalt in der Tiefgarage erzählt. Das hat ihnen keine neuen Erkenntnisse gebracht. Willst du dich einschließen? Oder Polizeischutz? Du kannst im Moment nicht mehr tun, mein Liebling. Ich bin doch bei dir. Und meine Mutter wird sauer, wenn wir zu spät kommen.«

Unpünktlichkeit war eine von Marks größten Sorgen, wenn es um seine Mutter ging. Er war daher immer viel zu früh, wenn er sie besuchte, und wartete vor dem Tor. Mit dem Daumen an der Klingel schielte er dann auf seine Armbanduhr. Auf die Sekunde pünktlich klingelte er bei seiner Mutter.

Lena fehlte die Fantasie, wie sie nach dem Erlebten auf den Geburtstag ihrer Schwiegermutter gehen sollte. Aber alleine in der Wohnung auf Mark zu warten, war keine Alternative. Dessen Entschluss, die Feier nicht zu versäumen, stand fest. Nun, vielleicht tat ihr die Ablenkung ganz gut, versuchte sich Lena einzureden.

Marks Mutter hatte weitere Gäste zum Geburtstagsbrunch eingeladen und erwartete daher eine feinere Garderobe. Bei derartigen Anlässen kam Lena sich stets vor wie auf dem Präsentierteller, welcher der Königsteiner Gesellschaft serviert wurde. Aus Luca wurde der goldige Enkel in schniekem Outfit, der bereits ordentlich mit Messer und Gabel essen konnte. Mark mutierte zum Künstler kurz vor dem internationalen Durchbruch. Und Lena war die Staranwältin, die sowohl Karriere als auch Kindererziehung fest im Griff hatte.

Lena hasste das. Bei solchen Festen war sie der Spielball ihrer Schwiegermutter, Mittel zum Zweck der Selbstbeweihräucherung. Henriette von Nierstein wollte der Taunusgesellschaft zeigen, dass sie nicht nur reich und adelig, sondern auch Oberhaupt einer Bilderbuchfamilie war. Dass es hinter der Fassade gewaltig bröckelte, weil sie mit Lena oft im Clinch lag, sollte niemand erfahren. Doch eines war Henriette auch: eine liebevolle Oma für Luca.

Am heutigen Morgen schien die heile Welt, die ihre Schwiegermutter den Gästen vorspielen würde, weiter weg denn je. Lena schluckte ihre Anspannung herunter und hoffte, dass Mark recht hatte.

In Rekordzeit saßen sie im Auto.

Lena liebte es, mit ihren beiden Männern die Landstraße entlangzufahren. Zum einen, weil das Frankfurter Umland mit den weiten Feldern sie an ihre Kindheit erinnerte, und zum anderen, weil sie und Mark so etwas Ruhe hatten. Luca war auf der Rückbank mit seinem Stoffäffchen Bobo beschäftigt.

Es war der 1. Dezember, und entsprechend war es kalt und grau. Das trübe Wetter spiegelte ihren Gemütszustand wider. Doch dem würde sie sich nicht hingeben.

»Wollen wir deine Mutter fragen, ob sie in den nächsten Tagen auf Luca aufpassen möchte? Wir könnten uns dann im Rosengarten erholen und mit neuer Energie in unseren Alltag zurückkehren.« In diesem luxuriösen Wellnessresort hatten sie vor Lucas Geburt schon einige erholsame Auszeiten genossen.

»Das wäre toll. Hoffentlich hat sie Zeit. Dabei fällt mir ein, bitte erwähne nicht, dass die Resonanz auf meine Vernissage nicht so gut war. Mutter geht davon aus, dass es ein voller Erfolg war und ich bald das große Geld scheffle.«

»Oh Mann, Mark. Wann hört das auf, dass du deine Mutter anlügst? Dass du Angst vor ihr hast? Du bist ein erwachsener Mann!«

»Na ja, was heißt denn anlügen? Es ist ja nur eine Frage der Zeit, bis ich als Künstler durchstarte. Sie denkt halt, dass dieser Moment bereits da wäre und ich die Familie ernähren würde.«

»Vielleicht klappt es mit deiner Bewerbung. Das war schließlich vielversprechend. Und selbst wenn nicht: Wir schaffen das. Wir schaffen alles, wenn wir als Familie zusammenhalten.«

»Du weißt, wie meine Mutter darüber denkt. Ihrem Weltbild nach muss der Mann das Geld nach Hause bringen. Und eine erfolgreiche Vernissage wäre ein erster Schritt. So ist das nun mal, und ich werde sie auch an ihrem 60. Geburtstag nicht von etwas anderem überzeugen können.«

Lena ließ es dabei bewenden.

»Hast du nicht auch manchmal Lust, abzuhauen? Einfach alles stehen und liegen zu lassen und von vorn anzufangen? Ganz weit weg, wo dich keiner kennt und du sämtliche Dinge neu erkunden musst. Den Supermarkt um die Ecke, welcher Bäcker die besten Brötchen hat …«

Lena starrte Mark entgeistert an. »Wie meinst du das?«

»Ach, war nur so ein Gedanke.«

»Du machst mir Angst. Bist du nicht glücklich, so wie es im Moment ist? Ist was passiert?«

»Nein, nein. Aber es ist frustrierend, monatelang einem Job hinterherzujagen und immer wieder auf die Nase zu fallen. Und jetzt lüge ich auch noch meine Mutter an.«

Lena griff nach seiner Hand und streichelte sie sanft. »Du findest bald deinen Traumjob. Ganz sicher.« Sie schwieg eine Weile und drehte sich dann zu Mark. »Tut mir leid, aber ich muss auf die Toilette. Nach der Autobahnabfahrt auf der Landstraße nach Königstein gibt es einen Parkplatz. Könntest du da kurz anhalten?«

»Wieso wartest du nicht einfach, bis wir bei meiner Mutter sind? Keine zehn Minuten, und wir sind da. Ich fürchte, dass wir sonst zu spät kommen werden. Du weißt selbst, was dann los ist.«

»Ich kann doch nicht sofort auf die Toilette verschwinden. Das würde deine Mutter mir übelnehmen. Wir haben noch genug Zeit für einen kurzen Stopp.«

Wenig später setzte Mark den Blinker, verließ die Landstraße und parkte direkt vor dem Toilettenhäuschen. Für das kurze Stück Fußweg brauchte Lena keine Jacke, obwohl es recht frisch war. Sie zog eine Packung Taschentücher und ein kleines Fläschchen Desinfektionsspray aus ihrer Handtasche. Dann gab sie Mark einen flüchtigen Kuss und lächelte Luca auf dem Rücksitz liebevoll zu.

Kurze Zeit später war Lenas Stimmung deutlich positiver. Während sie zum Waschbecken ging, malte sie sich ihren Urlaub aus, um gedanklich der Kloatmosphäre zu entkommen. Jede Sekunde weniger in den Räumlichkeiten zählte.

Mit einem Taschentuch öffnete sie die Toilettentür. Frische Waldluft strömte in ihre Lungen. Der Duft ließ sie den Ekel von eben schnell vergessen. Doch Lenas gute Laune hielt nur kurz an: Der Wagen war verschwunden.

Kapitel 13

Lena hielt das Taschentuch noch immer fest in der Hand.

Sie schaute ungläubig nach links und rechts. Dann drehte sie sich um ihre eigene Achse, als ob sie dadurch ein wesentliches Detail erkennen könnte. Der Wagen mit Mark und Luca war weg.

Wahrscheinlich hatte Mark wenden wollen und war daher auf das Parkareal hinter der Toilettenanlage gefahren. Aber wieso? Die vorderen Parkplätze waren frei, und ein Rücksetzen des Wagens wäre ein Leichtes gewesen.

Trotzdem lief Lena zum hinteren Teil des Parkplatzes.

War ja klar, dass Mark ihr noch mal zeigen musste, wie blöd er ihre Toilettenpause fand. So ein kindischer Trotzkopf. Er wusste doch, dass sie keine Jacke mitgenommen hatte. Na, dem … Lenas Gedanken stoppten. Mark parkte auch nicht auf der Rückseite. Ihre Verärgerung wandelte sich in Wut.

Sie lief zur Straßeneinfahrt. Nichts. Weit und breit kein Auto. Nur eine ewig lange Landstraße, die sich in der einen Richtung durch den Wald fräste und in der anderen riesige Felder voneinander trennte. Von Weitem war der Verkehrslärm der Autobahn zu hören. Lena blieb einige Sekunden stehen. Blickte fröstelnd in alle Richtungen. Doch weder das Auto noch Mark und Luca waren zu sehen.

Ob er etwas vergessen hatte und noch mal nach Hause gefahren war, überlegte Lena. Aber dann hätte er doch auf sie gewartet. Oder war etwas mit Luca? Nein, dann hätte er sie gerufen.

Lena griff in ihre Hosentaschen. Abgesehen von einer Packung Taschentücher, einem Legostein und ihrem Wohnungsschlüssel waren sie leer. Ausgerechnet diesmal hatte sie ihr Handy in die Tasche ihrer Jacke gesteckt – und die lag im warmen Auto.

Aus den Sekunden des Wartens wurden Minuten. Kein Auto. Lena fror. Die dünne Bluse hielt die eisige Kälte nicht ab. Ein Wagen tauchte auf der Landstraße auf.

Na endlich. Lena atmete auf. Das wurde aber Zeit. Was auch immer Mark sich dabei gedacht hatte …

Doch Lenas Hoffnung auf eine warme Sitzheizung wurde enttäuscht. Das Fahrzeug brauste an ihr vorbei.

Minuten später gab es noch immer keine Spur von Mark, also ging sie zurück zum Toilettenhäuschen.

Vielleicht musste Mark ebenfalls auf die Toilette oder er hat Luca gewickelt, schoss es ihr durch den Kopf. Doch wo war dann der Wagen?

Lena riss alle Klotüren auf. Nichts. Sie eilte erneut über das Parkplatzgelände. Sie war weit und breit der einzige Mensch hier.

Ihr Mund wurde trocken, und ihre Hände zitterten.

»Wo sind die nur?«, hauchte sie.

Mark wird doch nicht vorn an die Einfahrt gefahren sein, um da zu warten? Er wäre niemals so taktlos, sie bei den Temperaturen zu verarschen, war sie überzeugt.

Lena kam sich vor wie im falschen Film. Was sollte das? Und vor allem: Was sollte sie jetzt machen? Warten, bis der gnädige Herr es sich anders überlegte und sie abholte?

Ob er bereits zu seiner Mutter aufgebrochen war? Oder gar nach Hause?

Unwahrscheinlich. Den Geburtstag seiner Mutter würde er nicht verpassen. Lebenslange Vorwürfe wären ihm sicher.

Es gab nur eine Erklärung: Mark war so sauer über ihre Pinkelpause, dass er es sie auf diese Weise spüren ließ. Doch wo versteckte er sich? Wenn er so weitermachte, würden sie wirklich noch zu spät kommen. Oder hatte Lena zu lange gebraucht und Mark war deshalb losgefahren? Was war bloß mit ihm los? So hatte er sich noch nie verhalten.

Lena hüpfte, um sich zu wärmen. Erneut blickte sie sich um. Nichts zu sehen und nichts zu hören. Sie rief laut Marks und Lucas Namen. Letzteres war absurd. Ihr Sohn konnte ihr gar nicht antworten.

Warum sollte Mark so kurz vor der Geburtstagsfeier einen großen Krach provozieren und damit riskieren, dass sie zu spät kamen? Zu allem Übel fing es zu nieseln an.

Wenn Mark sich irgendwo versteckte, um sie schmoren zu lassen, wäre es spätestens jetzt an der Zeit, das Theater zu beenden. Aber warum sollte er das Risiko eingehen, dass sie sich eine heftige Erkältung einfing? Oder klatschnass bei seiner Mutter ankam? Lenas Wut verwandelte sich in Panik.

Hatten Marks Andeutungen etwas damit zu tun? Wollte er wirklich abhauen und hatte deshalb abgeklärt, ob Lena mitkam? War das »alles stehen und liegen lassen und noch mal von vorn anfangen« ernst gemeint gewesen? Hatte Mark sie verlassen?

Lena lief zum Toilettengebäude, um sich vor dem stärker werdenden Regen zu schützen.

Ihr Blick fiel auf die schwere Eingangstür der Frauentoiletten. Ihr Puls beschleunigte sich. Da stand etwas geschrieben. Mit Kreide und schwer lesbar.

Sie kniff die Augen zu. Wort für Wort entzifferte sie die Botschaft. Die Welt um sie herum begann, sich immer schneller zu drehen.

Erzähl niemandem von unserem Verschwinden, sonst wird alles nur noch schlimmer.

Hatte das vorhin auch schon da gestanden? War die Botschaft für sie? Von Mark?

Lena musste schlucken. Ihr ausgetrockneter Mund machte seltsam schmatzende Geräusche. Der Regen trommelte lauter aufs Vordach. Lenas Puls hämmerte im selben Takt wie die Tropfen. In ihrem Kopf dröhnte es. Sie las den Satz wieder und wieder. Ihr Kreislauf spielte verrückt. Wie in Trance konnte sie sich gerade noch auf den Beinen halten. Tausend Gedanken schossen ihr durch den Kopf. Sie spürte, dass die Botschaft an sie gerichtet war und ihr Leben auf einen Schlag umgekrempelt wurde. Ein lähmendes Gefühl von Ohnmacht, Verzweiflung und schrecklicher Angst erreichte jeden Winkel ihres Körpers. Lena wollte schreien, aber sie konnte nicht.

Sie hielt inne. Brüllte da Luca? Rief Mark um Hilfe? Sie horchte. Kein Lebenszeichen, keine Motorgeräusche. Nichts. Einzig ihr sich vor Angst überschlagendes Herz dröhnte in ihrem Kopf.

Warum? Was hatte sie getan? Wieso passierte das gerade? Wie riesige Hagelkörner prasselten die Fragen im Rhythmus des Regens auf sie ein. Ihre Hoffnung auf einen schlechten Scherz, ein Missverständnis, eine einfache Erklärung löste sich auf.

Lena wollte schreien. Doch sie konnte nicht.

Sie stand noch immer regungslos auf dem Waldparkplatz, als ein Auto mit quietschenden Reifen dicht vor ihr stehen blieb. Auch das kam Lena surreal vor. Es fehlte lediglich noch, dass Männer mit schwarzen Anzügen und Hüten rauchend aus dem Fahrzeug sprangen und sie ins Wageninnere zerrten. So wäre der Hollywood-Streifen perfekt. Lena würde auf den Zwischenruf des Regisseurs warten müssen. Nach der Schlussklappe würde sie in Marks Arme fallen und Luca an sich drücken.

Doch es kamen keine schwarzen Herren, und auch das Knallen einer Klappe blieb aus. Aber das unbekannte Auto löste Lena aus ihrer Starre. Sie rannte zur Fahrerseite. Der starke Regen verhinderte eine klare Sicht ins Wageninnere.

Lena hämmerte mit den Fäusten gegen die Scheibe. »Hilfe! Sie müssen mir helfen!«, schrie sie.

Sie schlug so stark gegen das Fenster, dass dieses beinahe aus der Fassung sprang. Jetzt erkannte Lena schemenhaft, dass sich im Auto eine Frau befand – offensichtlich verängstigt. Die Frau schaltete in den Rückwärtsgang und ließ den Motor laut aufheulen. Dann fuhr sie in einem großen Bogen an Lena vorbei. Lena rannte ihr noch einige Meter hinterher. Ihr Flehen und Betteln blieben jedoch ungehört. Die Frau brauste davon.

Luca. Mark. Wo seid ihr nur, schoss es ihr durch den Kopf. Was ist mit euch passiert?

Klatschnass ging Lena erneut zur Klotür und betrachtete den Schriftzug.

War es Marks Schrift? Eher nicht. Aber sicher war sie sich nicht, zumal die Buchstaben durch den stürmischen Regen selbst unter dem Vordach zunehmend schlechter lesbar waren.

Erzähl niemandem von unserem Verschwinden, sonst wird alles nur noch schlimmer.

Und doch kam Lena die relativ kleine, geschwungene Schrift bekannt vor. Sie schluckte schwer. Ihren durch die Kälte verspannten Nacken durchströmte ein heißer, stechender Schmerz. Ihre Nerven spielten verrückt. Doch eines sah sie nun klar vor sich: die Karte.

Ähnelte die Schrift der auf der Karte, die ihr der Kellner im Sushi-Restaurant gegeben hatte? War das womöglich doch eine Warnung gewesen? Wahrscheinlich hatte sie durch ihre Ignoranz den Typen provoziert, und er zahlte es ihr auf diese Weise heim. Aber was hätte sie tun sollen? Lena wurde heiß. Hatte sie das Böse herausgefordert, und nun drehte das Böse den Spieß um?

Wo seid ihr nur, fragte sie sich verzweifelt. Sie war so ein Rindvieh. Wieso hatte sie nicht auf Polizeischutz bestanden? Wie hatte sie nach der Garagengeschichte nur denken können, dass sich alles klärt? SIE WAR SCHULD!

Der Schmerz in ihrem Nacken breitete sich aus. Ihre Schultern verkrampften sich, als würden sie wie an Marionettenfäden nach oben gezogen. Lena massierte mit beiden Händen ihre Schultern, doch der Schmerz ließ nicht nach.

Sie musste Mark und Luca finden. Vielleicht waren sie noch in der Nähe. Es war ihre Schuld, und sie wollte es wiedergutmachen.

Lena hastete zu der Stelle, auf der ihr Auto gestanden hatte. Von dort entdeckte sie eine Grillecke, die ihre beste Zeit deutlich hinter sich hatte. Die zugehörige Holzbank war größtenteils verrottet, ihre Rückenlehne an einem Ende lose. Ein rostiger Nagel ragte spitz heraus. Lena ging hinter die Bank. Dort wurden die Bäume dichter, ein Stück entfernt trennte ein zwei Meter hoher Zaun das angrenzende Waldgebiet ab. Wahrscheinlich sollte er das Wild davon abhalten, auf den Rastplatz und die Landstraße zu rennen. Lena musterte den Zaun. Er führte um das ganze hintere Parkplatzgelände herum. Was war das? Ein zusammengeknülltes Taschentuch.

Lena hob es auf. Ob es frisch war oder hier seit Tagen im Matsch lag, konnte sie nicht feststellen. Sie ließ das Tuch fallen. Hinter dem Matschhaufen entdeckte sie ein Loch im Zaun.

War es groß genug, um hindurchzugehen? Lena versuchte, in gebückter Haltung durch den Zaun zu klettern, und blieb mit ihrer Bluse hängen.

Ratsch. Auch das noch!

Sie griff an die zerrissene Bluse. Ein Fetzen, so groß wie ein Bierdeckel, hing am Zaun.

Verflixt. Als wäre es nicht schon kalt genug. Auf der Party ihrer Schwiegermutter müsste sie jetzt nicht frieren.

Schwiegermutter. Lena hielt inne. Marks Mutter wartete inzwischen längst auf sie. Bestimmt versuchte sie, einen von ihnen zu erreichen.

Hoffnung keimte in Lena auf. Vielleicht hatte sie die Polizei angerufen, und die suchte nach ihnen. Die wussten ja von dem Unbekannten in der Garage. Vielleicht glaubten sie nun, dass Lena in Gefahr war.

Lena lief zurück zum Parkplatz. Eines war ihr nun klar: Durch das kleine Loch im Zaun konnte Mark niemals verschwunden sein.

Sie strich sich mit der flachen Hand über die Stirn. Ihr Gesicht war mittlerweile eiskalt. Ebenso wie ihre Finger, die sie kaum noch spürte.

Erzähl niemandem von unserem Verschwinden, sonst wird alles nur noch schlimmer.

Was sollte das bedeuten? Keine Polizei, sonst sterben Mark und Luca? Allein der Gedanke an ihren kleinen Luca drehte ihr so heftig den Magen um, dass sie sich übergeben musste. Der schale Geschmack im Mund breitete sich weiter aus.

Erzähl niemandem von unserem Verschwinden, sonst wird alles nur noch schlimmer.

Steckte etwa der Anwaltsmörder dahinter? Das ergab keinen Sinn. Warum sollte der Anwaltsmörder Mark etwas antun? Der war ja kein Anwalt. Und wer war so krank und entführte einen kleinen Jungen?

Hektisch griff Lena sich erneut in die Hosentasche und ertastete den Legostein. Ihr schossen die Tränen in die Augen. Sie wühlte weiter. Leider immer noch kein Handy. Lena suchte den Parkplatz ein weiteres Mal ab. Durchsuchte sogar die Mülleimer nach Hinweisen. Sie zog eine alte Windel heraus und diverse Tücher. Angewidert zerrte sie einen Teller mit vergammelten Essensresten hervor. Mit spitzen Fingern warf sie alles zurück in den Mülleimer. Sich vor Ekel schüttelnd, wusch sie die Hände in einer Pfütze. Ins Toilettenhäuschen wollte sie nicht noch einmal, um kein Geräusch, keinen Hilferuf und kein vorbeifahrendes Auto zu verpassen.

Sie lief auf den Rasen und begutachtete den dort verteilten Müll. Halbleere Getränkeflaschen hob sie in der Hoffnung auf, dass diese ihr Hinweise auf das Verschwinden ihrer kleinen Familie geben könnten. Sie wusste selbst, wie sinnlos das war. Mark war nur kurz auf dem Parkplatz gewesen. Dennoch musste sie etwas tun.

Lena hob mit zwei abgebrochenen Ästen einen der Zigarettenstummel auf, die auf dem Parkplatz lagen, wo Mark geparkt hatte. Als begeisterte Leserin gingen ihr zahllose Krimiplots durch den Kopf. Waren wertvolle DNA-Spuren darauf? Erneut stieg Panik in ihr auf. Oder war Mark doch einfach abgehauen? Sollte das ein schlechter Scherz sein? Aber wieso dann die Drohung *Sonst wird alles nur noch schlimmer*? Waren die Zigarettenstummel schon vor Marks Verschwinden da gewesen?

Lena versuchte, sie mit den Ästen in ihrer Hosentasche zu verstauen. Als es ihr mehrmals hintereinander nicht gelang, nahm sie ein Taschentuch aus der Verpackung, faltete es auf, wickelte den regendurchnässten Zigarettenstummel darin ein und steckte ihn widerwillig ein. Vielleicht war die DNA ja brauchbar. Eigentlich war es eine ihrer Stärken, Ruhe zu bewahren, wenn andere in Panik verfielen. Aber jetzt war sie ein einziges Nervenbündel und zitterte am ganzen Körper.

Lena ging die Zeilen der Botschaft immer und immer wieder durch. *UNSEREM VERSCHWINDEN.*

Wieso bezog sich der Schreiber der Zeilen mit ein? Würde ein Entführer nicht von *IHREM VERSCHWINDEN* sprechen? Hatte doch Mark die Botschaft geschrieben und sich und Luca damit gemeint? Oder war er dazu gezwungen worden? Ähnelten sich die Schriften der Botschaften an dem Häuschen und auf der Karte? Zufall oder Einbildung? Wie dumm, dass sie die Karte im Büro hatte liegen lassen, ärgerte sich Lena. Die ziellose Suche hier ergab keinen Sinn. Sie musste ins Büro und die Karte holen. Sie musste wissen, ob es dieselbe Schrift war. Es würde Stunden dauern, um nach Hause zu laufen. Aber egal. Dann konnte sie ihre Einlasskarte fürs Büro holen. Erst wollte sie Robert anrufen und dann die Polizei verständigen. Alles würde gut werden.

Lena schleppte sich in über drei Stunden zu ihrer Wohnung. Noch nie war sie so verzweifelt gewesen. Noch nie in ihrem Leben hatte sie eine solche Angst verspürt.

Kapitel 14

Lena öffnete durchnässt und durchgefroren die Eingangstür. Im Aufzug drückte sie apathisch den Knopf für das Stockwerk ihrer Penthouse-Wohnung.

Als sich die Türen des Aufzugs öffneten, stand ein Mann mit einer dunkelgrünen Cordhose, die an den Knien den Großteil ihrer Farbe bereits eingebüßt hatte, darin. Lena war überrascht, dass sie in dieser Situation solche Details bemerkte. Noch mehr überraschte sie jedoch, wie ruhig und besonnen sie in den Aufzug stieg. Sie war imstande, nach außen hin so die Ruhe zu bewahren, dass man ihr nichts anmerkte. Der Mann kam aus der Tiefgarage oder dem Keller. Irgendwoher kannte Lena ihn.

Sein viel zu enger und zu kurzer orangefarbener Pullover mit übergroßem Benetton-Emblem stach ihr ins Auge. Smalltalk war das Letzte, wonach ihr der Sinn stand. Dennoch wollte sie keine Gelegenheit ungenutzt lassen. Schließlich war er ein Nachbar und hatte vielleicht etwas bemerkt.

»Haben Sie meinen Mann und meinen Sohn gesehen? Mein kleiner Schatz ist eineinhalb, und mein Mann trägt ein schwarzes Jackett und eine dunkelblaue Jeans. Ich weiß, es klingt blöd, aber sie sind verschwunden.« Mit der letzten noch vorhandenen Energie lächelte sie den Mann höflich an. Als sie dem Unbekannten die Hand zur Begrüßung reichen wollte, wich dieser zurück.

»Oje, hat Sie auch das Grippevirus erwischt?«, versuchte Lena, die Situation höflich zu retten.

Ihr Blick blieb auf dem Benetton-Aufnäher hängen. Er war nachlässig mit einem schwarzen Faden befestigt worden. Der obere Teil des Aufnähers war ausgefranst und umgeknickt. Fake. Alles Fake, schoss es Lena durch den Kopf.

»Ich bin nicht krank und heiße Sanders. Sogar meine Mutter nennt mich so – besser gesagt nannte. Sie ist tot. Nicht schön, aber wir alle werden geboren und dann sterben wir. Der eine früher, der andere eben später. Wer mehr Glück hat, will ich nicht bewerten. Sie kennen mich nicht, da ich neu bin und mich noch nicht vorstellen konnte. Ich bin Ihr Nachbar. Drei Stockwerke unter Ihnen. Ich weiß, dass Sie das Penthouse besitzen. Für mich viel zu teuer. Ihren Mann und Ihren Sohn habe ich heute nicht gesehen. Tut mir leid.«

Die roboterartige, monotone Stimme passte zu Lenas surrealem Tag. Im Aufzug roch es nach Vanille, was ein Déjà-vu auslöste. Doch das Wo, Wann und Was wollte ihr Unterbewusstsein nicht preisgeben.

Sanders wirkte schüchtern und nerdy. Er rückte seine Brille zurecht und blickte starr auf seine Schuhe. Seine Kopfhaut schimmerte durch das spärliche Haar knallrot, und er machte einen verlegenen Eindruck.

Die Aufzugstür öffnete sich im neunten Stock. Sanders trottete aus dem Lift und verschwand in dem langen Flur. Während sich die Aufzugstür zur Weiterfahrt schloss, hörte sie ihn rufen: »Viel Glück bei der Suche nach dem süßen Luca und Ihrem Mark. An Ihrer Stelle würde ich nicht nach Ihrem Mann Ausschau halten, sondern hoffen, dass er nicht mehr auftaucht. Glauben Sie mir. Es wäre besser so.«

Lena war wie paralysiert. Hatte sie das gerade geträumt?

Sie fühlte sich, als hätte ihr jemand Drogen verabreicht, die sie daran hinderten, geistig im Hier und Jetzt zu bleiben. Er hatte Marks und Lucas Namen genannt. Und was sollte der Quatsch mit: *Es wäre besser, Mark würde nicht mehr auftauchen?*

Viel Glück bei der Suche.

Wusste er, wo die beiden waren?

Lena blieb im Aufzug, als dieser im zwölften Stock hielt, und fuhr zurück zum neunten Stock. Der Flur war dunkel. Alle Türen waren verschlossen.

Der Bewegungsmelder schaltete sich ein und ließ den schlauchförmigen Gang in einem frisch verputzten Weiß erstrahlen. Die Klingeln waren teilweise noch mit Klebeband verdeckt.

Sechs Wohnungen befanden sich auf der neunten Etage, doch keine einzige besaß ein Namensschild. Lena kannte kaum einen der Nachbarn. Man sah sich zwar ab und an bei den Briefkästen oder Mülltonnen, doch mehr als ein freundliches Hallo wurde selten ausgetauscht.

Sollte Lena alle Wohnungstüren nacheinander durchprobieren? Doch da wäre Ärger vorprogrammiert. Wer klingelte schon einfach so bei fremden Leuten? Was sollte sie ihnen auch sagen?

Hallo. Ich suche einen seltsamen Kauz namens Sanders. Er hat wahrscheinlich meinen kleinen Sohn und meinen Mann entführt. Wohnt der hier?

Lena schluckte. Aber wieso sollte der Typ dann wenige Stunden nach der Entführung seelenruhig mit ihr Aufzug fahren? Absurd. Sollte sie nicht besser in ihrer Wohnung nachsehen oder ihre Schwiegermutter anrufen? Doch sie wurde das Gefühl nicht los, dass der Kauz etwas zu verbergen hatte.

Lena entschied sich für lautes Rufen. »Sanders!« Keiner der Bewohner meldete sich. Lena rief erneut. Offenbar wollte niemand öffnen. Vor allem Sanders nicht. Lena lauschte.

In einer Wohnung raschelte es.

Lena klopfte wie wild gegen deren Tür. »Machen Sie auf! Ich weiß doch, dass Sie zu Hause sind. Was sollte das vorhin?«

Nichts. Lena klingelte. »Jetzt machen Sie schon auf. Ich weiß, dass Sie hinter der Tür stehen.«

Wieder keine Reaktion.

Lena versuchte es erneut mit lautem Klopfen und Rufen bei verschiedenen Wohnungen. Die dumpfen Schläge hallten durch den Flur.

Stille. Seltsam. Wieso reagierte keiner der Nachbarn? Dann tat sich endlich etwas, und ein Teenager öffnete eine der Türen. »Alles okay bei Ihnen? Sie sehen ganz schön lost aus.«

»Hi. Ich bin deine Nachbarin und wohne im obersten Stock. Ich suche meinen Mann Mark und meinen kleinen Sohn. Hast du die beiden gesehen?«

»Äh, nö. Wieso auch, wenn Sie doch oben wohnen?«

»Ist dir ein etwas seltsamer Mann aufgefallen, der auf diesem Stockwerk wohnt? Sanders heißt er.«

»Das einzig Seltsame, was ich heute erlebt habe, ist Ihr Auftritt hier.« Der Junge grinste breit.

»Sanders. Weißt du, wo ein Herr Sanders wohnt?«

»Nö, und bitte lassen Sie mich jetzt in Ruhe. Ich bin im zwölften Level und muss mich auf den Endgegner vorbereiten.« Der Junge schloss die Tür, ohne auf Lenas Antwort zu warten.

Lena war fassungslos. Wo war sie hier gelandet? Ein komischer Kauz, ein unhöflicher Teenager und null Hilfsbereitschaft.

Als das Licht im Flur erlosch, ging sie zurück zum Aufzug und fuhr nach oben.

Was sollte sie auch sonst tun? Sanders würde kaum auftauchen und zu ihr sagen: »Hey, gut, dass Sie mich ansprechen. Ihr Mann ist in einer Kneipe und wartet dort mit Ihrem Sohn auf Sie.«

Vielleicht waren die beiden mittlerweile nach Hause gekommen. Die Aussicht auf ein baldiges Wiedersehen sorgte für neue Energie. Lena hastete zur Wohnungstür und schloss sie hektisch auf. Der Flur war dunkel.

Lena rannte durch die Wohnung und rief nach ihnen. Alle Zimmer waren leer und schwiegen.

Sie riss die Schränke auf. Als ob Mark und Luca sich darin verstecken würden. Sie würden wohl kaum wie bei einer Überraschungsparty Konfetti werfend aus einem Schrank springen. Lena spähte unter den Esstisch, flüchtig unters Bett und lief auf die Terrasse. Nichts. Kein Mark. Kein Luca. Sturzbachartig flossen ihre Tränen herab. Lena sackte in sich zusammen und kauerte wie eine verängstigte Katze an der Wohnungstür.

Wo waren sie nur? Lena holte sich mit letzter Kraft das Festnetztelefon und hoffte auf einen erlösenden Anruf. Doch woher sollte der Entführer die Festnetznummer kennen? Sie stand nicht im Telefonbuch. Einen Anrufbeantworter hatten sie nicht. Lena knabberte nervös an ihren Haarspitzen.

Wieder einmal verwarf sie die Möglichkeit einer Entführung. Das war unwahrscheinlich. Sie hatte ungeplant auf die Toilette gemusst. Keiner hatte wissen können, dass sie auf dem Waldparkplatz halten würden. Und ihr Auto war nicht luxuriös, das würde niemand stehlen, schon gar nicht mit Menschen darin. Oder war ihnen jemand gefolgt?

Der Anwaltsmörder? Aber warum dann Mark und Luca? Hatte es etwas mit der Skala des Bösen zu tun? Fühlte sich einer der Schwerverbrecher schlecht porträtiert und dessen Familie nahm Rache? Oder hing das Verschwinden ihrer kleinen Familie mit dem Geschenk zusammen? Und war sie in der Tiefgarage tatsächlich verfolgt worden, oder hatte Mark recht gehabt und sie wurde paranoid? Marks intensive Arbeit an der Skala des Bösen war zweifellos nicht spurlos an ihr vorbeigegangen. Viel ängstlicher war sie geworden. Und auch Mark hatte sich verändert. Wirkte gefühlskalter und distanzierter als noch vor Monaten.

Doch wieso sollte ihnen jemand gefolgt sein? Für ihre Penthouse-Wohnung hatten sie einen hohen Kredit aufnehmen müssen. Eine Entführung würde sich nicht lohnen. Aber wer wusste das schon.

Anders war es bei ihrer wohlhabenden Schwiegermutter. Die zeigte auch gern, was sie hatte. Die Boulevardpresse kannte sie. Meist wurde sie auf Wohltätigkeitsveranstaltungen mit anderen Adligen abgelichtet. Besonders oft wurde unter den Fotos im Internet ihre exquisite Garderobe kommentiert.

Lenas Atem stockte. Sie riss die Augen auf. Knabberte nicht mehr an ihren Haarspitzen. Was, wenn jemand wusste, dass Mark der Sohn einer wohlhabenden Gräfin war? Jemand, der wusste, wo Lena arbeitete und wohnte, bekam sicher auch das raus. Sie trugen schließlich den adligen Namen, und herauszufinden, wie reich Marks Mutter war, müsste ein Leichtes sein.

Mark war erst kürzlich im Frankfurter Tagesblatt abgebildet worden. In dem Artikel über seine Vernissage war seine adlige Herkunft erwähnt worden. Vielleicht wollte jemand mit seiner Entführung die Gräfin erpressen?

Lena wählte Marks Handynummer. Mailbox. Ausgeschaltet. Lenas Herz pochte.

Sie atmete tief durch. Das konnte alles und nichts bedeuten. Vielleicht war Mark in einem Funkloch, der Akku war leer, das Telefon aus Versehen ausgeschaltet, oder er war schon im Aufzug auf dem Weg in die Wohnung.

Lena ging in den Flur und horchte an der Aufzugstür. Er fuhr tatsächlich.

Ihr Herz hüpfte vor Freude. Jetzt würde sich endlich alles auflösen. Sie warf einen flüchtigen Blick auf die gespiegelte Aufzugstür und wischte sich eine nasse Strähne aus dem Gesicht. Erwartungsvoll baute sie sich auf. Sie würde Mark keine Szene machen. Keine Vorwürfe, dass sie triefend nass vom Parkplatz nach Hause hatte laufen müssen. Keine Vorhaltung darüber, dass sie vor Angst fast gestorben wäre. Kein Gemecker, einfach nur …

Enttäuscht senkte Lena den Kopf. Der Aufzug hielt an, doch leider einige Stockwerke unter ihr, und er setzte die Fahrt auch nicht fort.

Ihre Euphorie fiel in sich zusammen. Lena ging zurück in die Wohnung und griff abermals zum Telefon. Auch bei ihrem Handy sprang sofort die Mailbox an. Lena rief mehrfach bei Mark an und bettelte mit tränenerstickter Stimme um einen Rückruf. Was sollte sie machen? Wo konnte sie nach den beiden suchen?

Lena holte tief Luft und tippte die Nummer ihrer Schwiegermutter ins Telefon.

Vielleicht gab es eine einfache Erklärung. Dass sie durch ihr Fernbleiben die Party ruiniert hatte, würde ihr die Gräfin nie verzeihen. Auf jeder Familienfeier würde sie ihr das vorwerfen und darauf herumkauen wie auf einem zähen Stück Fleisch. Aber das war Lena vollkommen egal. Hauptsache, sie würde endlich erfahren, was los war.

Freizeichen. Es klingelte mehrfach, aber keiner ging dran.

Lena konnte keinen klaren Gedanken fassen. Alles drehte sich in ihrem Kopf. Nichts ergab Sinn.

Sie schüttelte sich kurz und ballte die Fäuste.

Reiß dich zusammen.

Robert. Robert musste herkommen. Zusammen würden sie eine Lösung finden. Auf ihren Freund war Verlass. Es dauerte nicht lange, bis er sich mit seinem gewohnten Telefonwitz meldete.

»Sascha Hehn vom Traumschiff. Was kann ich für Sie tun, Frau von Nierstein? Suite oder Doppelzimmer mit Meerblick? Und warum buchen Sie uns über Ihre Festnetznummer? Hätten wir diese Nummer nicht zufällig in unserem Buchungssystem gespeichert, wer weiß, ob Sie uns dann überhaupt erreicht hätten.«

Als Lena Roberts Stimme hörte, konnte sie ihre Tränen nicht länger zurückhalten. Wut, Verzweiflung und Hilflosigkeit bahnten sich ihren Weg.

»Hey, meine Süße. Beruhige dich. Was ist denn los? Hast du mit Mark gestritten? Ich dachte, du langweilst dich gerade auf der Geburtstagsfeier deiner Schwiegermutter. Oder hat sie dich etwa mal wieder spüren lassen, dass du des Familienwappens nicht würdig bist?«

»Ich weiß gar nicht, wo ich anfangen soll, Robi. Es tut so unendlich gut, mit dir zu reden. Es ist etwas Schreckliches passiert. Wobei ich mir gar nicht mal sicher bin, ob das überhaupt stimmt.«

Robert wurde ernst. »Lena, geht es euch gut? Seid ihr verletzt?«

»Bitte komm«, flehte sie mit tränenerstickter Stimme. »So schnell wie möglich. Lass alles stehen und liegen. Aber bitte, bitte leg nicht auf.«

»Was ist los? Du klingst völlig aufgelöst.«

»Mark und Luca sind verschwunden. Wir waren auf dem Weg nach Königstein. Ich musste auf einem Waldparkplatz auf Toilette, und als ich zurückkam, war das Auto weg. Von Mark und Luca keine Spur.«

Robert schwieg. Lena hörte nur das Starten seines Motors.

»Bist du noch dran?«

»Äh, ja. 'tschuldige. Ich verstehe nur Bahnhof. Was heißt keine Spur? Weg? Einfach weg, und Mark hat dich nicht angerufen?«

»Ich habe mein Handy im Auto gelassen. Ach ja, und auf der Toilettentür stand die Nachricht: *Erzähl niemandem von unserem Verschwinden, sonst wird alles nur noch schlimmer.* Meinst du, das hat was mit dem Anwaltsmörder zu tun? Oder mit Marks beschissener Skala des Bösen? Zu meinem Geschenkemacher passt es ja eher weniger, oder?«

»Krass. Ich weiß nicht, was ich davon halten soll, Leni. Bestimmt kommt Mark jeden Moment nach Hause. Oder er ist tatsächlich bei deiner Schwiegermutter und feiert seelenruhig ihren Geburtstag. Oder er versucht, dich gerade anzurufen.«

»Ich lege auf. Hoffentlich hast du recht. Komm so schnell wie möglich her.«

Nach dem Telefonat war Lena erleichtert. Robert fiel immer etwas ein. Mit seiner Hilfe würden sie die beiden finden.

Lena lief im Flur auf und ab, ihre Gedanken rasten. Sollte sie die Polizei anrufen? Nein, Quatsch. Besser wäre es, es noch mal bei ihrer Schwiegermutter zu versuchen.

Obwohl ihr durchgefrorener Körper nach einer heißen Dusche schrie, konnte sie jetzt keine Zeit unter der Brause verplempern.

Gerade als sie erneut zum Hörer greifen wollte, klingelte das Telefon.

»Mark! Gott sei Dank«, entfuhr es Lena.

»Wo in Herrgotts Namen seid ihr?«, fauchte es aus dem Hörer.

Lena schluckte. Ihre Zunge fühlte sich an wie ein starrer Lederriemen. Die eisigen Worte ihrer Schwiegermutter konnten nur eines bedeuten: Mark und Luca waren nicht bei ihr. Die Dürre in ihrem Mund ließ sie kaum ein Wort rausbringen. Lena räusperte sich. »Ähm. Hallo, Henriette. Das war Gedankenübertragung«, krächzte sie. Ehe sie etwas erklären konnte, bombardierte die Gräfin sie mit Vorwürfen.

»Du weißt ganz genau, wie wichtig mir Pünktlichkeit ist, und nun erwische ich euch noch zu Hause. Was soll das? Und warum geht ihr erst jetzt ans Telefon? Ich versuche es seit Stunden auf euren Handys. Was sollen meine Gäste denken? Es wissen doch alle, dass mein Sohn und mein Enkel eingeladen sind.«

Da war es wieder. Lena war allein schuld, und für sie interessierte ihre Schwiegermutter sich nicht. Doch Lena fehlte die Kraft, um Paroli zu bieten.

»Setzt euch endlich ins Auto und beeilt euch. Nach der Feier reden wir über dein Benehmen.«

»Es tut mir leid, aber wir können nicht dabei sein, Henriette. Ich hatte es vorhin bei dir versucht, aber du hast leider nicht abgenommen.«

Am Ende der Leitung trat eine gefährliche Stille ein. Doch die Gräfin fing sich schnell. »Natürlich kommt ihr.

Ich erwarte, dass ihr euch umgehend ins Auto setzt. Gib mir meinen Sohn!«

»Tut ... tut mir leid, Henriette, aber er ist nicht da.« Lena hätte sich für ihr unsouveränes Gestammel ohrfeigen können.

»Habt ihr euch etwa gestritten? Und das ausgerechnet an meinem Geburtstag?«

Lena fiel im Augenblick keine bessere Erklärung ein. Solange sie nicht wusste, warum Mark verschwunden war, war eine Notlüge das Beste für alle. Es gab zu viele Fragen auf die Lena keine Antworten hatte, und sie wollte keine Zeit mit langen Diskussionen und Vorwürfen verschwenden. Sie konnte Henriette später immer noch alles ausführlich erklären. Jetzt musste sie handeln. Und zwar schnell. »Ja. Mark hat nach dem Streit wutentbrannt die Wohnung verlassen. Seither geht er nicht ans Telefon.«

Lenas Magen verkrampfte sich. Das Letzte, was sie im Moment brauchen konnte, war eine Schwiegermutter in Panik. Sie strich eine Strähne ihre Wange entlang zum Mund. Dabei stieg ihr der Geruch ihrer nassen Haare in die Nase. Der süßliche Duft ihres Haarsprays konnte das Regenwasseraroma kaum verdecken.

»Ich weiß. Sein Mobiltelefon ist aus.« Henriette schien den Schwindel zu schlucken. Zumindest für den Moment.

»Später braucht ihr auch nicht mehr zu kommen«, blaffte die Gräfin. »Ich muss mich wieder um meine Gäste kümmern.« Damit war das Telefonat beendet.

Lena richtete sich auf. Sie fühlte sich allein. Einem spontanen Impuls folgend hatte sie ihrer Schwiegermutter nicht erzählt, was los war. Jetzt bereute sie ihr irrationales Handeln.

Sie schlich rastlos durch die Wohnung. Vor dem Kleiderschrank blieb sie stehen. Marks Reisetaschen befanden sich auf der obersten Ablage. Ihre Augen scannten seine Kleidungsstücke. Seine Lieblingsjeans lag oben auf dem Hosenstapel. Auch die Sneakers waren alle da. Mark war also nicht abgehauen. Lena zog ihre klammen Kleidungsstücke aus und tauschte sie gegen einen frischen Kapuzenpulli und eine Jeans.

Sie lief ins Bad, um sich abzuschminken. Noch vor wenigen Stunden hatte sie hier mit Mark gestanden und sich den Verlauf der Geburtstagsfeier ausgemalt. Luca hatte mit einem Feuerwehrauto von Lego Duplo gespielt. Lenas Blick fiel auf Marks Parfüm. L'Eau d'Issey von Issey Miyake.

Lena griff zum Flakon und sprühte zweimal auf ihren Pulli. Mit geschlossenen Augen ging sie die Gespräche mit Mark seit ihrer Abfahrt durch. Sie blieb immer wieder an seinem Traum vom Neuanfang hängen. Lena versuchte, sich an seinen Gesichtsausdruck dabei zu erinnern. So sehr sie sich auch bemühte, es gelang ihr nicht. Hatte sie ihn überhaupt angesehen?

Bislang hatte sie ihre panische Angst um Luca in Schach halten können. Aus Selbstschutz, da sie sonst vollends durchgedreht und handlungsunfähig gewesen wäre. Doch nun stieg nackte Panik in ihr auf. Verzweiflung. War Mark mit Luca abgehauen, um ohne sie einen Neuanfang zu wagen, zu dem gehörte, dass er auch seine Sachen hinter sich ließ?

Mark würde Luca niemals von ihr trennen. Er wusste, wie sehr sie ihn liebte. Luca war ihr Ein und Alles. Sie lief in Lucas Zimmer und sah nach, ob hier etwas fehlte. Sein Lieblingsäffchen Bobo hatte er dabei, aber seine Lieblingsdecke mit dem aufgestickten riesigen blauen Elefanten war hiergeblieben. Lenas Laune verbesserte sich schlagartig.

Die Decke hätte Mark definitiv eingepackt. Wie konnte sie so etwas überhaupt denken? Konnte sie überhaupt einen klaren Gedanken fassen?

Die Haustürklingel dröhnte. Lena zuckte zusammen. Ihr Puls stieg. Ihre Wohnung war mit einem Smart-Home-System ausgestattet. Sämtliche elektrischen Geräte konnten damit gesteuert werden. Wie sich die Lautstärke der Klingel regeln ließ, hatten sie bisher noch nicht herausgefunden.

Das war garantiert Robert, dachte Lena erleichtert. Endlich würde alles gut werden.

Lena öffnete die Tür, und zwei Polizisten betraten die Wohnung.

Kapitel 15

Lena war geschockt und erleichtert zugleich. Geschockt, weil sie befürchtete, dass Mark und Luca etwas passiert war, und erleichtert, weil sie nun endlich Unterstützung erfuhr.

Lena kam dank jahrelang trainierter Professionalität sofort zum Punkt, als ginge es um einen beliebigen Sachverhalt. »Gut, dass Sie da sind. Mein Mann und mein Sohn sind wahrscheinlich entführt worden. Vielleicht von dem Anwaltsmörder? Es kann allerdings auch mit der Skala des Bösen zusammenhängen.« Sie schluckte. »Aber warum sind Sie gekommen?« Ihre Knie wurden weich. »O Gott, sind sie etwa tot?« Lena merkte selbst, dass sie auf die beiden Polizisten wie eine Irre wirken musste. Der panische Unterton sorgte zweifelsohne für eine Unterstreichung dieser Wirkung.

»Wieso entführt? Wieso tot? Was faseln Sie da? Uns liegt eine Anzeige wegen Lärmbelästigung vor.«

Der Kleinere der beiden Polizisten sah Lena auf eine Art an, wie sie noch nie angeschaut worden war. In seinem Blick lag eine Mischung aus Argwohn, Misstrauen und dem Verdacht, gerade reingelegt zu werden.

Sein größerer Kollege schien im Dienstgrad unter dem kleineren zu stehen, da er sich passiv verhielt. Er schwieg und schaute aufdringlich in die Wohnung.

»Wieso Lärmbelästigung? Sie sind also nicht wegen Luca und Mark hier?«

Die Polizisten gingen auf Lenas Verwirrung nicht weiter ein.

»Können wir uns einmal umsehen?« Der kleinere Polizist nickte ihr zu und schlich durch die Wohnung.

Lena wusste natürlich, dass sie ihnen den Zutritt hätte verwehren können. Doch nach ihrem merkwürdigen Verhalten hätte sie sich mit einer Weigerung noch mehr ins Abseits geschossen. Sie ließ es über sich ergehen. Sicherlich würde sie die Polizei noch brauchen.

Lena zitterte am ganzen Leib. Erst, als sie die Worte »Entführung« und »Tod« in den Mund genommen hatte, war ihr die Lage richtig bewusst geworden. Der Schreck saß ihr in den Gliedern. Um irgendetwas zu tun, holte sie drei Gläser mit Mineralwasser.

Während Lena den Polizisten den Verlauf der letzten Stunden sachlich und nüchtern schilderte, wie sie das als Anwältin gelernt hatte, schienen die beiden immer misstrauischer zu werden. Dennoch fuhr sie unbeirrt fort. Es beruhigte sie, endlich Hilfe zu bekommen. »Ich flehe Sie an. Bitte befragen Sie Sanders. Er ist äußerst verdächtig.«

Als sich die Beamten für eine kurze Besprechung in die Küche zurückzogen, war Lena klar, dass sie ihr nicht glaubten. Es fehlte nur noch die Anordnung eines Alkohol- oder Drogenscreenings, dachte sie.

»Frau von Nierstein, wir wollten einer Anzeige wegen Lärmbelästigung nachgehen, aber offenbar war das ein Missverständnis. Laut ist es jedenfalls nicht mehr. Unsere Zentrale meinte, die Anzeige kam der Stimme nach von einem Teenager, der seinen Namen nicht nennen wollte. Ist also damit erledigt. Was Sie Ihrem Nachbarn Sanders vorwerfen, klingt – äh, lassen Sie es mich so formulieren – abenteuerlich, aber wir werden den Herrn mit Ihren Behauptungen konfrontieren. Auch bei dem Parkplatz werden wir später vorbeifahren und nachsehen, ob wir etwas finden, das Ihre Geschichte stützt. Außerdem informieren wir die Kriminalpolizei. Derartige Fälle liegen nicht in unserer Zuständigkeit. Die Kollegen werden sich bei Ihnen melden.«

»Hören Sie mal. Sie kommen innerhalb einer halben Stunde wegen eines Teenagers, dem offensichtlich langweilig war und der sich einen Spaß gemacht hat. Und die Entführung meines Sohnes und Mannes bügeln Sie weg, weil Sie nicht zuständig sind?« Lena schlug sich mit der flachen Hand gegen die Stirn.

»Sie hören nicht zu. Wir informieren die zuständige Kripo, und mein Kollege hat bereits eine Abfrage beim Einwohnermeldeamt getätigt. Ein Herr Sanders wohnt im neunten Stock. Das ist Ihr Verdächtiger, richtig?«

Lena nickte.

Die Polizisten waren offenbar fest entschlossen, die Angelegenheit möglichst zügig zu erledigen. Beide gingen schnellen Schrittes zum Aufzug, um zu Sanders' Wohnung zu fahren. Lena beschloss, sie zu begleiten. Sie musste seine Reaktion sehen.

Sanders öffnete die Tür und blickte in die verdutzten Gesichter der Polizisten. Offenkundig hatten sie keinen Mann in einer ausgebeulten Schiesser-Feinrippunterhose erwartet.

Sanders beschwerte sich sofort. »Gut, dass Sie da sind. Diese Dame hat versucht, die Tür meiner Nachbarn gewaltsam aufzubrechen, und dann lauthals im Flur um Hilfe geschrien. Sie ist eine Irre. Bitte tun Sie was.« Er baute sich drohend auf und zeigte auf Lena.

»Sie haben bemerkt, dass eine Ihrer Nachbarinnen verzweifelt um Hilfe ruft, aber nicht aufgemacht. Wieso?«, raunzte einer der Polizisten.

»Würden Sie einem wildfremden Menschen öffnen, der klatschnass und in zerrissener Bluse im Flur rumschreit und gegen Türen schlägt?«

Die Polizisten schüttelten mit dem Kopf. »Woher wissen Sie, wie Ihre Nachbarin aussah?«

»Türspion.« Sanders Antwort hallte gelangweilt durch den Flur. Das Gespräch schien sich dem Ende zuzuneigen.

Lena schaltete sich ein. »Herr Sanders, Sie lenken doch nur von sich ab. Was haben Sie zu verbergen? Jetzt behaupten Sie, ich sei wildfremd. Im Aufzug wussten Sie allerdings sehr genau, wer ich bin.« Ihr fiel erneut der starke Vanillegeruch auf, der diesmal aus Sanders' Wohnung strömte. Wo hatte sie ihn nur schon einmal gerochen?

Sanders schaute Lena und die Polizisten abwechselnd entgeistert an. »Wieso sollte ich etwas verbergen? Was ist mit Ihnen?« Er blieb gelassen und bot den Polizisten an, auf einen Kaffee hereinzukommen.

»Vielen Dank. Das ist sehr nett von Ihnen, aber wir müssen weiter. Entschuldigen Sie bitte die Störung. Wir kümmern uns um die Angelegenheit.«

Lena wollte protestieren. Es war offensichtlich, dass Sanders log. Aber leider glaubten ihm die Polizisten. Auch wurde Lena den Eindruck nicht los, dass die Polizisten ihr Verhalten seltsam fanden und nicht das von Sanders. Wenn sie jetzt eine Szene machte, würden die Beamten statt zum Waldparkplatz mit ihr aufs Revier fahren.

Lena schlurfte mit gesenktem Blick Richtung Aufzug. Beim Verabschieden bat sie die Polizisten um eine kurze Rückmeldung und gab ihnen ihre Festnetznummer. Sie wollte, dass der Albtraum endlich aufhörte. Sie musste doch etwas tun können. Oder endlich erfahren, was los war.

Als Lena die Wohnungstür aufschloss, klingelte das Telefon. Robert hatte eine Motorpanne, der ADAC war bereits auf dem Weg.

Ausgerechnet jetzt. Lena dachte an die Skala des Bösen. Seit Mark sich mit ihr beschäftigt hatte, ging es mit ihrem Leben nur noch bergab.

Sie war gerade dabei, ihre Wohnung noch einmal auf irgendwelche Hinweise zu durchsuchen, um das Warten auf Robert erträglicher zu machen, als die Polizisten anriefen. Die Nachricht war ernüchternd. Sie hatten auf dem Rastplatz nichts gefunden. An der Tür hatte sich keine Aufschrift befunden.

»Vielleicht hat der Regen sie weggespült«, gab Lena zu bedenken.

»Wir werden unsere Kollegen von der Kriminalpolizei genauestens über alles informieren. Die orten dann Ihre Handys und fahnden nach dem Auto. Das Kennzeichen ist bereits im System hinterlegt.«

Lena fragte resigniert nach einer Telefonnummer, unter der sie die Polizisten erreichen könnte, falls es Neuigkeiten gäbe. Ihre Hände zitterten. Sie wühlte in einer Kommodenschublade nach einem Stift, doch sie fand nur ausgetrocknete Kugelschreiber.

Wie oft schraubte Mark den Deckel der Stifte zu, die Lena wieder einmal unverschlossen in die Schublade gelegt hatte. Ein warmes Gefühl von Geborgenheit überkam sie bei dem Gedanken. Es hielt aber nur für eine Millisekunde an. Wie gern würde sie jetzt mit Mark über ausgetrocknete Kugelschreiberminen streiten. Wie gern würde sie ihm ein weiteres Mal versprechen, die Kappe beim nächsten Mal sofort draufzustecken.

»Sind Sie noch da? Hallooo?«, rief der Polizist in den Hörer.

Lena entdeckte einen funktionierenden Stift, ließ sich die Telefonnummer geben und legte auf. Sie hatte die Entführung nun mehrfach gemeldet, obwohl auf der Toilettentür davor gewarnt worden war. Wie in Zeitlupe glitt sie auf ihre weiße Ledercouch. Ihre Sinne schienen ausgeschaltet. Leere. Stille.

Selbst ihr Gespür für Zeit verlor sie für einen Moment. Sie saß lediglich auf der Couch und starrte den offenen Kugelschreiber an. Ausgetrocknet. Saftlos.

Kapitel 16

Wie eine eingesperrte Löwin lief Lena den Wohnungsflur auf und ab. Das auf alt gemachte, dunkle Holzparkett knackte bei jedem Schritt, als würde jemand eine Handvoll Salzstangen durchbrechen. Am Eingangsbereich, wo einzelne Dielen nicht ganz ineinandergriffen, gesellte sich ein ächzendes Knarren dazu.

Mit etwas Wasser schluckte sie eine Beruhigungstablette. Eine befreundete Ärztin hatte ihr vor etlichen Jahren eine Packung besorgt, weil sie bei wichtigen Meetings immer so nervös gewesen war. Die Tabletten halfen ihr, gelassener zu werden. Leider auch dumpfer und weniger klar, aber das nahm sie jetzt in Kauf. Das starke Beruhigungsmittel entfaltete jedoch nicht die gewünschte Wirkung. Ihre innere Unruhe war kaum zu bändigen. Sie gönnte sich noch eine weitere.

Was sollte sie tun? Lena biss sich auf den Zeigefinger. Wo blieb Robert? Er hätte doch eigentlich längst hier auftauchen müssen. Auch von der Kripo hatte sie noch nichts gehört. Die beiden Polizisten hatten ihr versprochen, dass sich jemand melden würde.

Sie musste mit ihrer Schwiegermutter sprechen und ihr die Wahrheit sagen. Wie dumm von ihr, ihr die Lüge mit dem angeblichen Streit aufzutischen. Henriette hatte gute Kontakte. Sie konnte ihr helfen.

Lena griff sich das Festnetztelefon und suchte den Anrufverlauf. Sie drückte auf Wahlwiederholung. Sie schluckte schwer, als das Freizeichen ertönte, und atmete tief ein, als sich ihre Schwiegermutter mit gewohnt fester Stimme meldete.

Hochkonzentriert und abgehackt schilderte Lena, was in den letzten Stunden passiert war. Als sie fertig war, herrschte Stille am anderen Ende der Leitung, doch das war nur die Ruhe vor dem tosenden Sturm.

»Willst du mir meine Geburtstagsfeier endgültig vermiesen? Falls das ein schlechter Scherz sein soll, dann entschuldige dich sofort für diese Geschmacklosigkeit. Das ist an Dreistigkeit und Taktlosigkeit kaum zu überbieten. Ich versuche gerade, vor meinen Gästen die Contenance zu wahren, aber ich gestehe, es fällt mir unendlich schwer.«

Lena ignorierte den scharfen Ton. »Leider ist es kein Scherz, Henriette. Damit würde ich niemals spaßen. Ich weiß nicht, was ich tun soll. Wo ich suchen soll. Ich kann lediglich von ganzem Herzen hoffen, dass sie gleich gesund nach Hause kommen.«

»Wie kannst du dann so abgeklärt reagieren? Und vor allem, wieso hast du mir vorhin von einem Streit und einem wütenden Mark erzählt? Ich verstehe dich nicht. Ich bin wirklich außerordentlich enttäuscht. Aber das ist jetzt sekundär. Primär geht es um meinen Sohn und meinen Enkel. Einfach rumsitzen und abwarten, wie du es anscheinend bevorzugst, ist keine Lösung. Ich frage mich, wie du so etwas übers Herz bringst. Ich beende meine Feier sofort und kümmere mich. Zum Glück zählt der Generalstaatsanwalt zu meinen Freunden. Der muss bestimmt nur wenige Telefonate tätigen, und alles wird sich klären. Jedoch muss ich nochmals betonen, wie enttäuscht ich von dir bin. Ich dachte, die Großkanzlei würde dir guttun und dich reifen lassen.«

Statt sich gegen die Anschuldigungen zu wehren, stammelte Lena: »Tut … tut … tut mir leid.« Unter normalen Umständen hätte sie sich dafür ohrfeigen mögen. Wie kam sie dazu, sich zu entschuldigen, obwohl sie wahrlich Mitleid verdient hatte für das, was sie seit Stunden ertragen musste? Doch im Moment war ihr das alles gleichgültig. Hauptsache, jemand nahm sich der Sache an. Lena biss sich auf die Lippe.

»Ich kümmere mich um meine Familie, denn du bist damit offenbar heillos überfordert«, sagte die Gräfin knapp und legte auf.

Lena schwitzte unter den Achseln. Die Gespräche mit ihrer Schwiegermutter wühlten sie immer auf, doch so körperlich hatte sich bisher keine Unterhaltung angefühlt. Zumindest aber würde ihre Schwiegermutter die Sache in die Hand nehmen. Vielleicht konnte der Generalstaatsanwalt tatsächlich etwas erreichen. Die Kripo hatte sich bisher nicht gemeldet. Auch von Robert hatte sie nichts mehr gehört.

Lena leerte mit hastigen Schlucken zwei große Wassergläser und nahm eine weitere Beruhigungstablette. Die Wirkung setzte endlich ein. Ihre Atmung schien sich zu verlangsamen und beeinträchtigte ihr körperliches Wohlbefinden. Gegen die einsetzende Schläfrigkeit kämpfte sie an.

Sie musste etwas tun. Sie war kein Opfer.

Mit großen Schritten ging sie ins Wohnzimmer. Sie zog die Schubladen des Sideboards auf und durchkramte sie. Ohne genau zu wissen, wonach sie suchte, öffnete sie den schweren Holzsekretär. Marks Personalausweis und Reisepass waren da. Sie hastete zum Esstisch. Dort lagen diverse Unterlagen für die Steuererklärung, doch einen

Hinweis auf Marks Verschwinden gab es nicht. Lena tastete die Fenster ab. Dann die Balkon- und Eingangstür. Schaute sich die Türschlösser genau an. Keine Hinweise auf einen Einbruch. Selbst den Balkon stellte sie auf den Kopf. Sie räumte sämtliche Töpfe, Spielsachen, Blumenkübel, die Sitzgarnitur und den Balkontisch von einer Ecke in die andere. Nichts.

Lena knabberte wieder an ihren Haarspitzen, doch diesmal mehr aus Trotz und Tatendrang als aus Angst.

Im Bad fand sie Marks Tagescreme, seine Zahnbürste und seinen Rasierer. Auch Lucas Zahnbürste und Zahnputzbecher waren am gewohnten Platz.

Ein zweites Mal durchforstete sie die Post der vergangenen Woche, die mittlerweile über die komplette Küchenzeile verteilt war. Hinweise oder etwas Ungewöhnliches konnte sie nicht entdecken. Nur immer wieder Fotos von abscheulichen Verbrechern. Bestialische Mörder, die sie breit angrinsten. War Mark einer dieser Fratzen auf die Füße getreten?

Die Härchen an ihren Armen stellten sich auf. Waren ihre beiden liebsten Menschen etwa in der Hand der Skala des Bösen?

O Gott. Lieber Gott. Bitte mach, dass es meinem Luca gut geht, flehte sie innerlich.

Während ihrer Suchaktion ging Lena alle möglichen Gründe für das Verschwinden ihrer kleinen Familie durch.

Wie dumm sie sich vorkam, auf den Anruf eines Entführers zu warten. Hatte jemand spontan entschieden, Mark und Luca zu entführen, als er mitbekommen hatte, dass Mark aus reichem Hause stammte? Aber wieso sollte Mark so etwas Törichtes zu einem fremden Menschen sagen? Hatte man ihn durch das Foto in der Zeitung erkannt?

Lena musste irgendeinen Hinweis finden. Sie musste nur gründlich genug suchen.

Sie öffnete sämtliche Schubladen in Lucas Kinderzimmer und räumte sogar die Kleidungsstücke aus der Wickelkommode. Es schien auch hier alles an seinem Platz zu sein und nichts zu fehlen.

Ihre finsteren Gedanken über die Skala des Bösen und was diese Bestien ihren Opfern angetan hatten, wurden durch das laute Klingeln an der Wohnungstür unterbrochen. Lena rannte los. Robert! »Endlich! Wo warst du so lange?«

Sie fiel ihm um den Hals. Die vertraute Umarmung tat ihr gut. Sie schloss für einen Moment die Augen und konnte ihr Schluchzen nicht mehr zurückhalten. Sturzbachartig liefen ihr die Tränen über die Wangen. Lena vergrub sich in seine Umarmung.

»Es tut mir so leid, Leni. Es tut mir so leid, dass es nicht schneller ging. Ich hatte bis heute nie eine Autopanne.«

»Egal«, schluchzte Lena. »Hauptsache, du bist jetzt da. Die Kripo meldet sich bestimmt auch gleich. Ich habe meine Schwiegermutter erneut angerufen und ihr alles erzählt. Sie kann so ein Biest sein. Auch egal. Die Hauptsache ist, dass sie ihre Kontakte spielen lässt. Der Generalstaatsanwalt war auf ihrer Feier.«

»Das sind gute Neuigkeiten, Leni. Der hat bestimmt gerade eine Hundertschaft zusammengetrommelt. Beruhige dich. Wir werden die beiden finden, und es wird eine einfache Erklärung geben, du wirst sehen. Nicht mehr lange, und wir sitzen zu viert auf der Couch und lachen über alles.«

»Du meinst wohl zu fünft. Der Hausdrachen ist bestimmt auch bereits losgeflogen.«

Robert drückte Lena fester an sich. »Wie schön. Du bist wieder frech.«

»Ich bin gerade dabei, die Wohnung nach irgendwelchen Hinweisen zu durchforsten. Wenn die Kripo da ist, will ich damit keine Zeit verschwenden. Hilfst du mir?«

Robert schaute skeptisch in die Zimmer. »Äh, natürlich. Krass. Du hast die komplette Wohnung auf den Kopf gestellt. Was hast du gefunden?«

»Irgendwas musste ich doch tun. Außer Porträts von Massenmördern nichts. Es scheint tatsächlich nichts Verdächtiges zu geben.«

Robert blickte Lena kritisch an. »Was meinst du mit ›verdächtig‹?«

»Ich habe darüber nachgedacht, ob mich Mark verlassen wollte.«

»Dich verlassen? Wieso? Gab es irgendwelche Anzeichen? Hat er dir gestanden, dass er eine Affäre hat?«

Jetzt war es Lena, die Robert ungläubig anblickte. »Mark und eine Affäre? Quatsch. Natürlich nicht. Wie kommst du auf so was? Es stimmt schon, wir haben uns in letzter Zeit oft gestritten. Immer wegen Kleinigkeiten. Trotzdem waren wir glücklich. Ich glaube daher kaum, dass er mich wirklich verlassen wollte. Oder was meinst du?«

»Äh, nein, Leni. Ich meine, man kann den Menschen ja nur vor den Kopf schauen. Aber nein. Er ist sicher glücklich mit dir. Er wird bestimmt gleich zur Tür reinkommen, und alles wird gut.«

»Ich hole seinen Laptop aus dem Arbeitszimmer. Vielleicht ist da ja was drauf.« Hinter der Tür des Arbeitszimmers wurde ihr schwindelig, und sie fühlte sich schläfrig. Sicher kam das von den Tabletten. Sie machte schnell einige Kniebeugen und gab sich ein paar Ohrfeigen. Lena wollte nicht, dass sich Robert jetzt auch noch um ihre Gesundheit sorgen musste. Er hatte sie schon damals vor den Beruhigungstabletten gewarnt.

Lena! Jetzt bloß nicht nachlassen. Bloß nicht müde werden! Wie ein Mantra redete sie sich ein, dass sie fit sei. Fit genug, um Mark zu finden.

Sie ging zurück zu Robert ins Wohnzimmer und klappte Marks Laptop auf. Beim Durchstöbern der Dateien entdeckte sie einen verschlüsselten Ordner. »Das ist seltsam. Möglicherweise enthält er die Unterlagen für das Museum für Moderne Kunst. Aber wieso Mark die verschlüsselt hat, verstehe ich nicht. Komisch.«

»In der Tat merkwürdig. Kennst du sein Passwort?«

»Eigentlich schon, aber seine üblichen Passwörter funktionieren nicht. Aber mir fällt gerade was anderes ein. Die Kripo meldet sich gleich, und ich muss denen unbedingt die Karte aus dem Sushi-Restaurant zeigen, die mir der Kellner gegeben hat. Wärst du so lieb und fährst schnell ins Büro und holst sie? Sie müsste auf meinem Schreibtisch liegen. Kannst du mir auch ein Handy besorgen?«

Robert ging zur Tür. Er schien erleichtert, etwas tun zu können. »Mache ich, Leni. Ich rufe auf dem Weg Diana an. Sie soll mir die Karte in die Garage bringen, damit ich keine Zeit verliere. Außerdem soll sie dir ein Ersatzhandy mit all deinen Kontakten einrichten. Ich beeile mich und komm sofort wieder.«

»Danke, Robi. Irgendwie bescheuert, dass du gleich wieder gehst. Aber vielleicht erreichen wir so mehr. Bitte ruf mich von unterwegs aus an. Und verständige sofort die Polizei, wenn ich nicht drangehen sollte. Ich wüsste nicht, was ich ohne dich machen würde.« Lena gab Robert einen Kuss auf die Wange und schloss die Tür hinter ihm.

Sie wollte weiter versuchen, das Passwort für den Ordner herauszufinden.

Nach zahlreichen Fehlversuchen schob sie den Laptop von sich. So ein Mist. Sie kam keinen Schritt voran.

Kapitel 17

Sie musste etwas tun. Sie musste die beiden finden. Wo waren sie nur?

Lena ging wieder und wieder die Geschehnisse am Parkplatz durch. Die Wirkung der Tabletten reduzierte ihr Konzentrationsvermögen erheblich. Doch die Sorge um Luca und Mark steckte wie ein spitzes Messer in ihrer Brust.

Lena dachte an Sanders. Er war ihr unheimlich. Nicht nur, dass er ein komischer Kauz war. Woher kannte er die Namen von Mark und Luca? Außerdem hatte er sie so komisch angelächelt, als wisse er etwas über sie. Es gab nur eine Möglichkeit, das herauszufinden: Sie musste mit ihm sprechen. Diesmal ohne Polizei. Es wäre klüger, auf Robert zu warten, aber die Tabletten schienen sie mutiger zu machen.

Als sie kurze Zeit später bei Sanders klingelte, machte keiner auf. Sie horchte an der Tür und hielt den Atem an. Ihr Herz klopfte so laut, dass es jedes andere Geräusch übertönte. Sie klingelte erneut. Wieder keine Reaktion. Vielleicht lagen Marc und Luca geknebelt und gefesselt in der Wohnung.

Wenn ihr bloß nicht so schwindelig wäre.

Lena wusste, dass Hausfriedensbruch sie ihre Anwaltszulassung kosten könnte, aber sie musste es trotzdem tun. Sofort, bevor Robert zurückkäme und ebenfalls seine Zulassung riskierte. Die Angst um ihre geliebte kleine

Familie und die Beruhigungstabletten ließen Lena alle Konsequenzen ignorieren.

Schwankend holte sie aus ihrer Wohnung einen Hammer und einen Schraubenzieher.

Obwohl vor ihren Augen alles verschwamm und sie mehrfach mit dem Schraubenzieher abrutschte, gelang es Lena, das Schloss zu knacken. Die Tür sprang mit einem Satz auf. Lena hatte ein lautes Krachen oder zumindest ein verräterisches Geräusch erwartet. Wenn ihre Wohnungstür sich auch so leicht knacken ließe, müsste sie sich unbedingt ein Sicherheitsschloss zulegen. Oder besser noch einen Sicherheitsriegel.

Sogleich strömte ihr der Vanilleduft in die Nase.

Sie fragte sich, was sie hier machte. Sie brach in eine Wohnung ein. War sie von allen guten Geistern verlassen? Als Rechtsanwältin musste sie die Rechtsordnung bewahren, statt sie zu attackieren.

Ihr Schwindel wurde heftig. Sie musste sich an der Wand abstützen, um nicht zu fallen. Drei Tabletten waren eindeutig zu viel gewesen.

Lena riskierte nicht nur ihre Zulassung. Viel schlimmer wog, dass sie ihre Grundüberzeugungen verriet.

In dubio pro reo.

Wie leidenschaftlich hatte sie in ihrer Seminararbeit über die Unschuldsvermutung philosophiert und damit sogar den Seminarleiter »geflasht«, wie er damals in ungewohnter Jugendsprache kommentiert hatte.

Mit weichen Knien torkelte sie in Sanders' Wohnung.

Obwohl es heller Tag war, drang kein Licht in die Räume. Alle Rollläden waren geschlossen. Selbst das übliche Aufleuchten technischer Geräte oder Digitaluhren durchdrang nicht die völlige Dunkelheit. Lena schaltete die Deckenleuchte an. Zittrig ging sie durch den Flur ins Wohnzimmer. Normale Möbel. Eine unauffällige Einrichtung und gewöhnliche Ordnung.

Sie wankte ins Bad. Ebenfalls nichts Verdächtiges. Neben der Zahnbürste lag ein dreckiges Handtuch. Lena strich über die leere Seifenhalterung. Hier schien seit Wochen nicht geputzt worden zu sein. Sie krümelte die dicke Staubschicht von den Fingern.

Lena öffnete die Tür zum nächsten Zimmer und knipste das Licht an. Dort lagen eine Matratze und eine Bettdecke. Es roch wie in einem verschimmelten Keller. Eine Wand hing voller Fotos. Lena wollte sich gerade umdrehen, als sie einen Holztisch erspähte. Sie trat näher heran. Die Deckenleuchte erhellte die Tischoberfläche. Was sie sah, zog ihr den Boden unter den Füßen weg.

Hastig jagte ihr Blick über einen in den Tisch geschnitzten Schriftzug. Ihr Mund wurde trocken. Sie ging noch einen Schritt auf den Tisch zu und starrte ihn ungläubig an.

Mit einem Taschenmesser war ihr Name eingeritzt worden.

Lena.

Akribisch. Obsessiv.

Der Tisch war mit ihrem Namen tätowiert. War es dieselbe Schrift wie auf der Karte vom Sushi-Restaurant? War es dieselbe Schrift wie auf der Toilettentür? War Sanders der Täter? War er der Entführer? Das eingeritzte A ihres Namens mit einem schnörkeligen Strich über dem Buchstaben war auffällig, und Lena hätte schwören können, dass sie die Schrift kannte.

Lena bekam keine Luft mehr. Panik stieg in ihr auf. Die Angst war sogar stärker als die Wirkung des überdosierten Medikaments.

Sanders war ein Psychopath.

Lena betrachtete die Wand. Ihr Verdacht bestätigte sich mit unbarmherziger Wucht. An ihr hingen Hunderte Fotos von einer einzigen Person.

Von ihr.

Umrahmt von einem überdimensionalen Herzen.

Ausgerechnet jetzt hatte sie kein Handy. Sie musste die Polizei anrufen und diesen kranken Mist fotografieren. Vielleicht fand sie einen Fotoapparat in der Wohnung. Schließlich musste Sanders eine Kameraausrüstung besitzen.

Lena rannte ins Nachbarzimmer und schrak zurück.

Der Raum war mit hochmodernem IT-Equipment ausgestattet. Monitore, Kameras, ein Videomischpult, diverse Laptops und Audio- sowie Videogeräte. Die Monitore waren angeschaltet. Lena erkannte auf ihnen ihre Wohnung. Ihr Wohnzimmer, das Kinderzimmer, das Bad, auf dem nächsten Bildschirm waren ihr Schlafzimmer und die Küche zu sehen. Gestochen scharf. Die fensterlose Abstellkammer war offenbar mit einem Nachtsichtgerät ausgestattet, da sie hell erleuchtet war.

Der Mistkerl Sanders beobachtete sie.

Ein beißender Geruch drang ihr in die Nase. Lena spürte einen heftigen Schlag auf den Kopf. Dumpf vernahm sie ein winselndes »Bitte verzeih mir, meine Liebe«.

Kapitel 18

Lena schreckte hoch und hielt sich den brummenden Schädel. Irgendwo klopfte es heftig, gefolgt von einem aufdringlichen Klingeln. Den Ton kannte sie. Aber woher? Es dauerte einen Moment, bis sie realisierte, dass das Hämmern aus Richtung ihrer Wohnungstür kam und nicht ihrem brummenden Schädel entsprang.

Sie schaute sich verdutzt um.

Wie war sie in ihr Schlafzimmer gekommen?

Eben war sie noch bei Sanders gewesen. Hatte er Lena niedergeschlagen und in ihr Schlafzimmer gebracht? Vermutlich hatte er ihren Wohnungsschlüssel, den sie in der Hosentasche bei sich trug, genutzt. Aber wieso hatte Sanders die Situation nicht ausgenutzt und sie ebenfalls entführt? Dann wäre sie jetzt wenigstens bei Marc und Luca. Wieso hatte er sie nicht in seiner Wohnung gefangen gehalten? Jetzt konnte sie ihn doch verraten. Sanders, diesen perversen Dreckskerl.

Lena robbte zum Wohnungseingang.

Es fiel ihr schwer, sich aufzurichten. Ihr Kopf dröhnte, als hätte sie den gesamten Vorrat eines Weinkellers getrunken. Bevor sie öffnete, wollte sie wissen, wer da so ungeduldig war. Der Bildschirm ihres Smart-Home-Systems war zu weit entfernt. Lena zog sich an der Türklinke hoch und lugte durch den Spion. Sie taumelte zurück, als hätte man ihr einen weiteren Schlag auf den Kopf versetzt.

Sanders. Der Perversling stand vor ihrer Wohnung. Wieso war er hier? Hatte er es sich anders überlegt und wollte sie jetzt doch entführen? Oder umbringen?

Sanders hämmerte erneut gegen die Tür. »Mach auf, Lena. Ich will mit dir sprechen.«

Lena hielt sich den brummenden Schädel. Sie konnte keinen klaren Gedanken fassen, doch genau das musste sie jetzt tun.

Sollte sie ihm öffnen? Vielleicht war seine Gesprächsbereitschaft ein Trick von ihm, um sie in ihrer Wohnung umbringen zu können. Andererseits war das womöglich ihre Chance, um etwas über Marks und Lucas Entführung herauszubekommen. Sie musste ihrer Familie helfen.

Lena blickte erneut durch den Spion. Sanders sah durch das ovale Fischauge noch gemeiner aus. Sein Gesicht hatte sich zu einer Fratze verformt. Sie schauderte. Sie musste sich zusammenreißen. Für Mark. Für Luca.

»Wo sind mein Mann und mein Sohn? Was haben Sie ihnen angetan?«

»Lena, lass mich bitte rein. Ich tue dir nichts.«

Sie hatte zwar kein promptes Geständnis erwartet, eine etwas glaubwürdigere Antwort wäre jedoch schön gewesen. »Die Kripo wird jeden Moment hier sein. Ich bin mit Sicherheit nicht so blöd und öffne Ihnen. Wo sind Mark und Luca?«

Lena war sich sicher, dass Sanders bei der Drohung zusammenzucken würde. Schließlich hatte sie bereits mit der Polizei vor seiner Tür gestanden.

Erzähl niemandem von unserem Verschwinden, sonst wird alles nur noch schlimmer. Das waren zwar Sanders' Worte gewesen, doch jetzt war die Situation eine andere.

»Lena, bitte öffne die Tür. Ich sag dir, wo sie sind. Lass mich rein. Ich erkläre dir alles. Versprochen.«

Er bestand also auf ein Gespräch von Angesicht zu Angesicht. Auch wenn Robert oder die Kripo sicherlich bald kämen, so zählte bei einer Entführung jede Minute. Das wusste Lena von den unzähligen Krimis, die sie las. Doch unbewaffnet wollte sie dem Psycho nicht gegenübertreten. Er konnte noch so viel Kreide gefressen haben, seine versöhnliche Stimme konnte nicht darüber hinwegtäuschen, was für ein Perversling er war. »Warten Sie. Ich mache gleich auf, und dann will ich sofort wissen, wo die beiden sind.«

Lena warf einen Blick ins Wohnzimmer. Sie brauchte etwas, das sie vor Sanders schützte. Doch in dem Chaos fand sie nichts. Ein Messer aus der Küche? Besser das große Sushi-Messer aus der Vorratskammer.

Ihr schossen Bilder von Sanders' Wohnung durch den Kopf. All das Videoequipment, die Kameras, die Fotos, der Schriftzug auf dem Tisch.

Sie kam sich vor wie eine Gefangene in ihrem eigenen Leben. In der Vorratskammer fand sie tatsächlich eine versteckte Kamera. Sanders, der Regisseur einer perfiden privaten Big-Brother-Sendung. Lenas Armhärchen richteten sich auf. Hatte Sanders die Aufnahmen ins Internet gestellt? Tausende Perverse könnten sich an ihr aufgegeilt haben.

Lena musste würgen. Allein bei dem Gedanken drehte sich ihr der Magen um.

»Bin gleich da«, schrie sie Sanders zu. Egal, wie gefährlich er war, ihr Fokus galt allein ihrer kleinen Familie.

»Ich komme rein.«

Lena erstarrte. Sanders' Stimme klang laut und deutlich. Zu laut und zu deutlich. Er hatte einen Schlüssel zu ihrem Penthouse! Natürlich! Wie sonst hätte er sie in ihr Schlafzimmer bringen können?

Durch ihre Adern raste kochendes Blut. Kein Hämmern mehr im Kopf. Keine Müdigkeit von den Tabletten. Sie musste Sanders in die Flucht schlagen. Lena bezweifelte keine Sekunde, dass sie sein nächstes Opfer werden würde.

»Ich warte im Flur vor der Tür. Hab keine Angst, Lena. Ich kann alles erklären.«

Hastig glitt Lenas Blick über die Regale des Vorratsraums. Wo war das Sushi-Messer mit dem Familienwappen der von Niersteins? Hektisch durchforstete sie die Schublade, in welcher sie das feingeschliffene japanische Besteck aufbewahrten. Das gepolsterte Fach war leer.

Mit zittriger Stimme sprach sie sich selbst Mut zu. Es half nicht. Sie war Sanders körperlich unterlegen und brauchte etwas, mit dem sie ihn niederschlagen konnte. Sie griff nach einem Tennisschläger, der neben der Tür lehnte, und stürmte mit Gebrüll in den Flur. Mit ganzer Kraft drosch sie auf Sanders ein. Der hielt sich eine Hand schützend über den Kopf, mit der anderen öffnete er die Wohnungstür und flüchtete.

Lena knallte die Tür zu. Sanders hatte einen Schlüssel für ihre Wohnung! Wie Schuppen fiel es ihr von den Augen. Sanders hatte schon lange einen Schlüssel. Wie sonst hätte er die vielen Kameras installieren können?

Lenas Knie gaben nach, und sie sackte im Flur zu Boden.

Sie sagte sich immer wieder: »Ich muss stark sein. Ich muss stark sein. Ich muss stark sein.«

Sie durfte nicht aufgeben! Sie hatte keinen Zweifel mehr, dass Sanders etwas mit dem Verschwinden ihrer Familie zu tun hatte. Es zählte jede Minute. Gerade jetzt. Gerade jetzt, wo Sanders vorgewarnt war. Hoffentlich meldete die Kripo sich bald.

»Ich muss stark sein. Ich muss …«

Es klingelte. »Lena von Nierstein? Sind Sie zu Hause?«, hallte es mit fester Stimme durch ihre Wohnungstür. »Polizei! Machen Sie auf, legen Sie sich mit dem Gesicht nach unten auf den Boden und strecken Sie Beine und Arme aus.«

Lena ließ den Tennisschläger fallen und entriegelte die Tür. Polizei? Das waren gute Neuigkeiten. Aber wieso dieser scharfe Ton?

Bevor sie von Sanders erzählen konnte, wurde sie von einem großen Polizisten mit geschorenen Haaren von den Beinen geholt. Er drückte ihr Gesicht auf den Parkettboden und streckte ihre Arme mit einem Ruck nach hinten.

Ein höllischer Schmerz durchfuhr ihre Schulterblätter, ihr Brustkorb fühlte sich an, als würde er in tausend Stücke zerbersten. Der Koloss fixierte Lena mit dem Gewicht seines ganzen Körpers, während er ihr routiniert Handschellen anlegte. Obwohl die Prozedur nur einige Augenblicke dauerte, kam es Lena wie eine Ewigkeit vor. Die stechenden Schmerzen machten es unmöglich, einen klaren Gedanken zu fassen.

Gerade als Lena in Schmerz und Selbstmitleid zerfließen wollte, wurde sie nach oben gerissen. Taumelnd richtete sie sich auf und starrte ungläubig in den Lauf einer Waffe. Für den Bruchteil einer Sekunde schoss ihr die Skala des Bösen durch den Kopf. Sie schien sich endgültig in dieser verfangen zu haben.

»Ja, das ist sie«, ertönte es gestochen scharf hinter dem breiten Kreuz des Polizisten. Henriette von Nierstein ging einen Schritt auf Lena zu und schaute sie kalt an.

Eine quirlige Polizistin mit burschikosem Haarschnitt schob sich an dem bulligen Polizisten vorbei und öffnete die Handschellen.

»Ich bin Kommissarin Lubetzki. Entschuldigen Sie bitte unsere Sicherheitsmaßnahme, aber uns wurde im Hausflur gesagt, dass es in dieser Wohnung Gewaltexzesse gegeben hätte, und wir wollten auf Nummer sicher gehen. Mein Kollege Peters musste daher etwas schroffer sein.« Lubetzki beendete die groteske Situation, indem sie Lena mit der linken Hand einen Ausweis vors Gesicht hielt und ihr die rechte zum Gruß entgegenstreckte. Lena wusste nicht, ob sie lachen oder weinen sollte. »Richtig edel eingerichtet sind Sie. Etwas unordentlich, aber man erkennt den Wohlstand. Was ist passiert?«

Lena rieb sich die Handgelenke. Verwirrt über die Gewaltanwendung und die seltsame erste Bemerkung starrte sie die Kommissarin wortlos an.

»Nun rede endlich!«, ergriff ihre Schwiegermutter das Wort. »Wo sind mein Sohn und mein Enkel? Und wieso, in Herrgotts Namen, hast du mich vorhin angelogen? Und warum stürmt die Polizei Marks Wohnung? Ich stand vor eurem Hauseingang, wollte auf den Generalstaatsanwalt warten und musste mir von den Nachbarn anhören, dass jemand wegen häuslicher Gewalt den Notruf gewählt hat, weil er grässliche Schreie aus der Penthouse-Wohnung gehört hat. Rede endlich, Lena! Was hast du getan?«

Wie Nadelstiche prasselten die Worte ihrer Schwiegermutter auf Lena ein.

Die Wirkung der Tabletten kehrte zurück. Oder hatte Sanders ihr etwas verabreicht? Lena hatte einen beißenden Geschmack im Mund.

Reiß dich zusammen, ermahnte sie sich. Alles würde

gut werden. Die Kripo war hier. Sogar der Generalstaatsanwalt würde gleich kommen. Endlich war Hilfe da.

Die resolut wirkende Kommissarin schien das dominante Auftreten der Gräfin zu verarbeiten. »Die feine Familie besteht wohl auf eine Extrabehandlung. Die werden sie bekommen«, murmelte sie.

»Ich schlage vor, wir setzen uns an den Esstisch.« Lena rang nach Luft.

Die Kommissarin gab ihrem Kollegen Peters ein Zeichen und alle nahmen Platz.

Puh. Endlich sitzen. In Lena drehte sich alles. Fokus, Lena, Fokus.

Lena fasste die Ereignisse kurz und prägnant zusammen, wie bei einem juristischen Sachverhalt, über den sie zu berichten hatte. Ihre anspruchsvolle Schwiegermutter wirkte nicht beeindruckt. Oder war sie wegen ihrer nüchternen Schilderung geschockt?

Die Kommissarin sah sie zweifelnd an. »Ich habe schon viele Opfer unter Schock erlebt, aber Sie wirken, als ob Sie das alles kalt lässt. Keine Sorge um Ihren kleinen Jungen und Ihren Mann?«

Sprachlos hielt Lena inne.

Sie konnte nicht mehr. Sie musste sich hinlegen. Fokus, reiß dich zusammen, ermahnte sie sich.

Die Polizisten blickten einander an, und der bullige Kollege sprang wortlos vom Stuhl.

»Sie wissen, dass bei Gefahr im Verzug auch ohne einen Durchsuchungsbeschluss Ihre Wohnung auf Verdächtiges durchsucht werden kann?« Die Kommissarin erwartete keine Antwort. Mit gezücktem Stift ließ sie sich erneut die Ereignisse schildern. Die Zeugenbefragung verwandelte sich in ein Verhör.

Lena bemühte sich zu zeigen, wie aufgewühlt sie als sich sorgende Mutter und Ehefrau war, doch das machte es nur schlimmer. Immer wieder unterbrach die Kommissarin sie mit bohrenden Fragen. »Haben Sie Drogen genommen? Sie wirken fahrig und lallen teilweise.«

Was wollte sie von ihr? Lenas Mann und ihr Sohn waren verschwunden. Außerdem hatte sie sich die Birne mit Beruhigungstabletten weggeballert. Klar war sie fahrig.

Trotz der grotesken Situation konnte Lena ein Grinsen nicht unterdrücken. Kommissarin Lubetzki zog die Augenbrauen hoch.

»Nein, selbstverständlich nicht. Ich verabscheue Drogen. Ich habe lediglich ein paar Beruhigungstabletten genommen und muss mich bei der Dosierung geirrt haben.« Lena war klar, dass auch diese Antwort kein Befreiungsschlag war. Ihre Ungeduld wurde größer. »Hören Sie, Frau Kommissarin. Mein Mann und mein kleiner Sohn sind in Gefahr. Ich bin in diesem Albtraum das Opfer. Bitte suchen Sie den Täter. Tun Sie etwas.«

Lubetzki fegte über Lenas Flehen hinweg. »Zeigen Sie mir die Packung.«

Lena reichte der Kommissarin wortlos die Tabletten.

Die Kommissarin verzog ihr Gesicht. »Diese starken Beruhigungsmittel werden nur bei einem schweren Trauma verschrieben. Wie viele Tabletten haben Sie genommen?«

»Ich glaube, es waren drei. Ich hatte furchtbare Angst um meine Familie.«

»Ihnen ist schon klar, dass die Tabletten heftige Nebenwirkungen haben? Außerdem, wieso *hatten* Sie Angst um die beiden? Jetzt nicht mehr?«

»Ich habe immer noch Angst um die beiden. Es fühlt sich durch die Tabletten nur anders an. Das ist aber doch jetzt unwichtig. Sie müssen Sanders verhaften. Er war vor wenigen Minuten in meinem Schlafzimmer und wollte mich umbringen. Er ist offensichtlich krank.«

Wieso saß die Tussi seelenruhig auf dem Stuhl, statt endlich Sanders festzunehmen?

Als Lena gerade von ihren Entdeckungen in Sanders' Wohnung erzählen wollte, kam Peters stampfend von seiner Durchsuchung zurück. In der Hand hielt er einen Geldbeutel und einen Autoschlüssel. Lena starrte mit offenem Mund auf die Gegenstände.

»Das Portemonnaie gehört meinem Sohn«, machte sich die Gräfin bemerkbar.

»Und der Autoschlüssel auch«, ergänzte Lena, sprang auf und rang mit den Tränen. »Woher haben Sie das? Ich habe alle Zimmer mehrmals auf den Kopf gestellt. Das muss Sanders vorhin versteckt haben. Ich sagte doch, dass er hier war.«

Lenas Schwiegermutter schritt betont langsam durch das Wohnzimmer.

»Falls Sie etwas suchen sollten, können Sie sich das sparen, Gnädigste«, erklärte Peters der Gräfin. Der Riese deutete unbeholfen eine Verbeugung an. »Später kommt die Spurensicherung und wird alles haarklein unter die Lupe nehmen. Die Gegenstände lagen achtlos unter dem Bett und waren leicht zu finden. Gehören zu der Wohnung weitere Räume? Keller? Garage?«

Leicht zu finden? Drehten die jetzt völlig durch? O Gott, wo waren nur Lenas beide Lieblinge? Und wann ließ die Wirkung der Tabletten endlich nach? Sie konnte ja kaum gerade stehen. Besser, sie setzte sich wieder.

Ohne auf eine Antwort zu warten, widmete sich Peters dem Schlüsselbrett im Flur. Er griff nach einem Schlüsselbund und zeigte seiner Chefin die Nummern auf den Anhängern von Keller und Garage. Dann zog er wortlos die Wohnungstür hinter sich zu.

»Unternehmen Sie doch endlich etwas! Sie müssen Sanders festnehmen. Er wird meinem Mann und meinem Sohn sonst etwas Schlimmes antun.« Lena durchbohrte die gelassen am Esstisch sitzende Kommissarin mit ihren bedrohlich funkelnden Augen.

Wie in Zeitlupe verschränkte Lubetzki die Arme und lehnte den Oberkörper leicht nach vorn. Sie fixierte Lena, während sie offenbar versuchte, deren Sitzhaltung zu spiegeln.

Was trieb die nur für Spielchen, fragte sich Lena. Hatte sie ihr irgendwas getan? Die Antipathie war mit Händen beinahe greifbar.

Statt Sanders zu verhaften und nach ihrer Familie zu suchen, verschwendete die Kommissarin wertvolle Zeit – und sie schien ihre Machtposition fast zu genießen.

In Lena stieg Wut auf. »Frau Kommissarin, ich flehe Sie an. Verhaften Sie Sanders. Er wohnt drei Stockwerke unter uns und ist gefährlich. Handeln Sie, bevor er es tut.«

Als Lubetzki erneut keine Reaktion zeigte, änderte Lena ihre Körperhaltung.

Die Kommissarin schien das nicht zu interessieren. »Sie haben also weder die Polizei noch Ihre Schwiegermutter sofort verständigt. Macht man das etwa nicht, wenn man aus reichem Hause kommt?« Die Kommissarin gestikulierte mit ihren zu kurzen Armen.

Dieses Vorurteil wurde offenbar selbst der Gräfin zu viel. »Hören Sie, Frau Kommissarin. Ich weiß, Sie üben nur Ihren Beruf aus und müssen wahrscheinlich auch diese Frage stellen. Dennoch steht es Ihnen nicht zu, über meine

Familie derart zu urteilen. Es ist richtig, dass Lena durch den Bund mit meinem Sohn in eine wohlsituierte Adelsfamilie eingeheiratet hat. Plötzlicher Wohlstand und Adel können allerdings eine große Bürde sein. Gleich wird Ihr Vorgesetzter hier eintreffen. Oder ist es eher der Vorgesetzte Ihres Vorgesetzten? Wie auch immer, ich erwarte, dass Sie Fortschritte erzielen. Es geht schließlich um meinen Sohn und meinen Enkel.«

Lena fragte sich, ob ihre Schwiegermutter bewusst die Abneigung zwischen ihr und der Kommissarin weiter verstärken oder mit diesem Einwand die Kommissarin tatsächlich beschwichtigen wollte.

Als Peters erneut die Wohnung betrat, lag Lena nur wenige Sekunden später auf ihrem Bauch. In Handschellen. Schon wieder. Nackte Angst stieg in ihr hoch.

»Sie sind verhaftet wegen des dringenden Tatverdachts der Ermordung Ihres Ehemanns, Lena von Nierstein«, verkündete Peters. »Wir haben seine Leiche gefunden.«

Lena riss ihre Augen auf. Der Boden unter ihrem Körper schien sich zu bewegen. Blanke Panik und tiefes Entsetzen sickerten in jede ihrer Poren. Ihr wurde schwarz vor Augen. »Mark ist tot?«, fragte sie tonlos und sackte in sich zusammen.

Kapitel 19

Lena zitterte selbst Stunden nach ihrer Festnahme noch. Das Brutalste daran war nicht die Gewaltanwendung gewesen oder dass man sie verdächtigte, sondern die unmenschliche Art und Weise, wie ihr schonungslos an den Kopf geknallt worden war, dass Mark tot war. Die feinen blonden Härchen an ihren Armen stellten sich auf. Mit starrem Blick aus dem einzigen Fenster des Raums knabberte sie an einer Strähne.

O Gott. O Gott. O Gott. In welchem Horrorstreifen war sie bloß gelandet?

Lena fühlte sich wie eine psychisch Kranke, die nur durch Medikamente ruhigzustellen war. Eine Frau, der man sich besser nicht nähern sollte. Innerlich gebrochen, aber mit wütender Glut in sich, die jederzeit einen gefährlichen Brand entfachen konnte. Sie hatte nichts mehr zu verlieren. Alles war ihr genommen worden.

Passierte das gerade wirklich? Oder hatte sie von den Tabletten Halluzinationen?

Lena schluckte. Es war ein trockenes, mutloses Schlucken. Ihre Kehle fühlte sich rau an wie voller Sandkörner.

Lubetzki knallte eine Tasse mit Leitungswasser auf den Tisch. Lena hatte großen Durst, aber sie würde die Polizistin auf keinen Fall darum bitten, etwas trinken zu dürfen. Stumm sah sie weiter zum Fenster. Die Sonne ging bereits wieder auf. Noch vor 24 Stunden hatte sie sich auf diesen Tag gefreut. Es sollte ihr erster richtiger Urlaubstag mit

Mark und Luca werden. Normalerweise würden sie jetzt zu dritt eng aneinandergekuschelt im Ehebett liegen. Luca würde wahrscheinlich gerade wach werden.

»Hören Sie, Frau Nierstein«, meldete sich Kommissarin Lubetzki zu Wort

»Von Nierstein«, korrigierte Lena patzig. Sie hatte nie Wert auf den adligen Zusatz gelegt, doch die provozierende Art der Kommissarin ließ auch sie bissig werden.

»Wie Sie meinen, Frau *von* Nierstein, dann drehe ich jetzt mal richtig auf. Ihr Verhalten in den letzten Stunden ist irritierend. Alles, aber auch wirklich alles, was Sie sagen und wie Sie sich geben, schreit geradezu nach Schuld.«

»Schuld? Wenn hier einer schuldig ist, dann sind Sie es. Wenn Sie gottverdammt noch mal Ihren Job gemacht hätten, wären Mark und Luca längst bei mir. Ich habe Ihnen mehrmals gesagt, dass Sanders gefährlich ist. Er war vorgewarnt und ist deshalb eine noch größere Gefahr – und was haben Sie getan? Nichts. Ach, wenn es wenigstens nichts gewesen wäre, dann hätte ich Ihren Job erledigen können. Doch stattdessen haben Sie dem einzigen Menschen, der weiß, wo Luca und Mark sind, auch noch Zeit verschafft.« Lena schnaufte wie eine heißgelaufene Dampflok.

An Lubetzki perlte ihr Wutausbruch ab wie Fett an einer Teflonpfanne. »Wenn Sie mich ausreden lassen würden, kämen Sie einer kurzen Schlafpause näher.« Die Kommissarin sprach mit ihr wie mit einem Kleinkind. Nach einer betont langen Pause fuhr sie fort. »So ist es schon besser. Ich wollte Ihnen gerade erläutern, dass ich in meiner langjährigen Laufbahn bereits einigen Verbrechern gegenübergesessen habe, aber noch niemandem, der so auffällig und widersprüchlich auf eine angebliche Entführung reagiert hat wie Sie.«

Das konnte nicht real sein, dachte Lena. Gleich würden ihre beiden Männer in den Raum gesprungen kommen und sie auslachen. Aber mitlachen würde sie nicht. Das Ganze war eine Nummer zu heftig.

»Frau von Nierstein, Sie wirken auf mich wenig überrascht und Ihre Emotionen gespielt. Ihre Reaktion auf den Tod Ihres Mannes ist jedenfalls nicht normal. Das kann die Überdosis Beruhigungstabletten gewesen sein, vielleicht auch ein schizophrener Schub.«

Lena ballte ihre Fäuste. Die Kommissarin hatte offensichtlich herausgefunden, dass ihre Mutter an Schizophrenie gelitten hatte, und rieb ihr dieses Wissen mit Freude unter die Nase.

»Eins weiß ich, Frau von Nierstein, früher oder später finde ich heraus, wer wirklich vor mir sitzt.«

Erneut platzte es aus Lena heraus. »Verschwenden Sie nicht weiter wichtige Zeit mit diesem Schwachsinn! Mein Sohn ist noch bei Sanders. Tun Sie endlich was! Wenn ihm etwas passieren sollte, werden Sie das nicht überleben, das verspreche ich Ihnen! Sie haben meinen Mann auf dem Gewissen. Machen Sie endlich Ihren Job.«

»Ich werde zu Protokoll nehmen, dass Sie mir gedroht haben, mich auch noch umzubringen.«

Das war zu viel für Lena. Sie schnappte sich die Tasse mit Leitungswasser und warf sie mit voller Wucht gegen die Wand. Lubetzki schien diese Reaktion erwartet zu haben. Sie lächelte triumphierend.

»Ich werte dies nicht als tätlichen Angriff auf einen Staatsbeamten«, sagte sie kühl. »Dennoch nehme ich zu Protokoll, dass Sie jähzornig sind und zu Gewaltausbrüchen neigen. Das mag Ihnen im Gerichtsprozess sogar helfen. Der Begriff Notwehrexzess sagt Ihnen als Topanwältin ja was, oder?«

Lena wollte gerade tief Luft holen, als die Tür des Verhörraums aufging. Peters trat herein und flüsterte Lubetzki etwas ins Ohr. Dann schob er ihr eine Mappe zu und verließ wortlos den kahlen Raum.

»Die vorläufige Obduktion Ihres Mannes hat ergeben, dass er vergiftet und heftig misshandelt wurde. Nicht ungewöhnlich, wenn starke Ehrkränkung im Spiel ist. Unter Eheleuten kommt das leider immer wieder vor. Nach seinem Tod wurde Ihr Mann auf der Rückbank seines Wagens weggeschafft.«

Lena wurde kreidebleich und würgte. Weil ihr Magen seit Stunden keine Nahrung aufgenommen hatte, war lediglich ein Glucksen zu hören.

»Was soll das heißen?« Lena stotterte. »Mein Mann wurde nicht nur getötet, sondern auch noch misshandelt?«

»Jetzt tun Sie doch nicht so überrascht. Ja, wurde er!«

Lena wurde kreidebleich. Pure Panik stieg in ihr auf.

Kapitel 20

»War es ein qualvoller Tod? Was ist mit Luca? Haben Sie ihn gefunden? Ist er …?« Als Lena aus der Ohnmacht erwachte, war die Befragung nahtlos fortgesetzt worden. Lenas Magen krampfte erneut. Diesmal spuckte sie Magensäure.

»Ob Ihr Mann leiden musste, werden wir bald wissen. Die Analyse des Giftes läuft noch. Ihren Sohn haben wir noch nicht. Seltsamerweise gab es von Luca keine Spuren im Auto.« Lubetzki lehnte sich zurück und hielt für einen Moment inne. Lena fühlte erneut den prüfenden Blick der Kommissarin. »Es gibt keinen einzigen Hinweis, dass er jemals im Auto gewesen ist. Die erste Schnelluntersuchung ergab keine DNA. Kein Kindersitz. Kein Spielzeug. Keine zerbröselten Salzstangen. Absolut nichts. Das Auto ist so gründlich gereinigt worden, dass selbst Marks DNA nur auf der Rückbank zu finden war.«

»Machen Sie endlich Ihren Job und bewundern Sie nicht auch noch die Akribie dieser Bestie Sanders.«

Lubetzki sprang auf, als hätte sie auf diesen Moment gewartet. Lena kam es vor, als wollte sie ihr nun ihre vier Asse auf den Tisch knallen.

»Zu Ihrem Vorwurf, ich hätte das Leben Ihres Ehemanns riskiert, da ich Sanders nicht verhaften ließ, noch ein Fakt: Ihr Mann ist nur wenige Zeit nach seinem Verschwinden vom Waldparkplatz gestorben.«

Lena versuchte zu schlucken. Ihr Rachen war jedoch zu trocken. Es schmerzte.

»Das heißt ja, dass Sanders ihn bereits vor der Attacke auf mich umgebracht hat.« Lena brach kalter Schweiß aus.

»Das heißt erst mal nur, dass wir den Todeszeitpunkt kennen. Und es wird uns ein Leichtes sein, alles Weitere zu rekonstruieren.« Wieder dieser triumphierende Blick. »Ist Luca nie in dem Wagen mitgefahren?«

Lena kratzte sich hektisch entlang der Innenseite ihres Arms. Sie musste etwas spüren, auch wenn es Schmerzen waren. Diese Leere durfte sie nicht aufsaugen.

»Hallo, Frau von Nierstein, verstehen Sie mich?«

Entkräftet starrte Lena die Kommissarin an. »Bitte, bitte befreien Sie meinen Sohn.« Ihre Fäuste ballten sich so fest, dass die Haut um ihre Fingerknochen weiße Flecken bekam. Sie schüttelte ihre angekauten Haarspitzen energisch nach hinten.

Mit aller Macht riss sie sich zusammen. Von einer Sekunde auf die nächste verwandelte sie sich, als wäre sie plötzlich eine andere Person. Scharf antwortete sie nun auf die Frage: »Natürlich war mein Sohn im Auto. Hören Sie mir überhaupt zu? Wir waren zu dritt auf dem Weg zur Geburtstagsfeier meiner Schwiegermutter. Und in Gottes Namen noch mal fürs Protokoll: Bitte retten Sie Luca! Nur das zählt!«

Lena atmete tief durch, als ein weiterer Kriminalbeamter den Raum mit zwei Tassen frisch aufgebrühten Milchkaffees betrat. Die muffige Raumluft wurde vom Kaffeearoma geschwängert.

Dass der Beamte sich Lena nicht vorstellte und ihr keine der Tassen anbot, war eine Sache, aber dass die Polizisten seelenruhig dasaßen und wertvolle Zeit verschwendeten, statt nach ihrem Sohn zu suchen, heizte ihre Wut an. »Soll ich Ihnen noch zwei Croissants vom Bäcker holen oder vielleicht etwas Gebäck?« Lena war in Kampfstimmung. Eine Folge des Beruhigungsmittels war, dass eine euphorische Phase auftreten konnte, wenn die Wirkung des Medikaments nachließ. »Setzen Sie sich endlich in Bewegung und finden meinen Sohn! Verfolgen Sie Sanders. Wie oft muss ich noch sagen, dass er ein Psychopath ist? Oder lassen Sie mich sofort frei, damit ich meinen Sohn und den gottverdammten Mörder meines Mannes finden kann!«

Lubetzki schlürfte ihren Kaffee. Sie genoss offenbar ihre Macht.

»Verdammt noch mal! Tun Sie was! Ich will zu meinem Sohn. Was sind Sie nur für herzlose Menschen?«

Die Kommissarin rührte ihren Kaffee um, tippte zwei Mal den Kaffeelöffel gegen den Tassenrand und legte ihn auf den Tisch. Ein brauner Rest tropfte vom Löffelrand wie in Zeitlupe auf die Tischplatte.

Lena wollte ihre Familie beschützen. Zumindest das, was noch davon übrig war. »Wie kommen Sie eigentlich auf die Schnapsidee, dass ich meinen Mann ermorden und meinen Sohn entführen würde? Das würde ich niemals tun! Ich hoffe, meine Schwiegermutter hat zwischenzeitlich einen Detektiv angeheuert. Schlechter als Sie wird der Ihren Job jedenfalls nicht machen.«

Lubetzki knallte ihre Kaffeetasse heftig auf den Tisch. »Schluss mit Ihren Spielchen. Wir wissen von Ihrer Schwiegermutter, dass Sie sich mit Ihrem Mann heftig gestritten haben. Wir wissen auch von einer Anzeige gegen Sie wegen versuchten Totschlags in einer Tiefgarage. Auch wurden wir von einer Zeugin kontaktiert, die Sie am Tatort gesehen hat. Sie wollte gerade auf dem Parkplatz wenden, als Sie versuchten, gewaltsam in ihr Auto zu gelangen.«

Lena raufte sich die Haare und stöhnte verzweifelt auf. »Liebe Kommissarin, das ist doch Blödsinn. Ich habe die Frau am Parkplatz um Hilfe bitten wollen und an die Fahrertür geklopft. Ich war verzweifelt. Vielleicht war mein Klopfen daher etwas lauter. Die Sache in der Tiefgarage war ebenfalls ein Missverständnis. Der Stalker wollte mich dort attackieren, und da bin ich vor Panik schnell weggefahren und habe den Mitarbeiter der Tiefgarage mit dem Stalker verwechselt. Der Streit mit Mark war harmlos.«

Meine Güte, dachte Lena, das Ganze klang wirklich nicht überzeugend. Das glaubte ihr diese Kommissarin doch nie.

»Ein Unbekannter versucht, Sie zu überfallen, und bei der Flucht fahren Sie fast einen Sicherheitsmitarbeiter um. Das nennen Sie ein Missverständnis? Offensichtlich war Ihre Auseinandersetzung mit Ihrem Mann mehr als brutal. Ihrem Temperament und dem Zustand Ihrer Wohnung nach zu urteilen, geht bei Ihnen ja schnell der Punk ab.«

Lena verdrehte die Augen und schüttelte heftig den Kopf.

»Ich sage Ihnen noch was, Frau von Nierstein. Der Mobilfunkanbieter hat uns die Daten Ihres Mannes zugeschickt. Die Ortung des Handys läuft. Eine Nachricht auf seiner Mailbox interessiert mich besonders. Warum haben Sie sich mit tränenerstickter Stimme für einen Streit mit ihm entschuldigt? Worum ging es dabei? War der so harmlos, dass Sie um Vergebung betteln mussten wie ein Schoßhündchen?«

Lena schlug so heftig mit der Faust auf den Tisch, dass die Tassen der Kommissare bebten. »Mein Mann glaubte, dass die Attacke des Stalkers nur ein blödes Missverständnis gewesen war.«

»Ihr eigener Mann hat Ihnen die Stalker-Geschichte also auch nicht geglaubt?«, fragte Lubetzki. »Die Gräfin hat erwähnt, dass Ihr Mann nach dem Streit wutentbrannt die Wohnung verließ. Hilft ein Mann seiner Ehefrau nicht für gewöhnlich, wenn sie von einem Fremden bedroht wird?«

Lena biss sich auf die Zunge. »Das habe ich meiner Schwiegermutter doch nur gesagt, um sie zu beruhigen, damit sie sich keine Gedanken macht, weil wir noch nicht bei ihrem Geburtstag waren.«

»Sie erfinden also einen Streit mit Ihrem Mann, obwohl Sie vermuten, er sei entführt worden. Und das alles, damit sich Ihre Schwiegermutter keine Gedanken macht? Das klingt ja nach einem rührenden Verhältnis … Jedenfalls stehen Sie mit der Wahrheit offenbar auf Kriegsfuß. Und überemotional sind Sie ebenfalls.« Lubetzki sah siegesgewiss zu ihrem Kollegen. »Ihr junger Nachbar gab wegen der Ruhestörung gestern Nachmittag zu Protokoll, dass Sie wild schreiend gegen seine Tür geschlagen hätten. Und die beiden Polizisten, die deswegen zu Ihnen kamen, gaben an, dass Sie …« Lubetzki blätterte durch die Akte und suchte nach dem exakten Wortlaut. »Ah ja. Dass Sie geistig verwirrt waren.«

»Wie würden Sie sich denn fühlen, wenn Ihr Mann ermordet wird? Wären Sie dann cool und gelassen?«

»Interessant. Sie wussten also bereits zu diesem Zeitpunkt, dass Ihr Mann ermordet wurde?«

Diese Kuh wollte sie ins Gefängnis bringen, das war Lena klar. Sie dachte gar nicht daran, Luca zu suchen. Robert! Sie brauchte seine Hilfe. Dieser Horror musste ein Ende finden.

»Ich erinnere Sie gerne noch an was, Frau von Nierstein. Wie Sie wissen, ist uns bekannt, dass Ihre Mutter an

Schizophrenie litt, und inzwischen kennen wir auch alle Details hierzu. Uns liegen die ärztlichen Unterlagen vor. Leiden auch Sie unter Wahnvorstellungen? Vorhin haben Sie außerdem zugegeben, vollgepumpt mit Drogen bei Ihrem Nachbarn Sanders eingebrochen zu sein.« Lubetzki wedelte mit der Hand vor ihrem Gesicht hin und her.

Lena ballte die Fäuste und hielt sie drohend in Richtung der süffisant lächelnden Kommissarin.

»Herr Kollege, wir nehmen zu Protokoll, dass mich die Beschuldigte mit der Faust bedroht hat«, sagte die Kommissarin.

Lubetzki wollte sie mit allen Mitteln in die Ecke drängen. Sie brauchte einen Anwalt. Robert musste ihr helfen.

»Jetzt reicht es aber mit Ihren Unterstellungen. Die Tabletten sind legale Beruhigungsmittel. Außerdem habe ich nie behauptet, bei Sanders eingebrochen zu sein. Ich habe lediglich gesagt, dass ich in seinem Wohnzimmer war.«

»Jaja, oberschlaue Juristin. Jetzt reicht es in der Tat. Sie wirken, lassen Sie es mich höflich formulieren, instabil. Tun Sie sich und uns einen Gefallen und gestehen Sie. Vielleicht haben Sie Glück und das Gericht stuft Sie als schuldunfähig ein.«

»Ich muss telefonieren. Sonst äußere ich mich nicht mehr. Sie haben gerade selbst gesagt, dass Sie mich beschuldigen. In dem Fall haben Sie allerdings etwas Entscheidendes vergessen: mich zu belehren und auf meine Rechte hinzuweisen.«

»Na, das hat ja gerade noch gefehlt. Eine Besserwisserin.« Der Beamte rollte mit den Augen. Von wegen good Cop, bad Cop. Die Taktik der beiden war reine Provokation. Für Lubetzki war Lena die Täterin, und ihren Kollegen schien sie auch bereits beeinflusst zu haben.

»Also, meine Hübsche«, begann der Beamte.

Lena riss sich zusammen. Jetzt also die schmierige Chauvinisten-Nummer.

Beruhige dich, ermahnte sie sich selbst. Komm runter. Der Albtraum geht gleich vorbei.

Der Beamte beugte sich nach vorn. Sein Gesicht war so dicht an Lenas, dass sein Dreitagebart fast ihre Wange berührte. Schlimmer noch war der fahle, abgestandene Geruch von kaltem Nikotin, gepaart mit dem des Kaffee-Milch-Gemischs. Zwischen oberem Eckzahn und Schneidezahn steckte ein Mohnkorn. Sie wich zurück.

»Wir können Sie bis morgen Abend hier im Präsidium festhalten. Die Voraussetzungen für einen Haftbefehls und Gefahr im Verzug liegen vor. Also kooperieren Sie besser, sonst werden es noch weitere lange Stunden.«

Lena staunte über dieses Halbwissen. Vielleicht wollte er mit seiner Behauptung auch nur sein Revier markieren. Jedenfalls pfiff die Kommissarin ihr Schoßhündchen zurück und schob Lena ein Mobiltelefon zu.

Wortlos standen die beiden auf und schlossen die Tür hinter sich. Lena war sich sicher, dass sie hinter der Spiegelscheibe jedes Wort mithörten. Doch das war ihr egal. Es ging einzig darum, Luca zu finden, so schnell es nur irgendwie ging. Den Gedanken an Mark und seinen Tod verdrängte sie, sonst hätte er sie innerlich zerrissen. Für ihn konnte sie nichts mehr tun. Aber Luca konnte sie noch helfen. Hoffentlich!

Lena tippte hastig Roberts Nummer ein. Vertippte sich und wählte erneut. Als sie seine Stimme hörte, platzte es aus ihr heraus. »Robi, ich brauche dich! Ich bin im Polizeipräsidium in der Adickesallee 70 bei einer Kommissarin Lubetzki. Mark ist tot und Luca immer noch verschwunden.«

Lena schnürte es den Hals zu. Allein, die Worte auszusprechen, traf sie bis ins Mark. Tränen liefen ihr über die Wangen. Sie konnte kaum sprechen. Robert war ihre Rettung. Er wusste, was zu tun war. »Robi, bitte komm. Es ist schrecklich. Keiner sucht nach Luca, und ich werde hier festgehalten. Die verdächtigen mich. Ausgerechnet mich! Du musst mir helfen.«

»Leni, es tut mir so leid, dass ich aufgehalten wurde. Berg mal wieder. Das werde ich mir nie verzeihen. Als ich dich dann nicht erreichen konnte, habe ich mir unendliche Sorgen gemacht. Deine Schwiegermutter hat mir alles berichtet. Es ist entsetzlich. Deine Schwiegermutter ist auch völlig verzweifelt. Sie glaubt seltsamerweise, dass du etwas damit zu tun hast. Die Kommissarin muss ihr wohl den Floh ins Ohr gesetzt haben, dass du an Marks Erbe wolltest.«

»Was? Was für eine gequirlte Scheiße.«

»Lass dich davon jetzt nicht rausbringen, Leni. Viel wichtiger ist, dass sie mit dem Generalstaatsanwalt gesprochen hat und der alle verfügbaren Beamten für die Suche einsetzen will. Aktuell gibt es eine Besprechung mit den Einsatzleitern. Ich habe bereits den Ermittlungsrichter kontaktiert und ihn darüber informiert, dass dir das Recht auf einen Anwalt verwehrt wurde.«

Lena schluchzte erleichtert. Sie wurde zuversichtlicher. »Oh, Robi. Mein Robi. Es tut so gut, zu wissen, dass du mir hilfst. Bring die Karte vom Sushi-Restaurant ins Präsidium. Lubetzki soll die sofort mit dem Tisch in Sanders' Wohnung abgleichen. Einige Buchstaben ähneln sich auffällig. Ich verstehe einfach nicht, warum die sich Sanders' Wohnung nicht anschauen.«

Dass ihre Schwiegermutter ihr tatsächlich so ein Verbrechen zutraute, machte ihr schwer zu schaffen. Sie versuchte, diese Tatsache so gut es ging zu ignorieren. Sie klammerte sich an das gute Gefühl, dass Robert bereits erste Schritte eingeleitet hatte, um sie aus dem Präsidium rauszuholen. Und viel wichtiger: Die Suche nach Luca lief auf Hochtouren. Lena musste jetzt ihre eigenen Befindlichkeiten zurückstecken.

Robert hatte schlechte Nachrichten. »Diana hat die Karte nicht gefunden, und ich habe mit ihr zusammen dein ganzes Büro durchsucht. Sogar die Mülleimer haben wir durchwühlt. Du musst die Karte irgendwo anders gelassen haben. Diana hat dir ein Handy besorgt. Sie bringt es dir, sobald die Polizei es erlaubt.«

Lena schluckte. Auch wenn der Regen die Schrift an dem Toilettenhäuschen abgespült hatte, so war die Karte zumindest ein Beweis dafür, dass Sanders der Stalker war. Ein Abgleich mit dem Tisch oder eine Schriftprobe wären ein Leichtes. Hoffentlich tauchte die Karte bald wieder auf!

»Pass auf, Leni, ich komme jetzt ins Präsidium. Du sagst nichts mehr. Ruh dich etwas aus. Ich bin gleich bei dir.«

Lena nickte dankbar, auch wenn Robert das nicht sehen konnte. Sie verabschiedete sich und legte auf.

Die Augen zumachen konnte sie jedoch nicht. »Frau Lubetzki, ich weiß, dass Sie hinter der Scheibe sind. Kommen Sie mal zu mir?«

Keine fünf Sekunden später ging die Tür auf, und die Kommissarin erschien.

»Ich muss dringend mit meiner Schwiegermutter sprechen. Leider kenne ich ihre Nummer nicht auswendig. Können Sie sie bitte anrufen und mir das Telefon geben?«

Die Tür zum Verhörraum öffnete sich erneut. Schweigend und diesmal ohne Tassen gesellte sich auch der Beamte dazu.

»Bitte. Ich muss meine Schwiegermutter anrufen«, wiederholte Lena. »Es geht immerhin um ihren Enkel.«

Das Gesicht der Kommissarin zeigte erstmals eine Regung, die Mitleid erahnen ließ. »Sie hat ein Gespräch mit Ihnen deutlich abgelehnt. Tut mir leid, Frau von Nierstein.«

Dass ihre Schwiegermutter sogar ein Gespräch mit ihr verweigerte, war der nächste Schlag, den Lena verkraften musste. Sie hoffte, dass es der letzte war.

Kapitel 21

»Passen Sie auf, Frau von Nierstein. Wir können das hier schnell zu Ende bringen, und Sie können sich danach ein wenig ausruhen.«

»Ich raffe es einfach nicht. Mein geliebter Mann wurde ermordet. Und Luca befindet sich immer noch in den Händen dieses Perverslings Sanders. Befreien Sie meinen Sohn endlich!«

»Erzählen Sie uns doch einfach, was Sie wissen, Frau von Nierstein.«

»Verdammt noch mal! Das mache ich. Ununterbrochen. Seit Stunden. Sind Sie denn so bescheuert und meinen, ich hätte meinen Mann ermordet und würde meinen Sohn irgendwo verstecken? Spätestens jetzt, wo Sie mich hier festhalten, würde ich Ihnen doch das Versteck nennen. Oder meinen Sie, ich würde einen Eineinhalbjährigen stundenlang sich selbst überlassen?«

Lena zitterte am ganzen Körper. Ihre Stimme war noch nie so laut gewesen. Noch nie so klar und fordernd. Konfrontation und Provokation schien die einzige Sprache zu sein, die Lubetzki verstand. Jedenfalls setzte sie sich ruhig an den Verhörtisch und klappte ihre Ermittlungsmappe auf. Wortlos schob sie fünf Fotos über den Tisch.

Lena stieß einen gellenden Schrei aus. Die Bilder zeigten Mark. Er lag zusammengerollt auf der Rückbank. Lieblos wie einen Müllsack in den Wagen geworfen. Fertig zur Entsorgung. Lena schossen die Tränen in die Augen. Ihre Unterlippe zuckte. Sie war außerstande, etwas zu sagen.

Lubetzki ignorierte Lenas Schockzustand. »Sie bestätigen also, dass es sich bei dem Opfer um Ihren Ehemann Mark von Nierstein handelt. Gut. Die Identifizierung der Leiche ist eine Formalität, die wir einhalten müssen.«

Lena fühlte sich innerlich zerrissen. Der Anblick ihres Mannes riss sie in ein tiefes Loch. Eine noch nie empfundene Trauer breitete sich in ihr aus. Diese Bilder würde sie nie vergessen. Sie hatten sich tief eingebrannt in ihr Gedächtnis. So wollte sie Mark nicht in Erinnerung behalten.

Lena drehte sich von der Kommissarin weg und blickte durchs Fenster. Nicht weinen, ermahnte sie sich selbst, tu Lubetzki nicht den Gefallen und heule.

»Lassen Sie uns weitermachen!« Lubetzki ließ keinen Zweifel aufkommen, wer hier das Sagen hatte. Erneut studierte sie die Ermittlungsmappe, um aus dem Protokoll der beiden Polizeibeamten vorzulesen, die wegen der Ruhestörung gekommen waren. »Gehen wir erst mal all Ihre Lügen durch, Frau von Nierstein. Lüge Nummer eins haben die ermittelnden Polizisten unmittelbar nach Ihrer haarsträubenden Ablenkungsaktion aufgedeckt. Es gab keine Nachricht an der Toilettentür. Selbst kleinste Farbrückstände, die auf eine Beschriftung hingewiesen hätten, waren nicht zu sehen. Ich kenne Ihre unglaubwürdige Erklärung dafür. Heben Sie sich die für den Ermittlungsrichter auf.«

Lena ignorierte die Spitzen der Kommissarin. Ihre Konfrontationsstrategie war nach hinten losgegangen. »Was ist mit Sanders? Haben Sie das Schwein?«

Wie zu erwarten war, legte die Kommissarin eine demonstrative Pause ein, ehe sie mit spitzer Zunge fortfuhr. »Da kommen wir auch schon zu Lüge Nummer zwei. Die beiden Polizisten sind auch dieser Nebelkerze nachgegangen, wie Sie wissen. Ihre Protokollnotiz lässt keinen Zweifel zu.« Die Kommissarin blätterte zu der Seite des Eintrags und las in übertriebener Lautstärke den entscheidenden Satz vor. »›So konnten wir die Verdächtigung des unserer Meinung nach unauffälligen Sanders vor Ort entkräften.‹« Arrogant schob Lubetzki nach: »Die Polizeibeamten protokollierten übrigens auch ihren Verdacht, dass Sie etwas verheimlichen. Damit sind sie einer Meinung mit Ihrer Schwiegermutter und mir.«

Das war zu viel für Lena. Die tief verspürte Leere in ihrem Innern wich einem emotionalen Vulkanausbruch. Sie protestierte mit sich überschlagender Stimme. »Das war doch ein Witz! Nichts haben die gemacht. Nur bei Sanders geklingelt. Nicht einmal in die Wohnung sind sie gegangen. So ermittelt man doch nicht in einem Mordfall!« Lena drückte ihre Fäuste fest auf die Oberschenkel.

Kopfschüttelnd notierte die Kommissarin für Lena sichtbar in die Akte: *Die Beschuldigte gab zu, zum Zeitpunkt der ersten Zeugenbefragung Sanders' bereits von der Ermordung ihres Mannes ausgegangen zu sein.*

Lena las die Notiz erneut. »Sie haben Sanders also erneut befragt? Das sind ja endlich mal gute Neuigkeiten. Gott sei Dank, Sie haben das Schwein.«

Sie blickte die Kommissarin erwartungsvoll an. Doch die zeigte keine Regung. Dennoch konnte Lubetzkis Zermürbungstaktik Lenas noch immer ungebrochenem Willen nichts anhaben. Sie kämpfte um ihren Sohn wie eine Löwin. Sie würde ihn finden. Daran glaubte sie felsenfest. Dieser Glaube gab ihr Kraft. »Was mache ich noch hier, Frau Lubetzki? Jetzt sagen Sie schon. Hat Sanders gestanden? Haben Sie ihn verhaftet? Wo ist mein Sohn?«

Erneut sprang die Tür auf. Der Hüne Peters flüsterte der Kommissarin etwas ins Ohr. Diese nickte und wies ihn an, sich zu setzen. Lubetzkis Gesichtsausdruck verhieß nichts Gutes. »Meine Kollegen haben Sanders' Wohnung auf den Kopf gestellt. Dank Ihnen haben etliche Beamte wichtige Zeit und Ressourcen für die Suche nach Luca vergeudet. Es reicht mit Ihren Lügen. Hören Sie endlich auf damit. Es ist Ihr eigener Sohn, der vielleicht gerade um sein Leben kämpfen muss. Oder haben Sie ihn ausreichend mit Nahrung versorgt? Oder gibt es einen Helfer?«

Lena starrte die Kommissarin ungläubig an. »Soll das heißen, Sie haben immer noch keine Spur von Luca? Sanders hat nicht gestanden, und er ist nach wie vor auf freiem Fuß? Die Fotos an der Wand, die kranken Schnitzereien in dem Tisch und die Monitore mit den Bildern der Überwachungskameras sind doch eindeutig.« Lena bereute es zutiefst, dass sie die Beamten nicht auf die Überwachungskameras in ihrer Wohnung aufmerksam gemacht hatte, als sie bei ihr gewesen waren. Ein unverzeihlicher Fehler.

Nun war es Peters, der auf den Tisch schlug. »Nichts. Absolut nichts Auffälliges gab es in Sanders' Wohnung. Keine Fotos. Kein Holztisch. Keine Monitore. Ich habe mich selbst davon überzeugt.«

»War es auch wirklich die richtige Wohnung im neunten Stock? Hat Sanders sich ausgewiesen?«

»Selbstverständlich. Glauben Sie mir, ich mache diesen Job nicht erst seit gestern. Sanders hat uns bereitwillig arbeiten lassen. Er gab an, Sie mal flüchtig bei seinem Lieblingsjapaner gesehen zu haben. Ihren Sohn hat er nur in Begleitung Ihres Mannes getroffen.«

Lena zuckte zusammen. Sanders, das Arschloch! Er fühlte sich sehr sicher und spielte mit ihr. Er gab also indirekt zu, dem Kellner im Sushi-Restaurant die Karte gegeben zu haben.

»Ein letztes Mal, Frau von Nierstein, und kommen Sie mir nicht mit immer neuen Geschichten. Sanders' Türschloss wurde definitiv nie aufgebrochen, laut Schnelltest war von Ihnen keine DNA in den Räumen, alle Wände waren unauffällig, die Wohnung normal möbliert. Einen Holztisch gab es gar nicht. Außer einem veralteten Computer und einem alten VHS-Videorekorder haben wir keine technischen Geräte gefunden. Nichts, aber auch rein gar nichts von dem, was Sie uns geschildert haben, stimmt.«

Peters reichte Lena sein Handy mit Fotos von Sanders' Wohnung. Fassungslos betrachtete sie die Bilder.

Verwirrt legte sie das Telefon zurück in die Pranken des Polizeihünen und blinzelte ihn verwirrt an. Ausgerechnet jetzt, wo sie nichts mehr brauchte als einen klaren Kopf, schien ihr Verstand durchzudrehen.

Lena war in Sanders' Wohnung gewesen, definitiv. Sie hatte keine Ahnung, wie er es geschafft hatte, sämtliche Beweise in der kurzen Zeit zu vernichten. Aber auch wenn die Polizei ihr nicht glaubte, Lena wusste, was zu tun war. Die Polizei konnte sie ohne richterlichen Beschluss nur noch bis zum Abend festhalten. Als unbescholtene Bürgerin und angesichts der dünnen Beweislage würde ein Richter kaum Haftgründe für eine weitergehende Untersuchungshaft annehmen.

Lena musste all ihre Energie, all ihr Wirken auf die Rettung ihres Sohnes ausrichten. Sie musste ihn aus den Klauen dieses Monsters befreien. Weitere Diskussionen mit der Polizei schienen zwar sinnlos, aber sie wollte es dennoch ein letztes Mal versuchen. »Dann hat Sanders alles entfernt und weggeschafft. Er war vorgewarnt. Ich habe das doch bereits erklärt. Sie waren zu spät. Er ist der Täter.«

Regungslos saßen die Kommissare vor ihr.

Lena wurde immer verzweifelter. »Sie müssen doch erkennen, dass er es war. Was hätte ich denn bitte schön für ein Motiv? Mein geliebter Mann ist tot. Nie wieder kann ich mit ihm sprechen, ihn anfassen, von ihm berührt werden. Ich würde alles dafür geben, Mark einfach nur im Arm zu halten. Seine Wärme zu spüren. Seine Nähe. Die Geborgenheit wahrzunehmen, die er immer ausstrahlte. Ich flehe Sie an, finden Sie wenigstens meinen Sohn! Vielleicht hat auch Marks Ausstellung etwas damit zu tun. Die Skala des Bösen.«

Lubetzki und Peters standen auf und traten in den Flur. Kopfschüttelnd stellte die Kommissarin fest: »Sie sind eine Erbschleicherin.« Dann schloss sie die Tür hinter sich.

Für Lena war das abrupte Ende der Vernehmung ein ebenso großer Schock wie die bisherigen Ermittlungsergebnisse. Sie fühlte sich hilfloser und einsamer denn je.

Gedankenfetzen schossen auf sie ein. Luca war schutzlos. Ging es ihm gut? Wo war er? Wer kümmerte sich um ihn? Bekam er zu essen und zu trinken? Hatte er Angst? Wurde er gar geschlagen? Lena war zu erschöpft, um zu weinen. Wie ein Kartenhaus fiel sie in sich zusammen.

Lena kauerte in einer Ecke des Vernehmungsraums, als sich die Tür ein weiteres Mal öffnete. Robert kam mit sorgenvoller Miene herein. »Du Arme. Es tut mir so leid.«

Lenas erloschene Energie flammte kurz auf. Sie deutete ein Lächeln an. »Das erste Mal seit 24 Stunden, dass ich mich freue. Gott sei Dank bist du da, Robi.«

Ihr Freund wirkte hilflos. Dennoch lächelte er ihr liebevoll zu. »Leni, ich kümmere mich um alles. Mach dir keine Sorgen. Wir finden Luca. Diana geht parallel unsere Datenbank durch. Wir besorgen dir den besten Strafverteidiger der Welt. Du kannst für den Moment nur eines tun: dich so gut es geht ausruhen. Du wirst noch viel Kraft brauchen. Und ich besorge uns in der Zwischenzeit die Ermittlungsakten, damit wir ein Bild von der Gesamtlage bekommen und verstehen, wieso die dich hier überhaupt festhalten.«

Lena rieb sich die Schläfen und schloss die Augen. Ihr schmerzender Rücken schrie nach einer Pause. Außerdem fühlte sie sich schmutzig. Seit über 24 Stunden hatte sie keine Dusche mehr gesehen.

»Und jetzt kannst du mal durchatmen. Ich habe die Kommissare überzeugen können: Sie lassen dich für ein paar Stunden in Ruhe.«

Als Robert ging, wurde Lena in einen abgedunkelten Raum mit frisch bezogenem Bett und zwei Decken geführt.

Sie legte sich eine zusammengerollte Decke in den Nacken und sank erschöpft auf die Matratze. In Gedanken war sie bei ihrem geliebten Mann und Sohn.

Kapitel 22

Lena schreckte hoch. Ihr gefror das Blut in den Adern. Vor ihr stand eine gesichtslose Frau in einem cremefarbenen Mantel.

O Gott. Wer war das? Was wollte die Frau von ihr?

Lena versuchte, sich aus der Schockstarre zu lösen. Sie kniff die Augen zu, um die Umrisse im Halbdunkel besser zu sehen.

Kerzengerade richtete sie sich auf. Die Fremde am Fußende hielt ein blitzendes Messer in der Hand. Sie schien zu ihr zu schweben.

Lena wollte schreien, doch ihre Stimme versagte. Die Frau mit dem Messer war nun dicht vor ihr. Ihr Gesicht war konturlos, bevor es sich zu einer Fratze verformte. War das Claudia Nebel, die ›Zungensammlerin vom Bodensee‹? Holte die Skala des Bösen Lena nun endgültig ein? Ihr Pulsschlag wummerte in ihrem Kopf.

Das Adrenalin verdrängte den letzten Anflug von Müdigkeit. Ihre Augen gewöhnten sich an das Dämmerlicht. Jetzt erkannte sie ihren eigenen Mantel, der an einem Kleiderbügel hing. Das gezückte Messer erwies sich als Reflexion des Straßenlichts auf dem Metallkleiderbügel. Von einer gewalttätigen Frau keine Spur. Wie auch? Lena erinnerte sich. Sie war im Polizeipräsidium. Die tiefe Traurigkeit kehrte zurück.

Lena quälte sich aus dem Bett und ging zum Waschbecken. Ein Handtuch hing neben einem sehr kleinen Spiegel. Sie spritzte sich eiskaltes Wasser ins Gesicht und trank ein paar Schlucke.

Als Peters sie kurz darauf zu Lubetzki in den Verhörraum brachte, verriet ihr ein Blick auf die Uhr, dass sie einige Stunden geschlafen hatte. Es war bereits früher Abend am 2. Dezember. Ihr kleiner Luca wurde noch immer vermisst. Zu ihrer Überraschung wartete im Vernehmungsraum nicht nur Robert, sondern auch Diana auf sie. Sie hielt in der linken Hand ein neues Handy und in der rechten einen Briefumschlag.

Lena rannte auf die beiden zu wie ein kleines Mädchen, das nach Schulende ihre Eltern entdeckte. Sie ließ sich erst von Robert und dann von Diana fest und lange drücken. Peters unterbrach den emotionalen Ausbruch taktvoll und wies darauf hin, dass das Handy ausgeschaltet bleiben müsse.

Robert zeigte auf eine Bäckertüte vor sich auf dem Tisch. »Belegte Käsebrötchen. Ich hole schnell noch Kaffee vom Automaten auf dem Flur. Das geht doch in Ordnung, Frau Kommissarin?«

Lubetzki nickte gönnerhaft und nahm am Tisch Platz. Sie drehte sich zu dem neben ihr sitzenden Peters und flüsterte ihm für Lena leicht hörbar ins Ohr: »Wir lassen die Nierstein auf keinen Fall mit den beiden allein.«

Lena beäugte das anschließende Getuschel der Kommissare argwöhnisch, ließ sich dadurch aber nicht beirren. Sie war froh, dass sie mit Robert und Diana nun zwei Unterstützer an ihrer Seite hatte. »Was ist in dem Umschlag, Diana?«

»Der ist von Prof. Berg. Er hat mir einen persönlichen Brief für dich mitgegeben.« Sie schob Lena den Umschlag hin.

»Von Berg? Das hat er noch nie gemacht.« Lena war gerade völlig egal, was ihr Chef ihr mitteilen wollte. Dennoch öffnete sie das Kuvert und überflog die handgeschriebenen Zeilen.

Robert trat, drei Kaffeebecher in beiden Händen jonglierend, in den Verhörraum.

»Berg hat mir mitgeteilt, dass er mich von der Arbeit freistellt, solange ich verdächtigt werde«, informierte Lena ihn. »Obwohl ich sowieso zwei Wochen Urlaub habe.«

Diana bekam einen hochroten Kopf. »Was soll der Scheiß denn? Das ist mal wieder die bekackte Pseudosolidarität der Kanzlei. Statt hinter dir zu stehen, lassen sie dich fallen.«

Lena reichte Robert den Brief.

Er überflog nun ebenfalls die Zeilen. »Berg hält dich natürlich für unschuldig, aber er will den Ruf der Sozietät nicht gefährden. Ist halb so schlimm. Außerdem drückt er ja fast schon mitfühlend sein tiefes Beileid zu Marks Tod aus. Egal, Lena, das ist jetzt nicht wichtig.«

Lena knüllte den Brief zusammen und wischte sich eine Träne aus dem Auge.

Und dafür hatte sie ihre Familie vernachlässigt. Ihr lieber Luca. Wo war er nur? Hoffentlich fror er nicht und bekam ausreichend zu trinken und zu essen. O Gott. Hoffentlich hatte er keine Angst und wurde gut behandelt. Sie liebte ihn so sehr.

Nun brachen alle Dämme. Lena weinte bitterlich. Endlich hemmungslos weinen zu können fühlte sich erleichternd an.

Robert sprang auf, zog sie an sich und hielt sie fest. »Wir werden Luca finden, Leni. Es geht ihm gut. Ich verspreche es dir. Bald wird er wieder bei dir sein.« Er drehte sich zu den Kriminalbeamten um. »Bemerken Sie nicht, wie sie sich fühlt? Sie hat ihren Mann verloren, und ihr kleiner Sohn wird vermisst. Und als wäre das nicht schlimm genug, halten Sie sie hier auch noch gefangen. Aufgrund haltloser Behauptungen. Was sind Sie nur für Menschen!«

Lenas Weinkrampf wollte nicht enden und ging in Schreien über. Diana tätschelte ihr unbeholfen die Hand und war mit der Situation offenkundig überfordert.

Robert versuchte, ihren Blick zu fixieren. »Lena, sieh mich an. Ich bin es, Robert. Alles wird gut, hörst du?«

Lena schrie hysterisch weiter.

»Holen Sie endlich einen Arzt, verdammt noch mal! Sie braucht eine Beruhigungsspritze«, fauchte Diana die Kriminalbeamten an.

Keine zehn Minuten später kam Peters mit einem Amtsarzt zurück. »Bitte verlassen Sie jetzt den Raum«, sagte der Arzt zu Robert und Diana. »Und Sie, werte Kollegin Lubetzki und werter Kollege Peters, halten Sie Frau von Nierstein bitte fest.«

Lena schrie wie am Spieß, als sie die Spritze wahrnahm. »Nein! Robi, hilf mir! Ich will nicht ruhiggestellt werden. Luca braucht mich. Nein! Robi, bitte!«

Robert redete beschwichtigend auf Lena ein. »Es wird dir helfen. Glaub mir, Leni. Es ist zu deinem Besten. Alles wird gut. Ich verspreche es.«

»Ich sage es noch einmal: Bitte verlassen Sie jetzt den Raum.« Der Arzt schaute warnend zu Robert und Diana. Widerwillig leisteten sie der Aufforderung Folge.

Lubetzki wollte nicht tatenlos abwarten und griff nach Lenas Arm. Das war zu viel für sie. Hysterisch fauchte sie die Kommissarin an und schlug ihr mit der flachen Hand ins Gesicht.

Lubetzki jaulte auf. »Du Drecksgräfin!«

Entsetzt über sich selbst sank Lena zurück auf den Stuhl. Wortlos hielt sie dem Amtsarzt ihren Oberarm hin.

Dieser setzte die Spritze, woraufhin Robert und Diana wieder zu Lena durften. »Die Wirkung wird in wenigen Minuten eintreten. Frau von Nierstein wird ansprechbar und handlungsfähig bleiben, aber sich in einem sedierten Zustand befinden.«

Lubetzki sagte leise, aber für Lena wahrnehmbar, zu Peters: »Wir lassen die Nierstein auf keinen Fall mit den beiden allein. Mein Gefühl sagt mir, dass sie auch etwas mit den Anwaltsmorden zu tun hat.«

Das ließ Lena trotz des sedierten Zustands nicht auf sich sitzen. Auf Lubetzki prasselten stakkatoartig Paragrafen und Drohungen von Dienstaufsichtsbeschwerden ein. Kleinlaut knickte die Kommissarin ein und verließ mit ihrem Kollegen den Raum.

Kapitel 23

Endlich war Lena mit Robert und Diana allein.

»Es tut mir alles so furchtbar leid, Leni«, sagte Robert.

Lena drückte kurz seinen Arm. »Mach dir bitte nur um Luca Gedanken und lass uns schauen, dass ich möglichst schnell dieses Irrenhaus hier verlassen kann. Die Kommissare sind dermaßen unfähig, dass ich die Suche selbst in die Hand nehmen muss.«

»Da kommt Diana ins Spiel. Wir haben den perfekten Strafverteidiger für dich. In wenigen Minuten wird er hier sein. Diana, erzähl Lena doch bitte von deinem genialen Einfall.«

Nicht einmal in ihren düstersten Momenten hätte Lena damit gerechnet, ihre Freiheit jemals einem Strafverteidiger anvertrauen zu müssen. Sie hatte sich keine Verfehlungen geleistet. Selbst ihr Punktekonto in Flensburg war ohne jeden Eintrag.

»Soll ja mal keiner behaupten, wir Assistentinnen hätten nichts drauf.« Diana legte eine Pause ein, wohl, um den Effekt zu verstärken. »Ihr wisst doch, dass Berg mich zu einem Lehrgang für Partnerassistentinnen geschickt hat, und da habe ich den besten Strafrechtsprofessor Deutschlands kennengelernt: Prof. Ross.« Diana schaute Lena erwartungsvoll an.

Robert schnaubte abfällig. »Diana, nun red schon. Die Lage ist ernst. Siehst du nicht, wie es Lena geht?« Kopfschüttelnd streichelte er Lenas Arm.

»Jaja, ist ja gut. Was ich sagen wollte: Akribisch, wie ich bin, hatte ich Ross' Kontaktdaten in die Kanzleidatenbank eingepflegt. Tja, und auf den Professor ist Robert dann heute Morgen bei seiner Recherche gestoßen. Der vielbeschäftigte Prof. Ross hat sich bestimmt mir zuliebe sofort bereit erklärt, dich zu vertreten.«

Genervt verzog Robert das Gesicht, überließ Diana jedoch ihren überzogenen Auftritt. Lena beugte sich zu Diana und gab ihr einen Kuss auf die Wange. Als hätte er auf diesen Augenblick gewartet, betrat der Professor den Raum.

Mit einem freundlichen »Hallo zusammen« schüttelte der renommierte Frankfurter Anwalt Lena und Robert die Hand. Bei Diana deutete er mit einem charmanten Handkuss seine besondere Verehrung an. Er öffnete seine Tasche und zog eine Strafakte heraus.

»Herzlichen Dank, dass Sie so schnell gekommen sind, Herr Professor. Meine Chefin braucht Sie.« Diana wickelte Leute um den Finger wie keine Zweite.

»Vielen herzlichen Dank auch von meiner Seite, Herr Professor. Und vielen lieben Dank auch dir, Diana. Es freut mich wirklich sehr, dass du dich so für mich einsetzt.« Lena entspannte sich zum ersten Mal ein wenig.

Ross nickte jovial. »Ich hatte eben die Gelegenheit, durch die Polizeiakte zu gehen und mit Kommissarin Lubetzki zu sprechen. Um das Positive in all dem negativen Geschehen vorwegzunehmen: Unmittelbar nach unserem Gespräch wird Frau von Nierstein dem Haftrichter zur Prüfung eines Haftgrunds übergeben. Lubetzki bestand darauf, da sie alle Zweifel beseitigt oder bestätigt haben will. Sie selbst findet einiges an Frau von Niersteins Aussagen verdächtig. Wie dem auch sei. Ich bin mir sicher, dass der Haftrichter dem Spuk ein Ende bereiten wird. Beweise für einen Tatbeitrag von Ihnen, Frau von Nierstein, gibt es nicht. Und die, na ja, nennen wir sie Indizien, die für Sie als Täterin sprechen, sind nach Ansicht von Lubetzki, dass Sie die Letzte waren, die Ihren Mann und Ihren Sohn gesehen hat – als Ehefrau und Mutter ist das ja wirklich nicht verwunderlich –, und dass sie Ihnen die Geschichte mit der Botschaft auf dem Parkplatz nicht abkauft. Laut Lubetzki sei ein Toilettenbesuch kurz vor Erreichen des Ziels nicht glaubhaft. Gemäß der Aussage einer Zeugin namens Alexa Meier haben Sie sie auf dem Parkplatz hysterisch schreiend bedroht. Ihre angeblich haltlosen Anschuldigungen gegen Sanders führten außerdem zu einem Aktenvermerk. Demnach würden Sie stark schizophrene Züge aufweisen, weswegen Lubetzki einen Psychologen hinzuziehen möchte. Alles jedoch nicht ausreichend, um Sie weiter festzuhalten.«

Ross musterte Lena. »Das Verfahren wegen versuchten Totschlags an einem Sicherheitsbediensteten in einer Tiefgarage hat die Staatsanwaltschaft bereits eingestellt.« Der Professor schien zu ahnen, was in Lena vorging. »Wichtig ist, dass Sie Ruhe bewahren. Ich weiß, dass Sie eine exzellente Juristin sind und ein ausgeprägtes Urteilsvermögen besitzen. Ihr Gerechtigkeitssinn wird nach Disziplinarmaßnahmen schreien, weil Sie bei Lubetzki Belastungstendenzen sehen. Ich kann mir vorstellen – nachempfinden natürlich nicht annähernd –, dass der viel größere Schmerz von dem Verlust Ihres Mannes und der Sorge um Ihren Sohn herrührt. Gerade für Ihr Kind müssen Sie jedoch stark sein und Ihre Emotionen zügeln. Auch wenn es sich sarkastisch anhören mag, aber Ihre Sedierung durch den Amtsarzt spielt uns da in die Karten. Versuchen Sie, die

Zeit beim Haftrichter rein aus juristischer Sicht zu betrachten. Überlassen Sie mir das Reden. Ach ja, ein letztes Indiz hatte ich vergessen. Peters hat Marks Portemonnaie und Autoschlüssel unter Ihrem Ehebett gefunden. Selbst wenn es eine dritte Person gegeben haben sollte, die die Gegenstände unters Bett geschoben hat, so hätten Sie das, laut Kriminalpolizei, zumindest bemerken müssen.«

Lena stutzte. »Das ist lächerlich. Ich habe denen doch erklärt, dass Sanders bei mir in der Wohnung gewesen ist.«

Diana tätschelte beruhigend Lenas Arm.

»Ein wichtiges Indiz, das Sie entlastet, haben die Polizisten übersehen: den Wohnungsschlüssel. Ich nehme an, Mark besaß einen eigenen Schlüssel zur Wohnung?«

Lena nickte.

»Und diesen Schlüssel hat Peters nicht gefunden, nur seinen Autoschlüssel und sein Portemonnaie. Die Wohnung wurde komplett auf den Kopf gestellt, und auch bei Ihnen wurde, wie Sie wissen, eine Leibesvisitation vorgenommen. Im Protokoll wurde hierzu vermerkt, dass explizit nach dem Schlüssel gesucht wurde, er aber nicht gefunden werden konnte. Auch im Auto war er nicht. Warum sollten Sie Autoschlüssel und Portemonnaie unter dem Bett verstecken, den Wohnungsschlüssel jedoch irgendwo anders entsorgen? Das wäre unlogisch. Viel logischer wäre, dass dieser Schlüssel noch beim Täter ist. Kameras wurden nicht entdeckt. Entweder Sie haben sich geirrt oder sie wurden in Windeseile entfernt und alle Spuren beseitigt. Nachdem Sie aus Ihrer Wohnung gebracht wurden und bevor die Spurensicherung eintraf, gab es dafür theoretisch ein kurzes Zeitfenster.«

Ross packte die Akte zurück in seine Tasche. Dann wandte er sich an Diana und Robert. »Es wäre besser, wenn Sie vor dem Eingang des Gerichtsgebäudes warten würden.«

Ohne ein weiteres Wort verließ er den Verhörraum und Peters trat ein, um Lena zum Haftrichter zu bringen.

Kapitel 24

Das Frankfurter Gerichtsviertel befand sich in der Innenstadt. Die Strafverfahren wurden im Gebäude E bearbeitet. Anders als der imposante Justizpalast aus Sandstein war das Gerichtsgebäude ein grober Klotz. Offenbar hatte man bei dessen Errichtung in den 90er-Jahren mehr Wert auf Funktionalität als auf eine optische Anpassung an die Backsteingebäude gelegt.

Das letzte Mal war Lena für ihre juristischen Prüfungen hier gewesen. Damals war sie für ihr zweites Staatsexamen mit der U-Bahn bis zur Konstablerwache gefahren und die restlichen Meter gelaufen. Heute wurde sie mit einem Polizeiwagen hingebracht.

Im Büro des Richters wartete bereits Kommissarin Lubetzki. Auf dem Tisch vor ihr waren diverse Unterlagen ausgebreitet.

Lena hatte keinen Zweifel daran, dass Lubetzki sie hinter Gittern sehen wollte.

Der zuständige Richter Feuerbach begrüßte Lena und Ross höflich und bat sie, neben Lubetzki Platz zu nehmen. Lena schätzte Feuerbach auf Mitte 40. Die Wahrscheinlichkeit, dass er sich damals auf seine Strafrechtsklausuren mit einem Lehrbuch von Prof. Ross vorbereitet hatte, war damit recht hoch. Das könnte sicherlich von Vorteil für Lena sein.

Lubetzki machte keine Anstalten, die Neuankömmlinge zu begrüßen.

Ross ignorierte den Affront und leitete in einen Smalltalk mit dem Ermittlungsrichter über.

Lena überlegte, wieso die Lubetzki sie noch nicht mal ansah. Egal. Gleich wäre sie hier raus, und dann würde sie die Kommissarin hoffentlich nur noch sehen, wenn sie ihr Luca zurückbrachte. Oder zur Abwechslung mal den richtigen Täter präsentierte.

Während Feuerbach erst die Kommissarin und dann Prof. Ross um Stellungnahme bat, notierte er in seinen Akten gewissenhaft die wesentlichen Aussagen. Kurz darauf kündigte er eine kurze Unterbrechung an und verschwand.

Aus ihrer Rechtsreferendarzeit wusste Lena, dass Richter Feuerbach nun den Beschluss fertigstellen und nach Rückkehr seine Entscheidung verlesen würde.

Die Atmosphäre im Büro des Richters war aufgeladen. Sein Urteil entschied über Lenas Schicksal. Eine Partei würde sich als Verlierer fühlen und die andere als Gewinner. Die Kommissarin war verpflichtet, nicht vorbelastet und in alle Richtungen zu ermitteln. Ohne Belastungstendenzen, wie es Prof. Ross in seinem Lehrbuch über die Strafprozessordnung bezeichnete. Genau darauf war Lena angewiesen, um Luca zu finden. Sie musste Lubetzkis Verdacht ihr gegenüber entkräften und ihr zerrüttetes Verhältnis irgendwie kitten. Lena brauchte die Hilfe der Kommissarin bei der Suche nach Luca. Weiter auf Konfrontationskurs zu gehen, half da wenig.

»Haben Sie auch Kinder, Frau Kommissarin?«, versuchte es Lena mit Smalltalk. Doch das ging gewaltig nach hinten los.

»Sie halten wohl alles für ein Spiel, Frau von Nierstein. Da kommen Sie mit dem renommiertesten Strafrechtsprofessor ins Gericht gewackelt, einem Strafverteidiger, bei dem Normalos nicht einmal einen Termin zum Tee erhalten würden, und meinen, nun wieder Oberwasser zu haben?« Lubetzkis Stimme überschlug sich vor Zorn. »Ich habe keine Kinder. Wenn Sie aber glauben, dass dieser Umstand Sie zu einem besseren Menschen macht, dann irren Sie sich. Sie können mich nicht täuschen. Sie nicht!« Lubetzki stand auf und verschwand.

»Was hat die nur gegen mich?«, fragte Lena. Doch letztlich ließ die Reaktion der Kommissarin sie kalt. Vermutlich war das eine Folge der Spritze, dachte sie dankbar.

Bevor Ross darauf eingehen konnte, kehrte der Richter zurück. Seinem Gesichtsausdruck war nichts zu entnehmen. Lena war bewusst, dass die nächsten Minuten für das Auffinden von Luca entscheidend waren. Sie wusste, dass sie ihn finden würde, sollte sie nur endlich die Gelegenheit dazu haben. Unentwegt musterte sie Richter Feuerbach, der die Wartezeit auf Lubetzki überbrückte, indem er seinen Beschluss schriftlich ausformulierte. Lena hätte gern seine Notizen gelesen.

Sie fragte sich, ob sie zum Fenster gehen und so tun sollte, als würde sie rausschauen. Vielleicht konnte sie so lesen, was er schrieb?

Die Tür öffnete sich, und die Kommissarin kam betont langsam herein.

Die wollte sie leiden sehen, war Lena überzeugt.

Feuerbach fasste den Sachverhalt sowie die Rechts- und Beweislage zusammen und verkündete dann schnörkellos, dass für einen fortbestehenden Gewahrsam kein Haftgrund vorliege. Er wies Lena an, für die ermittelnden Beamten jederzeit erreichbar zu sein.

Es war für Lena die erste gute Neuigkeit seit einer quälenden Ewigkeit. Jetzt galt all ihre Aufmerksamkeit Luca.

Erst als sie das zufriedene Lächeln des Professors sah, fühlte sie so etwas wie Erleichterung. Sie nickte dem Richter zu und bedankte sich bei Prof. Ross für seine Unterstützung.

Lubetzki reichte Richter Feuerbach die Hand, warf Lena einen verächtlichen Blick zu und verließ ohne ein Wort das Büro.

Robert und Diana warteten ungeduldig vor dem Gerichtsgebäude, als Lena und Ross hinaustraten. Als Ross zufrieden lächelte, sprang Robert vor Freude in die Luft und umarmte Lena. »Die Kommissarin lief eben zerknirscht an uns vorbei, da wusste ich, das bedeutet etwas Gutes.«

Lena fiel ein Felsbrocken vom Herzen. Sie klammerte sich an Robert und brach erneut in Tränen aus. »Luca, ich muss ihn finden! Hoffentlich geht es ihm gut.«

Dann biss sie sich auf die Lippen. Sie behielt für sich, dass sie erneut in Sanders Wohnung wollte. Zur Not gewaltsam. Robert und Diana sollten auf keinen Fall in die Sache hineingezogen werden, denn was sie vorhatte, würde Robert die Zulassung kosten und Diana mächtigen Ärger bescheren, sollten sie involviert sein. »Ich bin euch so dankbar für alles, was ihr für mich getan habt. Wie wäre es, wenn wir uns aufteilen? Du, Robert, hältst Kontakt mit der Polizei und dem Generalstaatsanwalt. Vielleicht kannst du da unterstützen? Und du, Diana, kannst du bei der PR-Agentur der Kanzlei fragen, ob die uns bei der Suche medial helfen können? Und ich suche Luca. Ich melde mich bei euch, wenn was ist. Habe ja jetzt wieder ein Handy.«

Als könne er Gedanken lesen, zupfte Robert an Lenas Ärmel und flüsterte ihr ins Ohr: »Vergiss Sanders, Leni. Er hat mit der Sache nichts zu tun.«

Lena deutete ein Nicken an, umarmte die beiden und ging entschlossen zum Taxistand, ohne sich noch einmal umzudrehen.

Kapitel 25

Lena horchte an der Wohnungstür. Sie hörte den Fernseher und ein Geräusch, als würden Walnüsse geknackt. Es gab keinen Zweifel, Sanders war zu Hause. Sie hielt den Atem an. Keine Kinderstimme. Kein Hinweis auf Luca.

Vielleicht schlief er, überlegte sie. Oder Sanders hatte Luca woanders versteckt. So oder so, sie musste in seine Wohnung. Jetzt.

Die Tür erneut aufzubrechen, wäre zu laut. Sanders wäre vorgewarnt. Vielleicht hätte er sogar die Zeit, die Polizei zu rufen. Das war zu riskant. Robert, Richter Feuerbach und Prof. Ross hatten eindringlich darauf bestanden, die Ermittlungen der Polizei zu überlassen.

Lena holte tief Luft und klingelte. Sie hörte Schritte, die sich näherten. Sanders schaute bestimmt durch den Spion. Es passierte nichts.

»Herr Sanders, ich bin's, Ihre Nachbarin. Lena. Ich muss mit Ihnen sprechen. Bitte.«

Keine Reaktion. Sanders schien nachzudenken.

Nun mach schon auf, du mieser Dreckskerl, fluchte Lena innerlich.

Dann hörte sie ein Schlurfen. Eine Tür quietschte. War Luca dahinter versteckt? In Lena stieg Wut hoch. Ungeduldig klingelte sie erneut. Diesmal länger. Nichts geschah.

Gerade als Lena mit der Faust gegen das Holz klopfen wollte, wurde geöffnet. Nur einen kleinen Spalt. Obwohl es eine Falle sein konnte, lugte sie ins Innere. Nichts zu sehen. Der Flur war dunkel. Ihr Herz raste.

Was hatte der Perversling vor, fragte sie sich. Und wo zum Teufel steckte er?

Lena tastete sich langsam vor. Mit der Hand umklammerte sie den Tennisschläger. »Herr Sanders, ich komme jetzt rein, in Ordnung?«

Absolute Stille. So sehr wünschte sie sich, dass ihr Luca mit ausgebreiteten Armen entgegenliefe. Doch sie war allein.

Lena schlich vorsichtig ins Wohnzimmer. »Herr Sanders, wo sind Sie?« Der bekannte Vanillegeruch stieg ihr besonders intensiv in die Nase.

Auch das Wohnzimmer war stockdunkel. Der Fernseher ausgeschaltet. Neben dem Fernsehgerät stand eine Schale. Lena scheute sich, Licht anzuschalten. Sie wollte Sanders auf keinen Fall einen Vorteil verschaffen, indem er sie sehen konnte. Schemenhaft erkannte sie, dass Peters recht gehabt hatte: Der Holztisch war verschwunden, und an den Wänden hingen keine Fotos von ihr.

Der Drecksack spielte mit ihr. Warum ließ er sie rein und ging dann wortlos weg?

Lena rief erneut seinen Namen. Vor dem Badezimmer blieb sie stehen. Durch einen Spalt schimmerte Licht. »Herr Sanders, sind Sie dadrin?«

Lenas Herz pochte vor Aufregung. Die sedierende Wirkung der Beruhigungsspritze klang langsam ab. Lena schrie nach Luca. Plötzlich hielt sie inne.

Aus dem Bad drangen Geräusche. Der Wasserhahn lief. Ein kurzes Schnäuzen der Nase. Mit einem Ruck öffnete sich die Tür, und Sanders stand unmittelbar vor Lena. Ihre

Gesichter waren weniger als einen Zentimeter voneinander entfernt. Keiner von ihnen wagte, sich zu bewegen.

Sanders schien die angespannte Situation zu genießen, denn er grinste zufrieden. »Mein Gott, hast du mich erschreckt. Warum stehst du da im Dunkeln und machst kein Licht? Ich hab dich früher erwartet.«

Lena ging einen Schritt zurück und schlug den Tennisschläger mit voller Wucht gegen Sanders' Kopf. Er taumelte und sank zu Boden.

Schnell zog sie Kabelbinder aus ihrer Hosentasche und fixierte ihn damit an der Heizung im Flur. Beide Arme und einen Fuß verband sie fest mit dem Heizkörper. Weil Lena kein Pflaster fand, nahm sie ein Handtuch aus dem Bad, um die Blutung von Sanders' Wunde am Kopf zu stillen.

Sanders lachte. »Du schlägst und fesselst mich, um mich anschließend zu verarzten. Da fällt mir ein: Es gibt zwei Dinge im Leben, die man nicht zurücknehmen kann«, keuchte er, »Schläge, die man austeilt, und Worte, die man sagt.«

Lena ignorierte seine Worte. »Reden Sie endlich! Wo ist Luca, und warum haben Sie meinen geliebten Mann umgebracht?«

»Geliebter Mann? Wenn du wüsstest, was er wirklich für einer war, würdest du nicht von Liebe sprechen.«

»Was meinen Sie damit? Und wo ist mein Sohn?«

Sanders lachte wieder. Es klang wie ein Schreien.

Lena schlug ihm mit der flachen Hand ins Gesicht. Kurz bevor sie ihn traf, verringerte sie die Wucht des Schlags. Sie verabscheute Gewalt, doch er ließ ihr keine Wahl. »Nun reden Sie schon! Wo ist Luca?«

Aus ihr brachen die Wut und Verzweiflung einer hilflosen Mutter heraus. Einer Mutter, die alles tun würde, um ihren Sohn aus den Klauen einer Bestie zu retten.

Kapitel 26

Sanders lächelte Lena verlegen an. Eine obskure Situation. Lena fühlte sich immer schlechter, der Schlag war sinnlos gewesen, denn er zeigte keine Wirkung. »Dann schaue ich selbst nach. Genießen Sie die Wärme des Heizkörpers. Und versuchen Sie nicht, die Kabelbinder zu lösen. Mein Tennisschläger verträgt noch ein paar Schmetterbälle.«

Lena schaltete in allen Räumen das Licht an und durchwühlte die Wohnung. Selbst die Vorratsdosen in der Küche öffnete sie und leerte deren Inhalt in den Mülleimer. Sie wollte jedem auch noch so versteckten Hinweis nachgehen und nichts dem Zufall überlassen. Sie dachte daran, dass sie der Polizei die Kameras in ihrer Wohnung nicht gezeigt hatte, als sie die Chance dazu gehabt hatte. Einen solchen Fehler wollte sie nicht wiederholen. »Sie haben gute Arbeit geleistet. Das muss man Ihnen lassen, Sanders. Wie Sie Ihre Wohnung in der kurzen Zeit verändert haben, ist verblüffend. Was mir noch nicht so klar ist, ist, woher der starke Vanillegeruch kommt. Aber mir ist eben bewusst geworden, dass ich ihn schon länger kenne.« Lena riss die Augen auf. »Sie Schwein! Endlich weiß ich, woher. Sie waren nachts in unserer Wohnung, Sie perverse Sau. Was haben Sie mit uns gemacht?«

Sie umfasste ihren Tennisschläger, bereit zuzuschlagen. »Wo ist mein Sohn? Hat er Hunger und Durst? Ist er verletzt? Verdammte Scheiße! Reden Sie endlich, oder ich bringe Sie um.«

Lena erschrak über sich selbst. Es waren nicht die Nachwirkungen der Beruhigungsmittel. Es war echter, blanker Hass. Sie wurde den Mördern der Skala des Bösen immer ähnlicher.

Doch Lena hatte keine Wahl, sie musste so handeln. Für Luca.

Bleib ruhig und denk nach, ermahnte sie sich. Wenn sie Sanders jetzt krankenhausreif schlüge, käme sie auch nicht weiter. Er musste reden.

»Machen Sie endlich Ihr gottverdammtes Maul auf. Haben Sie denn keinerlei Skrupel?« Lena warf den Schläger in eine Ecke. Mit zittrigen Fingern ballte sie die rechte Faust. Noch vor etwas mehr als 48 Stunden war ihre Familie gesund und munter gewesen. Auch wenn Lena gestresst gewesen war und dringend Urlaub gebraucht hatte, war sie glücklich gewesen. Mit Mark und Luca. Ihrer neuen Wohnung. Dem Job, um den sie viele ihrer ehemaligen Kommilitonen beneideten. Sie hätte es viel mehr genießen sollen. Jetzt war es zu spät. Dinge waren geschehen, die nicht rückgängig gemacht werden konnten. Dinge geschahen, die nicht aufgehalten werden konnten. Und das alles wegen des Scheusals Sanders.

»Ich frage Sie zum letzten Mal: Wo ist Luca?«

Sanders presste die Lippen zusammen.

Lenas Hand fühlte sich taub an, ebenso ihr restlicher Körper. Sie musste sich überwinden. Sanders war kein Mensch. Er war eine verachtenswerte Kreatur und sollte die gleichen Qualen erleiden, die Lena seit gestern durchstehen musste.

Sie fühlte sich wie ein Opfer ihrer eigenen bevorstehenden Gräueltaten. Dass Verbrecher ihre Taten verarbeiteten, indem sie sich selbst als Opfer sahen, hatte sie während des Studiums gelernt. Dass damit ein körperlicher Horrortrip einherging, hatte ihr jedoch niemand gesagt.

Lena brüllte.

Tränen strömten aus ihren gereizten Augen. Schweiß rann ihr über die Schläfen und über ihre glutroten Wangen.

Mit der rechten Faust schlug sie Sanders heftig. Erst einmal. Dann zweimal. Beim dritten Schlag brach das Nasenbein krachend. Lena schrie auf.

Ihre Erregung ermattete. Lena merkte, dass sie so nicht weiterkam. Sanders machten die Schläge einfach nichts aus. Als wollte er geschlagen werden für das, was er getan hatte. Lena fühlte sich ohnmächtig. Ihr Sohn brauchte sie, doch sie war nicht imstande, seinen Entführer zum Reden zu bringen. Er saß gefesselt und hilflos vor ihr. Doch wer bestimmte hier gerade das Geschehen? Wer war Opfer und wer Täter?

Ein leises Pfeifen im linken Ohr lenkte sie ab. Der Ton wurde lauter. Tinnitus? Das Schrillen wurde immer unerträglicher. Lena presste reflexartig beide Hände auf ihre Ohrmuscheln. Das Pfeifen blieb. Sie schaute sich um. Nur noch schemenhaft nahm sie den Raum wahr. Sie atmete tief ein. Spürte, wie sich ihre Lungen füllten. Panik stieg in ihr auf. Sie drohte zu ersticken.

»Stell dich nicht so an«, sagte sie krächzend zu sich selbst.

Wieder stieg unbändige Wut in ihr auf. Ihr Herz schlug schneller. Pochte heftig. So musste sich ein Leistungssportler fühlen, der über seine Grenze ging.

Sie ballte die Faust und schlug erneut mehrfach ungebremst in Sanders' Gesicht. Sie hatte sich auf einen harten Aufprall eingestellt. Doch trotz eines Knackens, das wohl von der zertrümmerten Nase kam und ihr durch Mark und

Bein ging, spürte sie keinerlei Schmerzen an der Hand. Blut schoss aus Sanders' Nase und besprenkelte ihre elfenbeinweiße Bluse. Der Blutgeruch verdrängte den Vanilleduft.

Jetzt, wo die Hemmschwelle durchbrochen war, hoffte Lena, es würde leichter werden, die emotionslose Welle der Gewalt würde sich automatisch aufbauen. Vor allem aber wollte sie, dass Sanders endlich redete. Ehrlich und schonungslos sagte, was er getan hatte. Lena fühlte sich erneut von ihm gedemütigt. Doch die erwünschte Entladung blieb aus.

Kapitel 27

Lena versetzte Sanders einen weiteren Faustschlag. Diesmal traf sie seine Unterlippe und das Kinn. Blut lief über Sanders' Gesicht. Er schien noch immer unbeeindruckt. Kurz kam es Lena vor, als genieße er die Situation sogar. Absurd.

Der Schmerz in Lenas Hand war wie eine Erlösung für sie. Endlich spürte sie etwas. »Ich schlage Sie tot, wenn Sie mir nicht endlich sagen, wo mein Sohn ist.« Diesmal wartete Lena nicht auf eine Antwort. Sie schnappte sich den Tennisschläger und holte aus.

»Stopp! Es reicht. Meine Taten wurden genug gesühnt«, rief Sanders erschöpft.

Lena hielt mitten im Schlag inne. Tränen der Verzweiflung und der Hoffnung schossen ihr aus den Augen.

»Glaub mir, Lena. Ich habe deinem Mann und deinem Jungen nichts getan. Ich weiß nicht, wo Luca ist, aber ich kann es herausfinden, wenn du mich lässt.«

Lena traute ihren Ohren nicht. »Sie wollen mir helfen? Ja, dann tun Sie das endlich. Verdammt, verraten Sie mir, wo mein kleiner Junge ist.«

»Erst machst du mich los und holst uns zwei Gläser Wasser. Du bist ja völlig fertig.«

Lena war verwirrt. Dass die Bestie anscheinend um ihr Wohlergehen besorgt war, irritierte sie. Dennoch ging sie in die Küche und füllte zwei Gläser mit Wasser. Sanders war mittlerweile so zugerichtet, dass von ihm keine Gefahr mehr ausgehen dürfte. Trotzdem hielt sie den Tennisschläger fest in der einen Hand, als sie mit der anderen die Kabelbinder aufschnitt und ihm das Handtuch zum Säubern der Wunden zuwarf.

Sanders wischte sich kraftlos das Blut aus den Mundwinkeln. »Ich habe deinen Mann nicht getötet. Mit dem Verschwinden deines Sohnes habe ich auch nichts zu tun. Von der Tragödie habe ich erst durch die Polizei erfahren. Ich bin kein Mörder. Das kannst du mir glauben oder es lassen. Aber du verschwendest deine Zeit mit mir.«

»Was reden Sie da? Natürlich sind Sie der Mörder!« Lena schüttelte den Kopf und schrie Sanders an, ihr endlich die Wahrheit zu sagen. Doch er bestritt alles vehement. »Angenommen, ich glaube Ihnen, Sanders. Was sollte dann das Überwachungsequipment, die vielen Fotos von mir und mein im Holztisch eingeritzter Name? Auf den Monitoren war unsere Wohnung zu sehen. Oder streiten Sie das etwa auch ab?« Lena verhaspelte sich vor Aufregung fast bei jedem Satz. Die Mischung aus Schock, Wut, Unsicherheit und Angst setzte ihr zu. »Und was sollte der Spruch vorhin, dass Ihre Taten genug gesühnt wurden?« Sie keuchte.

Sanders hingegen war die Ruhe selbst. »Ich bin nicht stolz auf das, was ich getan habe. Die ganze Sache hat sich irgendwie verselbstständigt. Ich konnte es nicht mehr stoppen. Ich habe mich verrannt. Das war nicht professionell, das weiß ich. Du hast mich zu Recht geschlagen. Ich nehme es dir nicht übel. Ich werde die Polizei raushalten. Aber jetzt verschwinde. Verschwinde aus dieser beschissenen Wohnung und aus meinem beschissenen Leben.« Sanders vergrub das Gesicht im Handtuch.

Lena erinnerte sich an Marks Worte, als sie über die Skala des Bösen gesprochen hatten: Ein Psychopath musste über Gut und Böse nachdenken, während gesunde Menschen den Unterschied spürten. Sanders war ohne Zweifel eigenartig. Doch er schien kein Psychopath zu sein.

»Ich weiß nur, was du, dein Mann und dein Sohn den ganzen Tag über so gemacht haben, wenn ihr zu Hause gewesen seid.«

Lena umklammerte den Tennisschläger. Sie schäumte vor Wut.

»Ja, es war nicht richtig. Erst war es ein Job. Ein Auftrag wie jeder andere. Doch irgendwann ist etwas mit mir passiert, das mir noch nie passiert ist. Dafür habe ich bezahlt. Und dafür wurde ich auch zu Recht bestraft. Die Schmerzen habe ich verdient.«

Lena trank einen großen Schluck Wasser, musterte Sanders und trank erneut. »Verdammt noch mal! Was für ein Auftrag? Und was ist Ihnen noch nie passiert? Haben Sie irgendwas von den Aufnahmen online gestellt? Luca auf dem Wickeltisch etwa?«

Sanders lag noch immer an die Heizung gelehnt auf dem Boden und unter dem inzwischen blutgetränkten Handtuch vergraben. »Mein Gott, hältst du mich für so ein krankes Arschloch? Nein, natürlich nicht. Ich habe mich verrannt. Habe dich zu oft gesehen und mich wohl verliebt. Ich habe dir die Geschenke gemacht. Ich habe dich rund um die Uhr beobachtet. Die Karte vom Sushi-Restaurant stammt von mir. *Das Leben ist vergänglich. Wahre Liebe nicht*. Das ist ein Zitat aus meinem Lieblingsfilm Pulp Fiction. Oder war es aus Acht Millimeter? Egal. Es sollte keine Drohung sein, im Gegenteil. Was soll's. Ich bin nicht gut in diesen Dingen. Ja, ich war in eurer Wohnung und habe dort Kameras installiert. Darauf bin ich nicht stolz, glaub mir. Ich habe dich, als du in meine Wohnung eingedrungen bist, mit Äther betäubt. Aber hast du dich nie gefragt, warum ich dich vorsichtig in deine Wohnung getragen habe, statt dich hier festzuhalten? Warum ich kurz darauf bei dir geklingelt habe und mit dir sprechen wollte? Tun so etwas Mörder und skrupellose Kindesentführer?«

Sanders trank einen Schluck Wasser. Seine Lippe schien zu schmerzen, denn er verzog das Gesicht, als er das Glas ansetzte. »Verdammt noch mal, Lena. Ich könnte dir nie etwas körperlich antun. Aber ich weiß, was ich dir seelisch angetan habe. Und das tut mir aufrichtig leid. Es ist aus dem Ruder gelaufen.«

Lena leerte ihr Glas. Sie wusste nicht, was sie davon halten sollte. »Wenn das stimmt: Woher hatten Sie den Autoschlüssel und Marks Portemonnaie? Und warum haben Sie beides schlampig unter dem Bett versteckt? Warum wollten Sie den Verdacht auf mich lenken? Oder behaupten Sie jetzt, dass Sie das nicht waren?«

»Das war ich. Zumindest teilweise. Ganz kann ich es nicht erklären. Die Sachen lagen in meinem Briefkasten. Irgendwer wollte mich offensichtlich belasten, vermutlich der Mörder. Ich finde noch raus, wer das gewesen ist. Ich habe das Portemonnaie unter dein Bett geschoben, damit du es findest. Ich hätte nie gedacht, dass dich die Polizei verdächtigen würde. Sonst hätte ich das nicht gemacht.«

»Sie Riesenarschloch! Mein Sohn wird vermisst. Da zählt jede Sekunde, und mit dieser Aktion haben Sie mir viel Zeit genommen.«

»Ich sagte doch, dass es mir leidtut. Lass es mich wiedergutmachen. Ich finde heraus, wer dahintersteckt. Ich helfe dir, Lena.«

»Mir helfen? Dann sagen Sie mir, wer Sie mit unserer Beschattung beauftragt hat und warum.«

»Nicht euch drei, nur Mark sollte ich beschatten. Frag mal den obersmarten Anwalt, warum.«

»Was faseln Sie denn jetzt? Welcher obersmarte Anwalt?«

»Sprich mit Schenk. Robert Schenk.«

Kapitel 28

Lena hatte es bei Sanders keine Sekunde länger ausgehalten und kauerte nun in ihrem Schlafzimmer auf dem Bett. Was er ihr zuletzt an den Kopf geworfen hatte, war zu viel gewesen. Robert? Ausgerechnet Robert sollte den Psycho auf Mark gehetzt haben? Das konnte nicht sein.

Lena schnappte sich ihr neues Handy. Diana hatte alle ihre Kontakte eingerichtet. Sie wählte Roberts Nummer. Mailbox. Sie versuchte es erneut. Wieder nur Roberts Stimme vom Band. Unterkühlt bat sie ihn um Rückruf. Dann schickte sie eine Textnachricht hinterher.

Bitte ruf mich an. Es ist dringend.

Lena wartete qualvolle Minuten, dass er sich meldete. Normalerweise war es eine Frage von Sekunden, bis Robert zumindest eine Textnachricht schickte. In den letzten Tagen hatte sie das jedoch anders erlebt. Noch nie war er so unzuverlässig gewesen …

Das Anstarren des Displays half nichts, das Handy blieb stumm. Warum hatte Sanders Roberts Namen genannt? Warum sollte Sanders Mark hinter ihrem Rücken beschatten? Warum ließ ihr bester Freund zu, dass ein Wildfremder in ihre Wohnung eindrang und sie filmte? Konnte sie denn niemandem mehr vertrauen?

Vertrauen … Was hatte Sanders vorhin mit seiner abfälligen Bemerkung über Mark gemeint? Lena grübelte über den genauen Wortlaut. *Wenn du wüsstest, was Mark wirklich für einer war, würdest du nicht von Liebe sprechen.*

Was hatte das zu bedeuten? Sie musste etwas tun. Sonst würde sie noch durchdrehen.

Lena fasste all ihren Mut zusammen und wählte die Nummer ihrer Schwiegermutter. Nun, da sie auf freiem Fuß war, gab es schließlich keinen Grund mehr, dass Henriette ihr aus dem Weg ginge. Sie mussten an einem Strang ziehen und nach Luca suchen.

Ihre Schwiegermutter nahm sofort ab.

Lena kam direkt zur Sache. »Henriette, lass uns nicht streiten. Du hast deinen geliebten Sohn verloren und ich meinen Mann. Mark würde wollen, dass wir alles dafür tun, seinen Sohn zu retten. Hast du etwas herausfinden können, was uns bei der Suche nach Luca hilft? Vielleicht durch deinen Freund, den Generalstaatsanwalt? Und ist Robert bei dir? Ich erreiche ihn nicht, und er wollte dich kontaktieren, um zu helfen.«

Sie hörte einen tiefen Seufzer am anderen Ende der Leitung. ». Und es tut mir leid, dass ich dir so eine Tat zugetraut habe. Wir müssen jetzt zusammenhalten.«

Lena konnte es kaum fassen. Das waren die nettesten Worte, die sie jemals von ihrer Schwiegermutter gehört hatte. Die erste Entschuldigung – und eine aufrichtige noch dazu.

»Ich habe einen Privatdetektiv angeheuert und stehe permanent im Austausch mit dem Generalstaatsanwalt«, fuhr ihre Schwiegermutter fort. »Robert hat mich angerufen und sollte eigentlich jeden Moment beim Generalstaatsanwalt aufkreuzen. Leider gibt es nach wie vor keine Spur von Luca. Er ist wie vom Erdboden verschluckt.«

Lena brach in Tränen aus. Sie hatte so gehofft, dass es gute Neuigkeiten gäbe.

»Allerdings hat der Detektiv etwas herausgefunden. Inwieweit das weiterhilft, weiß ich noch nicht.«

Lena richtete sich angespannt auf ihrem Bett auf. »Was denn?«, schluchzte sie in den Hörer.

»Nachdem du bei deinen Vernehmungen laut Generalstaatsanwalt einen gewissen Sanders als Tatverdächtigen genannt hast, hat mein Privatdetektiv den mal unter die Lupe genommen.«

Lena holte sich eine Flasche Wasser aus der Küche. »Er ist wohl nicht der Täter. Das glaube ich zumindest inzwischen zu wissen«, kam sie ihrer Schwiegermutter zuvor.

»Das ist richtig. Er war zum Tatzeitpunkt einkaufen. Die Videoaufzeichnungen eines Supermarkts belegen das.«

Folglich hatte Sanders also zumindest in diesem Punkt die Wahrheit gesagt.

»Stell dir vor, Sanders ist ebenfalls Privatdetektiv. Mein Privatermittler hat sich in der Detektivszene umgehört und entsprechende Hinweise erhalten. Sanders soll sogar immer wieder von deiner Kanzlei beauftragt worden sein.«

»So ein Mist«, entfuhr es Lena. »Vielleicht stimmt es also, was Sanders vorhin behauptet hat.«

Für einen Moment raschelte es in der Leitung. »Lena! Du wirst doch hoffentlich nicht auf eigene Faust ermitteln? Überlass das den Profis. Denk an Luca. Er braucht seine Mutter.«

»Genau deswegen muss ich etwas tun, Henriette. Ich muss Luca finden, und ich bezweifle, dass die Lubetzki die Ermittlungen vorantreibt. Jedenfalls hat Sanders behauptet, dass er von Robert beauftragt wurde, Mark zu observieren. Und das passt zu dem, was du von deinem Privatermittler erfahren hast. Ich kann es mir überhaupt nicht erklären. Lass uns später noch mal telefonieren, ich muss Robert erreichen. Der kann was erleben.«

Lena rief mit zitternder Hand ihren Jugendfreund an. Wieder nur die Mobilbox.

Sie hielt es nicht länger in ihrer Wohnung aus und eilte zum Aufzug. Doch der war gerade blockiert. Also hastete Lena die Treppe hinunter. Sie wollte rennen. Einfach nur rennen. Weit weg von allem. Weit weg von dieser unheimlichen Wohnung. Weit weg von der sie auffressenden Beklemmung in ihrem Inneren. Sie sprintete über den Parkplatz. Rannte in Richtung Museumsufer.

Ihr neues Handy klingelte. Sie erschrak, da der Klingelton so ungewohnt war.

»Hier Lubetzki. Frau von Nierstein, ich habe Ihre Nummer von Ihrer Schwiegermutter erhalten. Ich habe Neuigkeiten.«

In Lena stieg Panik auf. »Ist etwas mit Luca? Geht es ihm gut?«

»Von Luca fehlt leider noch jede Spur, aber wir kommen ihm näher.«

»Warum jagen Sie mir dann einen solchen Schrecken ein?«

»Wir gehen den Hinweisen eines anonymen Anrufers nach. Frau von Nierstein, besitzt Luca einen Stoffaffen? Warten Sie. Ich schicke Ihnen ein Foto per WhatsApp.«

Lena wagte es kaum, auf das Bild zu blicken. Als würde es helfen, öffnete sie nur leicht die Augen. »O Gott. Ja, Bobo. Gütiger Gott. Klebt Blut an dem Affen? Ich muss es wissen.«

»Ich kann Sie beruhigen. Kein Blut. Das sind Essensreste aus einer Mülltonne. Es gibt bislang leider keinerlei

Hinweise auf Lucas Aufenthaltsort. Es ist aber eine Frage der Zeit, bis wir ihn herausfinden.«

»Mein armer Junge. Woher stammt das Foto? Hat das der anonyme Anrufer geschickt? Und wieso anonym? Er muss uns doch helfen, meinen Sohn zu finden. Haben Sie einen Tatverdächtigen?«

»Glauben Sie mir, wir tun alles und sind dicht dran.«

Lena hatte sich noch nie so hilflos gefühlt. Ihre Welt schien nicht nur zu zerfallen, sie schien zu zerbersten. Lena fand sich in ihrem Zuhause wieder, ohne recht zu wissen, wie sie dort hingekommen war.

Sie hielt das alles nicht mehr aus und griff zu den Tabletten.

Kurze Zeit später schien sich die Welt um sie herum zu verlangsamen. Es gelang ihr kaum, die neuen Informationen zu sortieren. Ihre Gedanken kreisten um Luca, ihren toten Mann, den anonymen Anrufer und um Robert. Gerade jetzt ließ er sie bitterlich im Stich.

Die Wirkung des Beruhigungsmittels machte Lena müde. Mit dem Gedanken an ihren vermissten Sohn schlief sie ein.

Kapitel 29

Ein Sturmklingeln riss Lena aus einem verwirrenden Traum. Ein erwachsener Luca hatte sie darin erstmals seit seiner Entführung besucht, er hatte ausgesehen wie Robert.

Lena rieb sich die Augen und blickte blinzelnd auf die Uhr. Es war der 3. Dezember, 9 Uhr. Luca war bereits zwei Nächte verschwunden. Tieftraurig schlurfte Lena zur Haustür. Sie war zu müde, um auf den Bildschirm zu schauen. Diana stand vor der Tür, als sie öffnete.

»O Gott. Es tut so gut, dich zu sehen«, sagte Lena erleichtert. »Hast du Neuigkeiten von Luca? Von Robert?«

»Hey, Süße, leider nein. Jetzt stärke dich erst mal. Ich habe Croissants und frischen Orangensaft.« Ohne auf eine Reaktion zu warten, ging Diana in die Küche.

»Bin gleich bei dir. Ich dusche nur schnell, um wach zu werden.« Lenas Tablettenkonsum hatte einen üblen Kater zur Folge.

Eine halbe Stunde später frühstückten die beiden Frauen.

»Ich begreife nicht, warum Robert sich nicht meldet«, monierte Lena. »Wo kann er denn nur sein? Der Generalstaatsanwalt weiß nichts. Meine Schwiegermutter auch nicht, und in der Kanzlei ist man ebenfalls ratlos. Ich verstehe das nicht. Ist dir denn nichts aufgefallen? Irgendwas, was uns helfen kann?«

»Berg hat mir vorhin nur zugerufen, dass Scrutch & Partners eine Belohnung für hilfreiche Hinweise ausgeschrieben hat. Ich vermute mal aus Imagegründen. 100.000 Euro.«

Lena lehnte sich an Dianas Schulter an und weinte. Nach Minuten des Schweigens brach es aus Diana heraus. »Ich muss dir etwas sagen, Lena, und das fällt mir nicht leicht. Also … Es betrifft Robert. Er ist wirklich fies in letzter Zeit, und das weiß gerade ich am besten.«

Lena hob den Kopf.

»Ich habe lange geschwiegen, weil Robert mich darum gebeten hat. Aber ich will offen zu dir sein.«

Lena schluckte.

»Robert und ich waren ein Paar«, platzte es aus Diana heraus.

Lena konnte es nicht glauben. Wieso hatte er ihr nichts davon erzählt?

Diana ergänzte schnell: »Da er sich in den letzten Tagen äußerst seltsam benommen hat, habe ich mich von ihm getrennt. Offen gestanden hatte ich phasenweise Angst vor ihm. Er kann der liebevollste Mensch sein. Manchmal ist er jedoch ein eiskaltes Arschloch.«

Lena starrte sie mit offenem Mund und aufgerissenen Augen an. »Äh, was? Wieso ein Arschloch? Und vor allem: Was soll die kindische Heimlichtuerei?«

Diana senkte den Blick. »Ich musste Robert versprechen, zu schweigen. Er sagte, es sei ein No-Go, ein Verhältnis mit einer Assistentin zu haben. Und dann noch mit der Assistentin des Chefs. Er hatte Angst um seine Karriere, und ich war ihm definitiv nicht wichtig genug.«

»Das sieht Robi nicht ähnlich. Sei mir nicht böse. Ich habe jetzt keinen Kopf dafür. Ich muss raus. Nach Luca suchen.« Lena drückte Dianas Hand und sprang auf. Sie warf einen Blick auf ihre Uhr. Es war schon kurz vor elf.

Sie musste etwas tun. Robert wohnte am Grüneburgpark. Das war keine 30 Gehminuten entfernt. Lena wollte die Gegend auf eigene Faust absuchen und bei der Gelegenheit schauen, ob Robert zu Hause war. Sie hatte Lucas Foto am Vorabend mehrfach ausgedruckt und ihre Telefonnummer daruntergeschrieben. Durch den Medienhype war Lucas Verschwinden bestimmt in ganz Frankfurt bekannt. Zettel mit Foto halfen sicherlich. Vielleicht konnte jemand einen Hinweis geben.

»Ich begleite dich. Gib mir gern ein paar der Flugblätter.«

Lena küsste Diana auf die Wange. Gemeinsam starteten sie ihre Suche nach Luca.

Bei dem rauen Dezemberwetter waren kaum Menschen auf der Straße. Ihre erste Station war der Spielplatz am Westendplatz. Lena drückte einer jungen Mutter ein Flugblatt in die Hand und bat darum, die Augen offen zu halten. Überrumpelt lächelte sie Lena wortlos an.

Luca liebte den Eisenbahnspielplatz ein paar Straßen weiter. Im Sandkasten stand eine riesige Eisenbahn zum Klettern. Der Platz war ruhig gelegen und bei den Anwohnern sehr beliebt. Sämtliche Eltern und Kinder, die Lena ansprach, waren hilfsbereit und wollten sie sofort unterstützen. Diana zeigte sich über die Anteilnahme überrascht.

»Alle Eltern fürchten, ihr Kind könnte das nächste Opfer sein«, stellte Lena trocken fest.

Trotz der überwältigenden Resonanz war das Ergebnis ernüchternd. Keiner hatte in den letzten Tagen etwas Auffälliges gesehen.

Als sie in den Grüneburgpark einbogen, fing es an zu regnen.

Diana verzog das Gesicht und duckte sich vor den niederprasselnden Regentropfen, als würde das helfen, weniger nass zu werden. Sie beteuerte, sie werde selbstverständlich auch im Regen nach Luca suchen, doch Lena zuckte nur mit den Schultern. »Zwei Straßen weiter ist das Café Siesmayer. Warte da auf mich.«

Bevor Diana protestieren konnte, schob Lena nach: »Es bringt mir nichts, wenn du krank wirst. Ich brauche dich voll einsatzfähig.«

Drei Häuserblocks von Roberts Wohnung entfernt fiel Lena von Weitem eine dunkelblaue Mütze neben einem Gebüsch auf. Sie rannte darauf zu und hob das durchnässte Stück Stoff auf. Sie wusste nicht, ob sie sich freuen oder weinen sollte. Das Kleidungsstück gehörte nicht Luca. Lena eilte zu Roberts Wohnhaus und klingelte bei ihm Sturm. Keiner öffnete. Also schlich Lena um das Haus herum und blickte durch ein Fenster in Roberts Wohnzimmer. Er schien nicht da zu sein. Wo bist du nur, Robi, fragte sie sich. Sie brauchte ihren Freund jetzt. Was sollte das Ganze? Versteckte er sich etwa?

Sie wählte die Nummer ihrer Schwiegermutter, während der Regen immer stärker auf sie einprasselte. »Henriette, hast du Neuigkeiten? Vielleicht von deinem Detektiv?«

»Ich wollte dich gerade anrufen, Lena. Ich kann Robert auch nicht erreichen. Der Generalstaatsanwalt und mein Detektiv tappen nach wie vor im Dunkeln. Das mit dem anonymen Anrufer und Lucas Stofftier weißt du ja. Sonst habe ich nichts gehört.«

Lena hielt die Luft an. Ihr Herz klopfte mit dem Regen um die Wette.

»Tut mir leid, Lena. Wir dürfen die Hoffnung nicht aufgeben und müssen stark sein. Mein Privatermittler ist ziemlich umtriebig und wird sicherlich was herausfinden.«

»Kann er sich in Überwachungskameras einhacken und einen Massenabgleich starten? Möglicherweise sieht man Luca auf einer der Kameras.« Lena schluchzte verzweifelt.

»Keine Ahnung. Technisch scheint er mir nicht ganz so versiert zu sein. Ich frage auch mal beim Generalstaatsanwalt nach. Wenn ich etwas habe, melde ich mich.«

Als Lena auflegte, fühlte sie sich hilfloser als je zuvor. Sie grübelte, wer ihr helfen konnte. »Sanders!« Er war technisch versiert und Lena einen Gefallen schuldig. Mindestens einen. Sie musste alles, was zwischen ihnen vorgefallen war, vergessen und ihn bitten, ihr zu helfen. Luca zuliebe.

Lena griff erneut zum Handy. »Diana, ich bin in zehn Minuten bei dir. Kannst du die Nummer von Sanders besorgen?«

»Ja. Seine Kontaktdaten sind bestimmt in Bergs Adressbuch gespeichert. Warte, ich rufe eine Kollegin an und schicke sie dir gleich. Warum? Gibt es Neuigkeiten?«

»Nein, leider nicht. Aber er muss mir helfen.« Sie weihte Diana in ihren Plan ein.

Kurze Zeit später hatte Lena Sanders' Mobilnummer. Auf dem Weg zum Café Siesmayer versuchte sie, ihn zu erreichen. Als er abnahm, wurde ihr Mund trocken. »Herr Sanders, gilt Ihr Angebot noch, dass Sie mir helfen?«

Am anderen Ende der Leitung blieb es still.

»Gilt es?«, hakte Lena nach.

»Ja, natürlich. Was kann ich für dich tun?«

Lena war überrascht, wie leicht ihr das Telefonat fiel. Ihre Sorge um Luca ließ sie alles andere vergessen. »Kommen Sie an die Kameraaufzeichnungen der Bahn und des Rhein-Main-Verkehrsbundes ran? Vielleicht auch von öffentlichen Plätzen in Frankfurt? Irgendwo muss man Luca doch aufgenommen haben.«

»Du willst, dass ich mich in diverse Systeme hacke und mithilfe der biometrischen Daten deines Sohnes einen Massendatenabgleich starte?«

Lena schüttelte verzweifelt den Kopf. Wie hatte sie nur glauben können, dass Sanders ihr tatsächlich helfen würde. Doch gerade, als sie auflegen wollte, sagte Sanders: »Klar.«

Sie atmete erleichtert auf. »Vielen Dank. Sie brauchen sicher ein Foto von Luca für den Datenabgleich.«

»Nicht nötig. Ich habe alles hier, Lena.«

Lena fröstelte. »Sobald Sie den Massenabgleich gemacht haben, löschen Sie sämtliche Aufnahmen und Daten, hören Sie?«

Sie wartete keine Antwort ab, sondern legte auf.

Kapitel 30

Lena zog ihren durchnässten Mantel aus und setzte sich zu Diana.

Keinen einzigen Hinweis auf ihren geliebten Luca hatte sie erhalten. Kein noch so kleines Lebenszeichen. Offenbar wurde er gut versteckt. Oder er war …

Lena schluckte und wischte den Gedanken beiseite. Sie wusste, dass mit jedem Tag, jeder Stunde, jeder Minute ohne einen Hinweis die Wahrscheinlichkeit sank, Luca jemals wieder in den Armen zu halten.

Doch daran durfte sie nicht denken. Es half ihr, von ihm zu reden. Von seiner Geburt, die nicht wie erhofft abgelaufen war. Diana hörte aufmerksam zu.

»Den Eigensinn hat er von seinem Vater«, sagte Lena lächelnd und ergänzte mit tränenerstickter Stimme: »Sein erster Schrei war das wundervollste Geräusch der Welt. Wie unfassbar schön es war, sein Gesicht zu sehen. Seinen Geruch werde ich niemals vergessen. Allerdings auch den nach dem ersten Brei nicht. Aber nun lass uns aufbrechen. Ich bezahle.«

Gemeinsam gingen sie schnellen Schrittes zurück in Richtung Wohnung. Der Regen hatte aufgehört.

»Ich bringe dich noch zur Tür, und dann muss ich in die Kanzlei.«

Lenas Telefon klingelte. Sie ging ran. »Lena, ich glaube, ich habe ihn!«

Sanders. Lena hielt den Atem an. »Sind Sie sicher? Wo ist er?«

»Ich bin mir nicht sicher. Und es erscheint mir zu einfach, wie auf dem Präsentierteller serviert, aber mein Rechner zeigt mir an, dass die biometrischen Daten übereinstimmen.«

Vor Aufregung knabberte sie an einer Haarsträhne. »Wo?«

»Am Opernplatz. Ein kleiner Junge in schwarzer Hose und knallgelber Regenjacke mit einem quietschroten Schirm. Er steht vor dem Brunnen.«

Lenas Freude wich tiefer Enttäuschung. »Das ist er nicht. Er hat keine schwarze Hose getragen. Eine gelbe Regenjacke und einen eigenen Regenschirm hat er auch nicht.«

»Lena, denk nach. Welche Eltern lassen einen kleinen Jungen allein mitten im Winter auf dem Opernplatz zurück? Mir scheint, als wollte man, dass wir ihn finden.«

Sanders hatte recht.

Lena war kurz vor dem Bettinaplatz und damit keine zwei Kilometer vom Opernplatz entfernt. Sie sprintete los.

»Ich muss los«, rief sie Diana zu und verschwand bereits um die nächste Ecke.

Noch eine Abbiegung und über die Straße, und dann müsste sie ihren Jungen sehen.

Als Lena in die Straße einbiegen wollte, kam ihr ein Händchen haltendes Pärchen entgegen. Sie konnte gerade noch ausweichen, verlor aber auf dem nassen Asphalt das Gleichgewicht. Sie taumelte und fiel auf die Knie. Doch von dem Sturz ließ sie sich nicht aufhalten. Mit schmerzverzerrtem Gesicht stand sie auf und rannte weiter.

Luca!

Der Opernplatz war noch wenige hundert Meter entfernt. Den Brunnen konnte sie bereits sehen. Lena rannte über rote Fußgängerampeln. Die hupenden Autos registrierte sie nicht. Wenige Meter vor dem Brunnen wurde sie langsamer.

Keiner da.

Sie schaute sich um. Der Opernplatz war leer. Keine Menschenseele war unterwegs. Auch in der Freßgass war niemand.

Lena schrie, so laut sie konnte. »Luca! Luca, wo bist du?«

Ihr Handy klingelte. Sanders.

»Schau mal rechts neben dir auf der Höhe des U-Bahn-Schilds.«

Lena blickte in die Überwachungskamera, die dort hing. »Hier ist niemand. Sehen Sie, wo er ist?«

»Ich finde den Jungen leider auch nicht mehr. Er ist aus dem Kamerablickfeld verschwunden Richtung Taunusanlage.«

Lena drehte sich suchend um die eigene Achse. Vergeblich.

»Ich habe die Übertragung vor- und zurückgespult. Das Seltsame ist, dass der Junge auf den Aufnahmen immer allein war, als hätte der Entführer genau gewusst, wo die Kameras sind, und sich bewusst im toten Winkel aufgehalten.«

Lena interessierte dieses Detail nicht. Sie musste ihren Sohn finden. »Mir egal, Sanders. Ich muss weiter. Vielleicht ist Luca noch in der Taunusanlage.«

»Viel Glück! Trotzdem ist es seltsam. Wenn ich es nicht besser wüsste, würde ich sagen, da hat einer nur darauf gewartet, dass wir uns in die Kamera einhacken, und hat den Jungen genau im richtigen Moment ins Bild geschoben. Außerdem fällt ein eineinhalbjähriger Junge, der sich kaum selbst auf den Beinen halten kann, ohne Erwachsenen doch auf. Der Entführer war garantiert die ganze Zeit bei ihm und ist es vielleicht noch. Pass auf dich auf, Lena.«

»Mache ich, und melden Sie sich, wenn Sie Luca entdecken.«

Lena rannte den Fußweg zur Taunusanlage entlang. Außer einem Junkie, der zusammengekauert auf einer Bank saß, war niemand in der Nähe. Lena lief zu dem Mann, der sich gerade Drogen injiziert hatte. Er hielt die Spritze noch in der Hand und grinste sie an. »Schöne Frau, ich kann leider nichts mehr abgeben.«

»Schon gut. Ich suche meinen Sohn. Haben Sie einen kleinen Jungen gesehen? In einer gelben Regenjacke und mit einem roten Schirm?« Lena wartete. Doch der Mann schloss die Augen und reagierte nicht mehr.

Sie rannte bis zum Ende der Taunusanlage. War da nicht etwas Gelbes?

Ihr Herz pumpte wild. Kein Zweifel. Dort war ein kleiner Junge in einem gelben Regenmantel. Lena stockte fast der Atem. Er tapste Richtung Straße. Unfassbar, dass ihn niemand bemerkte.

»Luca! Nein! Bleib stehen! Ich bin gleich bei dir.«

Lena bekam Seitenstechen. Ihre Lunge brannte und ihre Knie schmerzten. Lieber Gott, bitte lass ihn nicht auf die Straße laufen, flehte sie. Bitte, lass ihn stehen bleiben! »Luca! Halt! Ich bin es, deine Mama.«

Sie war noch etwa hundert Meter entfernt und konnte nicht erkennen, ob es tatsächlich Luca war. Sie wusste nur eines: Sie musste sich beeilen. Lena biss sich auf die Zunge. Kämpfe, Lena. Nur noch wenige Meter. Jetzt bloß nicht schlappmachen.

Sie hatte das Gefühl, ihre Kniescheibe würde aus ihrem Bein springen und ihre Lunge würde explodieren. Doch Lena kämpfte sich weiter. Meter für Meter.

Der Junge stand bereits mit einem Fuß auf der dicht befahrenen Hauptstraße.

»Luca! Nein, nicht! Komm zurück! Zurück zu Mama!«

Er schien sie nicht zu hören und setzte den anderen Fuß auf die Fahrbahn. Mit hohem Tempo fuhr ein Wagen hupend an ihm vorbei.

Lena konnte nicht hinschauen. Noch zehn Meter, dann wäre sie bei ihm.

Der Junge machte einen weiteren Schritt auf die Straße. Ein großer SUV steuerte mit hoher Geschwindigkeit direkt auf ihn zu.

»Nein! Luca! Komm zurück!« Lena war ganz nah bei ihm. Der Junge drehte sich um und blickte ihr direkt ins Gesicht, während der SUV weiter auf ihn zuhielt. Der Fahrer schien das Kind nicht zu bemerken. Lena sah alles wie in Zeitlupe: wie der Fahrer mit seinem Handy spielte und Luca sie anlachte. Er war es. Ihr Luca! Lena rechnete jede Sekunde mit dem schrecklichen Aufprall. Sie sammelte all ihre Kraft und hechtete auf ihren Sohn zu.

»Luca, komm zu Mami!« Sie schaffte es gerade noch rechtzeitig, Luca von der Straße zu ziehen. Zwei Sekunden später und der SUV hätte ihn ungebremst erfasst.

Lena stürzte auf den Fußgängerweg. Ihr Sohn landete auf ihr. »Luca, mein lieber Luca. Geht es dir gut?« Sie musterte ihn. Er schien unverletzt zu sein. Sie rappelte sich auf. Ihre Knie und die Schulter schmerzten höllisch.

»Endlich habe ich dich wieder!« Lena konnte ihre Tränen nicht mehr zurückhalten. Sie weinte – diesmal vor Glück. Luca lachte sie an.

Lena nahm ihn fest in den Arm und küsste sein ganzes Gesicht. Nie wieder wollte sie ihn loslassen.

Kapitel 31

Als Lena mit Luca wieder zu Hause war, konnte sie ihr Glück noch immer nicht fassen. Sie drückte ihn an sich und sog seinen Duft ein. An Luca schienen die letzten Tage spurlos vorübergegangen zu sein. Er war offenbar gut versorgt worden. Er weinte nicht und brabbelte fröhlich vor sich hin, als wäre nichts gewesen. Lena rief die Kommissarin an und teilte ihr mit, dass es Luca gut ging.

Lena war Sanders dankbar, auch wenn sie ihm nicht verzeihen konnte, was er ihr angetan hatte. Sie versprach ihm, der Kommissarin nichts von seinem Hacking zu erzählen. Selbstredend galt das auch für sein Stalking der letzten Wochen. Daran hielt sich Lena.

»Frau von Nierstein, ich verstehe es immer noch nicht«, sagte Lubetzki am Telefon. »Sie sind also den Gehweg hinter der Taunusanlage entlanggelaufen, und dort sind Sie zufällig auf Luca getroffen, der da herumspazierte? Ein kleiner Junge ganz auf sich allein gestellt, und das soll niemandem aufgefallen sein? Das glaubt Ihnen doch kein Mensch. Hat Luca irgendwas gesagt, das uns hilft?«

»Wissen Sie, Frau Kommissarin, Sie können sich nicht vorstellen, wie schnuppe es mir ist, wer mir das glaubt. Für mich zählt, dass Luca wieder bei mir ist. Sprechen kann mein kleiner Liebling noch nicht. Sie müssen den Täter anders finden. Ende der Geschichte.« Lena wusste, dass sie mit ihrer schroffen Antwort bei Lubetzki weitere Sympathiepunkte verlor, doch das war ihr das Versprechen an Sanders wert. Er mochte ein Schwein sein, aber ihm war gelungen, was die Polizei in den letzten Tagen nicht geschafft hatte: Er hatte Luca gefunden.

Luca gluckste vergnügt auf Lenas Arm und versuchte, zwei Duplosteine zusammenzustecken. Als sie ihrer Schwiegermutter die gute Nachricht am Telefon mitteilte, weinten beide vor Erleichterung. Lena erzählte ihr unter dem Mantel der Verschwiegenheit, dass Sanders ihr geholfen hatte.

Die nächsten Stunden gehörten allein Mutter und Sohn. Sie spielten und sahen sich Bilderbücher an. Dabei durchlebte Lena ein Wechselbad der Gefühle. Heftiges Weinen wurde abgelöst von großer Erleichterung. Mit Robert hatte Lena noch immer nicht sprechen können. Nach Lucas Heimkehr hatte sie es zigmal bei ihm versucht. Er blieb verschollen und sein Handy aus. Lena ahnte, dass dies nichts Gutes bedeutete. Mark fehlte ihr. Sie überkam die beklemmende Erkenntnis, dass das jetzt ihre verbliebene Familie war.

Kapitel 32

Lena mochte den Ort nicht. Er roch nach Schweiß. Purem Schweiß. Dass hier trotzdem oft gesäubert wurde, war anzunehmen. Staub war nicht zu sehen. Der Boden des steril wirkenden Raums blitzte. Es war ein eher mattes, hoffnungsloses Schimmern, kein spiegelndes. Lena saß auf einem harten Plastikstuhl. Ihr Rücken berührte die Stuhllehne nicht. Sie überschlug ein Bein, um nur mit einem Oberschenkel Kontakt mit der Sitzfläche zu haben.

Sie würde ihre Kleidung dennoch nach dem Verlassen des Gefängnisses direkt in die Waschmaschine werfen. Das hatte sie auch nach der stundenlangen Vernehmung getan. Der beißende Geruch war unerträglich.

Sie sah sich um, ohne den Rumpf zu bewegen. Alle Fenster waren verschlossen und vergittert. Selbstverständlich. Die Insassen hier hatten schwere Gewaltverbrechen begangen.

Durch das Referendariat bei der Staatsanwaltschaft kannte sie die strenge Hackordnung, die es unter Häftlingen gab. Je nach Delikt und Schwere der Schuld bildeten sich Rudel, die ihrem Leitwolf folgten. Ein guter Draht zu den Beamten der Haftanstalt war ebenfalls entscheidend dafür, wie man die Zeit dort verbrachte.

Verbrecher, die Straftaten gegen Kinder begangen hatten, standen zweifelsfrei am Ende der Nahrungskette. Ein solcher Täter würde selbst nach Jahren keine Lobby um sich herum aufbauen können.

Lena hasste es, in diesen Räumlichkeiten sein zu müssen. Lubetzki hatte so geheimnisvoll getan, dass Lena nach deren Anruf nicht anders gekonnt hatte, als sofort in die Vollzugsanstalt zu fahren.

Zuvor hatte sie Luca zu ihrer Schwiegermutter gebracht. Die erneute Trennung war ihr schwergefallen. Eigentlich hatte sie ihn nie mehr allein lassen wollen. Aber Henriette tat alles für ihren Enkel, und er war daher bei ihr gut aufgehoben.

Lena sah auf ihre Uhr. Vor 40 Minuten war sie mit Lubetzki verabredet gewesen. Die Kommissarin hatte darauf bestanden, dass Lena ohne Begleitung eines Anwalts kommen sollte. Lena versuchte dennoch, Robert zu erreichen. Sein Handy war noch immer aus. In der Kanzlei war man wegen seines unentschuldigten Fernbleibens irritiert. Den Gedanken, er könnte ein Opfer des Anwaltmörders geworden sein, verdrängte Lena.

Ein elektrischer Summton kündigte das automatische Öffnen der Sicherheitstür an. Lubetzki schritt hindurch und setzte sich zu Lena.

Sie nahm sich viel Zeit, bis sie endlich redete. »Es freut mich, dass Ihr Sohn unversehrt wieder bei Ihnen ist.«

»Danke, Frau Lubetzki. Warum bin ich hier? Sie sagten, es sei dringend, und trotzdem haben Sie mich so lange warten lassen.«

»Wir haben den Mörder Ihres Mannes und Entführer Ihres Sohnes. Er sitzt zwei Räume weiter und wird heute dem Ermittlungsrichter vorgeführt.«

Es war die Nachricht, auf die Lena gewartet hatte. Jetzt würde sie Klarheit gewinnen. Sie hielt die Luft an.

»Es wird Ihnen nicht gefallen, Frau von Nierstein. Der Täter ist Ihr Freund Robert Schenk. Er hat bislang nicht gestanden, doch die Indizienlage spricht eine eindeutige Sprache.«

Lena fokussierte die Kommissarin noch immer. Sie wartete auf ein Grinsen, um den geschmacklosen Witz aufzulösen.

Lubetzki schien das zu spüren. »Ich weiß, es ist ein weiterer Schock für Sie. Aber wir sind uns sehr sicher. Nur bei der Frage nach seinem Motiv sind wir ratlos. Wieso hat er Ihren Mann ermordet? War er eifersüchtig? Und wieso hat er Ihren Sohn so lange vor Ihnen versteckt? Haben Sie eine Erklärung, Frau von Nierstein?«

Lena kniff die Augen zu und riss sie wieder auf, als könnte es ihr helfen, das Gesagte besser zu verstehen. Ihr wurde schwarz vor Augen. Hastig trank sie einen Schluck Wasser und atmete tief durch die Nase. Den beißenden Gefängnisgeruch nahm sie kaum noch wahr.

War Robert deshalb so seltsam gewesen? War er deshalb von der Bildfläche verschwunden? Ihr bester Freund Robi? Warum? O Gott. »Das kann nicht sein, Frau Lubetzki. Sind Sie sich da hundertprozentig sicher?«

»Ein Geständnis würde den Prozess beschleunigen. Das Motiv ist uns wie gesagt noch unklar. Wir hoffen, dass Sie uns dabei helfen können. Sie erinnern sich an den anonymen Anrufer? Dieser hat uns auf Schenks Spur gebracht. Den Stoffaffen, den Sie als Lucas Kuscheltier identifiziert haben, haben wir in der Mülltonne von Schenks Nachbarn gefunden. Das Handy Ihres Mannes wurde kurz angeschaltet und in der Funkzelle von Schenks Wohnung geortet. Leider haben wir das Handy bei einer Hausdurchsuchung bei Schenk ebenso wenig gefunden wie sonstige Hinweise auf die Tat. Aber dafür den Wohnungsschlüssel Ihres Mannes sowie einen Kindersitz, keine 50 Meter von

Schenks Wohnung entfernt versteckt in einem Gebüsch.« Lubetzki schob Lena ein Foto zu.

»Ja, das ist unser Kindersitz.«

Lubetzki kritzelte einen Vermerk in die unsortierte Mappe. »Das Wichtigste kommt noch.« Die Kommissarin hielt einen Plastikbeutel in die Luft, in dem sich eine schwarze Armbanduhr befand.

»Das könnte Marks Fitnesstracker sein. Wo haben Sie den her?«

Die Kommissarin protokollierte auch diese Bestätigung. »Wir haben das Fitnessband mit den eingeprägten Initialen MvN in einem Blumenkübel vor dem Briefkasten von Herrn Schenk gefunden. Doch das ist immer noch nicht alles. Unsere IT-Spezialisten konnten die Daten der Uhr herunterladen. Und deren Analyse war sehr aufschlussreich. Das GPS-Signal sendete unmittelbar vom Waldparkplatz bis zu Schenks Wohnung. Dank der ausgelesenen Daten konnte das Tatgeschehen rekonstruiert werden. Wir haben den Täter, Frau von Nierstein.«

Lena schauderte.

Lubetzki klappte ihren Laptop auf und zeigte Lena mehrere Grafiken. Marks Puls, Herzfrequenz und Bewegungsintensität wurden exakten Uhrzeiten zugeordnet. Der GPS-Tracker zeigte den jeweiligen Standort an.

Die Kommissarin zog den Werbestift eines Garni-Hotels am Hauptbahnhof aus ihrer Hosentasche und deutete auf den Zeitstrahl. »Hier verlief alles normal. Sie fuhren mit dem Auto. Dann sehen Sie einen erhöhten Pulsschlag, bevor die GPS-Daten einen Stillstand anzeigen. Kurz vor dem Anhalten auf dem Waldparkplatz war Ihr Mann also emotional erregt. Und jetzt wird es interessant. Eine Minute passiert nichts, und plötzlich schnellt die Herzfrequenz in erstaunliche Höhen.« Lubetzki zog die Spitze ihres Stifts steil nach oben. »Der Tracker ist mit einem SpO2-Sensor ausgestattet. Er misst die Sauerstoffsättigung im Blut und gibt damit Anhaltspunkte für Atemaussetzer. In Kombination mit den Daten der Herzfrequenzsensoren kennen wir somit den exakten Todeszeitpunkt Ihres Mannes und dank des GPS-Trackers auch den Ort.« Die Kommissarin fuchtelte mit ihrem Stift vor dem Monitor und deutete auf den Zeitstrahl. »Der Wagen bewegt sich. Das erkennen wir anhand der sehr schnellen Entfernung vom Toilettenhäuschen. Nach 1.500 Metern hält das Auto erneut. Wenig später muss Ihr Mann gestorben sein.«

Die Kommissarin zeigte auf die Nullinie des Pulses. »Im Anschluss braust der Wagen in hoher Geschwindigkeit weiter, bis er wenige Meter vor Schenks Wohnung zum Stillstand kommt. Na ja. Zumindest der Fitnesstracker wurde dann in den Blumenkübel geworfen.« Lubetzki beugte sich Lena entgegen und flüsterte: »Schenk ist der Täter. Den bestialischen Mord hat er in Ihrer unmittelbaren Nähe verübt.«

O Gott. Warum? Lena wurde übel. Sie hatte für einen Moment das Gefühl, die Tat miterlebt zu haben. Durch die konkrete Schilderung kam es ihr vor, als wäre Mark vor ihren Augen erneut gestorben.

Ihr Magen rebellierte, und sie konnte den Drang nicht mehr unterdrücken. Croissant, Orangensaft und Milchkaffee plätscherten im hohen Bogen und halb verdaut auf den Besprechungstisch. Ein Teil traf Lubetzki, die sich gerade noch weggedreht hatte, am Hinterkopf. Die Kommissarin blieb ruhig sitzen und schien sich nicht ansatzweise so zu ekeln wie Lena selbst. Lena sprang auf und schaute sich nach Papiertüchern um. Der Raum war jedoch mit Ausnahme von vier Stühlen und einem Tisch leer. Lena durchsuchte ihre Jackentasche. Doch weder in ihrer Jacke noch in ihrer Hosentasche konnte sie etwas finden.

Ihr stieg der Geruch von Erbrochenem in die Nase. Zu allem Unglück schien der beißende Schweißgeruch nun noch penetranter zu werden. Mit weit von sich gestreckten Händen stand sie in der Mitte des Raumes.

Lubetzki schaute sich das Schauspiel an. »Ich rufe den Sicherheitsbeamten, der führt Sie zur Toilette.«

Lena konnte der Kommissarin beim Verlassen des Raumes kaum in die Augen schauen.

Als sie zurückkehrte, war alles bereits weggewischt worden. Nachdem Lena sich entschuldigt hatte, fuhr Lubetzki unbeirrt mit ihrem Vortrag fort.

Sie fuchtelte wieder mit ihrem Kugelschreiber vor dem Bildschirm herum. »Die GPS-Daten sind eindeutig. Wie und wann der Wagen Ihres Mannes abgestellt wurde, wissen wir zwar nicht, aber unabhängig davon zieht sich die Schlinge um Schenks Kopf zu, und wir brauchen nur noch sein Geständnis. Und da kommen Sie ins Spiel. Bringen Sie den Mörder Ihres Mannes dazu, zu gestehen. Tun Sie es für Ihren Mann und für Ihren Sohn.«

»Ich kann das nicht. Wenn überhaupt, spreche ich mit Robert allein.«

»Sie wissen als Juristin besser als ich, dass ein Geständnis vor Gericht nur verwertbar ist, wenn ein Ermittlungsrichter zugegen war. Daher wird neben mir auch ein Richter dabei sein. Sie wollen doch auch wissen, warum er es getan hat.«

Lena verstand die Kommissarin. Dennoch fühlte sie sich in die Ecke gedrängt. Alles war organisiert. Sie schien keine Wahl zu haben.

Sie wollte von Robert hören, warum er ihr Leben zerstören wollte – nach all dem, was Lena für ihn getan hatte. Doch es würden zwei weitere Menschen mit dabei sein. Und all das in einer Situation, in der ihr Robert so fremd erscheinen würde.

Sie versuchte, tapfer zu sein. Luca zuliebe. Und irgendwie auch für sich selbst. Ihr altes Leben gab es nicht mehr, dafür lag ein neues vor ihr. Ihr Leben. Mit ihrem alten musste sie abschließen.

Sie erinnerte sich an die vielen schönen Augenblicke mit Robert, die nun von einem schwarzen Loch aufgesogen zu werden drohten. Sie musste aus Roberts Mund hören, was ihn zu diesen Entscheidungen, diesen Schritten getrieben hatte.

Erst wenn sie in seinen Augen sah, was die Taten aus ihm gemacht hatten; erst wenn er durch die Art, wie er sich zu erklären versuchte, offenbarte, wie es in ihm aussah; erst dann würde sie um Mark trauern können. Lena graute es vor der Begegnung.

»Einverstanden, Frau Kommissarin«, sagte sie dennoch. »Aber ich entscheide, wie das Gespräch abläuft.«

Lubetzki nickte ihr knapp zu. Kurz darauf ertönte das Summen des Türöffners, und der Ermittlungsrichter betrat den Verhörraum. Dicht hinter ihm und mit Handschellen gefesselt folgte Robert.

Geschockt starrte Lena ihn an.

Er war kaum wiederzuerkennen. Die Haare fettig und ungekämmt. Die Wangen eingefallen. Unter tiefen Augenringen schimmerten blaugrüne Adern, hervorgehoben durch eine blutrote Kontur. Sein athletischer Körper wirkte schlaff. Die Arme hingen wie ungeliebtes Beiwerk am Rumpf. Der Blick war gesenkt. Aber Robert war nicht das Opfer. Er war der Täter. Lenas persönliche Nummer eins auf der Skala des Bösen.

»Mein Gott, Robert«, stieß sie hervor. »Warum? Warum hast du mir das angetan? Warum hast du uns das angetan?« Lena wurde wieder übel. Wie hatte sie sich nur so in ihm täuschen können? All die Jahre. Roberts furchtbares Äußeres trug dazu bei, dass Lena ihn kaum noch zu kennen glaubte.

Er ließ sich bedächtig auf einem harten Plastikstuhl nieder und unterdrückte einen Aufschrei. Offensichtlich hatte er Schmerzen. War er misshandelt worden?

Wie in Zeitlupe hob er das Gesicht. Unbeeindruckt von den Belehrungen des Richters fokussierte er sich einzig auf Lena.

Sie blickte in leere Augen. Kein Blitzen und kein Schimmern. Seine Seele war erloschen.

Lena tat es weh, Robert so zu sehen. Doch dann überkam sie Wut. Wieder wollte er sich aus der Verantwortung stehlen. Wie damals bei der Privatinsolvenz. Auch da hatte er sich gesichtswahrend für seine erfolgsverwöhnten Eltern als Opfer verkauft.

Lena ergriff mit zittriger Stimme erneut das Wort. »Hast du überhaupt eine Ahnung, was du mir angetan hast? Ich könnte dich ohrfeigen. Am liebsten würde ich dir so wehtun, wie du mir wehgetan hast. Ich verabscheue dich. Ich verabscheue jede Sekunde, die ich mit dir verschwendet habe. Ich dachte, wir wären Freunde. Hätte ich dich nur nie getroffen. Robert, du bist ein Verräter. Ich hasse dich so, wie ich noch nie jemanden gehasst habe. Warum hast du das getan? Sprich endlich! Stell dich wenigstens diesmal, du Weichei.«

Robert zuckte bei jedem Satz zusammen.

All ihre Wut, ihr Hass, ihre Angst, ihre Verzweiflung und letztlich ihre Enttäuschung bahnten sich einen Weg. »Warum? Warum musste Mark sterben? Warum hast du Luca da mit reingezogen? Ist dir eigentlich klar, dass auch er fast gestorben wäre? Überfahren von einem Auto. Vor meinen Augen. Wie konntest du ihn nur allein im Regen aussetzen! Er ist erst eineinhalb. Du Scheusal! Wäre er gestorben, hätte ich dir jetzt die Augen ausgekratzt. Ich verachte dich.«

Regungslos starrte Robert sie an.

»Mach endlich dein gottverdammtes Maul auf!«, fuhr Lena ihn an. »Warum hast du uns von Sanders überwachen lassen? Was stimmt mit dir nicht? Du hast unsere Freundschaft in den Dreck gezogen.«

Mit ausdrucksloser Stimme brach Robert sein Schweigen. »Ich hätte dir so etwas Grauenvolles niemals angetan, Leni. Ich bin unschuldig.«

Lena schüttelte den Kopf. Sie glaubte seine Worte nicht für eine Sekunde. Nicht nach der Unterredung mit Lubetzki. Die von der Kommissarin präsentierten Beweise hatten jeden Funken Restvertrauen zerstört. »Du Drecksack! Jetzt steh wenigstens dazu, was du getan hast. Steh einmal in deinem Leben für etwas gerade. Übernimm einmal für deine Taten die Verantwortung. Deine Eltern hatten recht: Du bist ein Versager. Ein Jammerlappen. Du erinnerst dich noch an Marks Ausstellung? Von dir hätten wir ein Foto aufhängen sollen. Du passt zu den anderen Mördern. Ich bin fertig mit dir.« Tränenüberströmt stand Lena auf. Sie zitterte am ganzen Körper, torkelte zur Tür und bat den Sicherheitsbeamten, ihr zu öffnen. Sie musste raus. Schnell raus aus diesem Loch.

Sie bereute es zutiefst, Lubetzkis Bitte nachgekommen zu sein. Ohne ein weiteres Wort, ohne einen weiteren Blick verließ sie den Verhörraum.

Sie hatte gedacht, sie würde sich besser fühlen. Sie hatte gedacht, sie könnte Robert ein letztes Mal souverän in die Augen schauen. Seinem Blick standhalten trotz seiner Verbrechen. Doch Lena war zu verletzt. Zu wichtig war ihr die Freundschaft gewesen, zu hoch Roberts Stellenwert in ihrem Leben und zu tief der Fall, nachdem sie die Wahrheit erfahren hatte.

Wenigstens war sie alles losgeworden. Auch wenn er ihr das Warum schuldig blieb. Robert war gebrochen. Nur so war zu erklären, warum er ihr nicht antwortete.

Auch wenn sie der Kommissarin zu keinem Geständnis hatte verhelfen können, so hatte sie zumindest ihre Wut am Mörder ihres Mannes rausgelassen. Hatte ein letztes Gefecht mit der Skala des Bösen geführt.

Robert hatte nicht mal versucht, sich zu erklären. Draußen angekommen stieg Lena ins Auto, wischte sich die Tränen aus dem Gesicht, schaltete ihr Handy aus, drehte ihren Lieblingssong *Every You Every Me* von Placebo auf und fuhr los zu Luca.

Kapitel 33

Als Lena mit dem schlafenden Luca nach Hause kam, schaltete sie den Fernseher an. Als hätte sie geahnt, dass es auf jedem Sender um ihre Familie ging.

Auf allen Kanälen wurde die Nachricht über den Mörder mit reicher Herkunft gesendet. Ein Privatsender hatte Roberts Foto veröffentlicht und den Wohnort seiner Familie verraten. Dieser journalistische Tabubruch glich einer Vorverurteilung und löste einen heftigen Shitstorm gegen die Bankiersfamilie aus. Roberts Vergangenheit wurde durchleuchtet. Wegen seiner Privatinsolvenz wurde er als Versager bezeichnet, das verwöhnte Einzelkind habe seine Eltern blamiert. Sogar seine Arbeit bei Scrutch & Partners wurde erwähnt. Lena konnte sich vorstellen, wie Berg jetzt fluchte. Amerikanische Verhältnisse in den deutschen Medien.

Angewidert schaltete Lena den Fernseher aus, als ihr Telefon klingelte.

Lubetzki meldete sich mit einem stark unterkühlten Ton. »Frau von Nierstein, ich räume ein, dass Ihr Gespräch mit Herrn Schenk keine gute Idee war. Herr Schenk war danach mehr mit der Konfrontation mit Ihnen beschäftigt, als sich in der Sache weiter auf mich einzulassen. Sie haben ihn zu hart angepackt, und er hat deswegen zugemacht.«

»Sie meinen also, ich sei schuld am Verlauf Ihres Verhörs?« Empört wollte Lena auflegen, als die Kommissarin die weiße Fahne hisste.

»Nein, Frau von Nierstein. So habe ich das nicht gemeint. Jedenfalls ist mir und anschließend auch dem Ermittlungsrichter kein Durchbruch gelungen. Ich wollte Ihnen nur mitteilen, dass ich Herrn Schenk ordentlich in die Mangel nehmen werde. Wir bekommen sicherlich unser Geständnis.«

Lena beendete das Gespräch. Sie wusste aus eigener Erfahrung, was es bedeutete, wenn Lubetzki eine härtere Gangart einlegte. Robert würde diesem Druck nicht standhalten. Doch das war ihr gleichgültig. Sie hatte mit ihm abgeschlossen. Viel wichtiger war, was jetzt mit Berg und ihrer Suspendierung passieren würde.

Lena wählte Dianas Nummer und fiel mit der Tür ins Haus. »Ich möchte mit Berg sprechen. Eigentlich habe ich ja noch eineinhalb Wochen Urlaub, bevor die Transaktion beginnt. Aber angesichts der Umstände weiß ich nicht, ob er überhaupt noch mit mir plant. Hat er kurzfristig Zeit für mich?«

»Hey, Süße. Schön, dich zu hören. Warte kurz. Also, heute um 18 Uhr würde passen. Sei aber behutsam. Er ist wegen der Fernsehberichterstattung sehr gereizt. Soll ich ihm einen Terminblock mit dir reinlegen? Bestimmt will er mit dir reden. Aber echt krass mit dem Arschloch Robert, oder? Wusste ich doch, dass der ein Psycho ist, und ich hatte auch noch was mit ihm.«

Lena ignorierte die Bemerkung. »Das ist ja schon in einer knappen Stunde. Aber okay, das schaffe ich. Luca bringe ich dann mit.«

Lena hatte ihren Sohn bisher noch nie mit in die Kanzlei genommen. Die Sozietät ermutigte ihre Angestellten auch nicht gerade dazu. Es war Lena egal. Sie wollte Luca unbedingt bei sich haben.

Mit Luca auf dem Arm klopfte sie pünktlich an Bergs Bürotür.

Wer sein Büro betrat, fühlte sich stets wie in einer Prüfung. Man wusste nie, welche Information er diesmal brauchte, welche komplexe juristische Frage er diskutieren wollte. Doch bevor es dazu kam, musste jeder noch so gestandene Anwalt erst mal vor Bergs Schreibtisch stehend ausharren.

Als Lena eintrat, sprang Berg aus seinem Schreibtischstuhl und schüttelte ihr freundlich die Hand. »Frau von Nierstein, es tut mir alles so schrecklich leid. Sie haben mein tiefes Mitgefühl. Ich kann mir nicht annähernd ausmalen, was Sie durchmachen mussten.«

Jedes Mal, wenn Lena dachte, Bergs Verhalten voraussehen zu können, wurde sie überrascht. So auch diesmal. Für Bergs Verhältnisse war die Begrüßung einfühlsam und emotional. Doch dies war nur von kurzer Dauer. Gewohnt professionell fuhr er fort. »Ich habe Herrn Schenk gerade fristlos entlassen. Der Ermittlungsrichter hatte seinen Haftprüfungsantrag abgelehnt, und da musste die Sozietät sofort handeln. Wissen Sie, Frau von Nierstein, es überrascht mich doch sehr, dass Herr Schenk Ihnen dies angetan hat. Sie waren ein so gut funktionierendes Team und haben einander stets uneingeschränkt unterstützt. Dass ausgerechnet das beste Tandem der Kanzlei auf derart grausame Art und Weise buchstäblich zerschlagen wurde, macht mich neben all dem Leid zusätzlich nachdenklich.«

Luca verhedderte sich mit einer Hand in Lenas Halskette und weinte. Vorsichtig, ohne die Kette zu zerreißen, befreite Lena ihn. »Glauben Sie mir, Herr Prof. Berg, auch ich kann es nicht nachvollziehen. Ich hätte es niemals für möglich gehalten. Aber um aufs Berufliche zu sprechen zu kommen: Darf ich Sie fragen, was mit meiner Suspendierung ist?«

»Selbstredend ist das Thema Suspendierung vom Tisch. Ich entschuldige mich im Namen meiner Partnerkollegen für diese Maßnahme. Bitte verstehen Sie, dass es rein um das Wohl der Kanzlei ging. Ich persönlich habe nie an Ihrer Unschuld gezweifelt. Es wäre hilfreich, wenn Sie dies einem dieser lästigen Reporter sagen könnten, die sicherlich auch Sie nicht in Ruhe lassen.«

Lena biss sich auf die Unterlippe. Sie verspürte den Drang, etwas Unüberlegtes zu sagen. Dieser ganze Kult rund um das Wohl der Kanzlei war absurd. Ihr Mann war ermordet worden. Was war das im Vergleich zu Imagefragen? Aber sie beherrschte sich und warf Berg nichts an den Kopf, was sie vielleicht bereuen würde. »Danke, Herr Berg. Ich gehe davon aus, dass mein Urlaub noch steht. Ich will ihn voll und ganz für Luca nutzen. Auch die Beerdigung meines Mannes muss ich organisieren.« Lena schluckte. Jetzt bloß nicht losheulen.

»Nach allem, was Sie erleben mussten, sollten Sie sich eine längere Auszeit nehmen. Was halten Sie davon, wenn unsere Kanzlei Ihnen einen zweimonatigen Urlaub gewährt? Bezahlten Urlaub.«

Wegen Bergs gönnerhaftem Unterton wertete Lena das Angebot nicht als eine Art Wiedergutmachung wegen der Suspendierung oder gar als Beileidsbekundung, sondern vielmehr als verstecktes moralisches Druckmittel, bei Presseanfragen die Kanzlei stets im besten Licht erscheinen zu lassen.

Sie freute sich trotzdem darüber. »Vielen Dank, das Angebot nehme ich gerne an. Die Auszeit wird mir guttun.«

Den anstehenden Energiedeal erwähnte sie bewusst mit keiner Silbe. Er war ihr völlig gleichgültig. Ihre Priorität lag bei Luca. Natürlich ließ Berg es sich nicht nehmen, die Transaktion anzusprechen. »Machen Sie sich währenddessen keine Sorgen um das anstehende Projekt. Die Transaktion wird sich zweifelsohne über ein Jahr ziehen. Nach Ihrer Auszeit wird also genug Zeit bleiben, um voll einzusteigen.«

Bergs Telefon klingelte, und die Audienz wurde beendet.

Lena schaute bei Diana rein. »Vielen Dank, Diana. Es tut gut, dass du dich so um mich kümmerst.«

Diana errötete. »Selbstverständlich, meine Süße. Ich hoffe, dein Gespräch mit Berg lief gut. Und Robert soll in der Hölle schmoren. Soll ich morgen bei dir vorbeischauen?«

»Klar. Komm gern, wann immer du möchtest. Ich werde mit Luca zu Hause bleiben und höchstens mal spazieren gehen.«

Auf dem Weg zu den Aufzügen kam Lena an Roberts Büro vorbei. Vor der Tür blieb sie stehen und zögerte. Sollte sie einen letzten Blick hineinwerfen, bevor es für den nächsten Anwalt hergerichtet wurde? Luca nahm Lena die Entscheidung ab. Er weinte. Es war Zeit für sein Abendessen.

Auf dem Heimweg ging Lena Bergs Äußerung über das beste Tandem der Kanzlei nicht aus dem Kopf. Immer wieder versuchte sie, sich an die exakte Formulierung zu erinnern. In welchem Tonfall hatte er das gesagt? Für Sarkasmus war er bekannt, für Ironie weniger. Rückblickend war Lena jedenfalls eines klar: Ein gutes Tandem waren Robert und sie wohl nie gewesen, und wer er wirklich war, würde sie wahrscheinlich nie verstehen.

Kapitel 34

Lena seufzte, als sie die Unordnung in ihrer Wohnung sah. Teller und Gläser türmten sich in der Spüle. Seit Tagen hatte sie die Spülmaschine nicht ausgeräumt. Im Wohnzimmer lagen Spielsachen und Kleidungsstücke. Wie hatte Mark es nur geschafft, auf Luca aufzupassen und dabei den Haushalt in Schuss zu halten?

Jeder Gedanke an Mark erfüllte sie mit tiefer Trauer. Gerade abends spürte sie den Verlust auf besonders grausame Weise. Das war ihre gemeinsame Zeit gewesen. Wenn Lena von der Arbeit kam, hatten sie den Tag zusammen ausklingen lassen. Alles in der Wohnung erinnerte sie an ihn – jede Vase, jedes Bild oder Möbelstück. Und am allermeisten natürlich Luca, der das Ergebnis ihrer großen Liebe war. Er hatte Marks Augen, seine Wangenknochen und seine Stirn. Leider würde er nie Marks Worte aufschnappen und nachahmen.

Lena räumte die Spülmaschine aus, sammelte das dreckige Geschirr ein, das auf Ess- und Wohnzimmertisch wartete, und stellte es in die Spüle. Besonders hartnäckig verkrustet waren die Teller und das Besteck. Die Spülmaschine würde das unmöglich alles wieder sauber bekommen. Mit viel Spülmittel und einer Bürste machte sich Lena ans Werk. Danach war Müllentsorgung angesagt.

Luca brauchte eine frische Windel, dann sortierte Lena die Wäsche. Eine kurze Riechprobe entschied darüber, ob Schrank oder Waschtrommel Ziel des Kleidungsstücks war.

Obwohl er längst im Bett hätte sein müssen, vertiefte Luca sich in seine Lieblingsbeschäftigung und versuchte, Bauklötze zu einem hohen Turm zu stapeln, als es an der Haustür klingelte.

Ein Blick auf den Monitor des Smart-Home-Systems verriet Lena, dass es Kommissar Peters war. Sie drückte den Türöffner und zog sich einen Kapuzenpulli über ihr bequemes T-Shirt.

Mit ernstem Gesicht betrat Peters die Wohnung. Sein unangekündigtes Erscheinen konnte nichts Gutes bedeuten. Doch was könnte jetzt noch Schlimmes passiert sein? Marks Tod und Lucas Entführung waren aufgeklärt.

»Ich habe schlechte Neuigkeiten. Herr Schenk wurde vor etwas über einer Stunde tot in seiner Zelle aufgefunden. Er hat sich erhängt.«

Kapitel 35

Wäre Lenas Herz nicht bereits aus ihrem Brustkorb gerissen worden, so wäre das zweifelsohne jetzt passiert. Sie konnte nicht glauben, was ihr Peters nun zum zweiten Mal behutsam erklärte. Es ergab keinen Sinn. Der Kommissar musste sich irren. Oder Lubetzki hatte etwas verwechselt. Oder Lena hatte sich verhört.

Verstört hob Lena Luca mehrfach hoch, um ihn kurze Zeit später wieder auf den Boden zu setzen. Luca schien es zu gefallen, er jauchzte.

Lena bot Peters bereits zum dritten Mal einen Espresso an. Dann schlich sie wortlos ins Schlafzimmer und schnappte sich die Tablettenpackung von ihrem Nachttisch. Sie kämpfte mit ihrer Beherrschung, verlor und schluckte eine Tablette. Es war, als ob das Blut in ihrem Körper zu kochen begänne. Wie ein eingeschalteter Wasserkocher, der allmählich dampfte.

Ihre Halsschlagader pumpte so heftig, dass Lena sich unweigerlich kratzen musste. Ihre Haut kam ihr vor wie überstrapaziertes Leder, das kurz vor dem Zerbersten war.

»Gibt … gibt … gibt es einen Abschiedsbrief?«, stammelte Lena apathisch.

»Ja, und er ist an Sie persönlich gerichtet.« Peters zog zwei zusammengefaltete Blätter aus seiner Jackentasche. »Meine Chefin hat genehmigt, dass Sie ihn lesen dürfen. Auch wenn der Brief an Sie gerichtet ist, müssen wir das Original zu Beweiszwecken in Verwahrung nehmen. Das verstehen Sie doch, oder?«

Der Kommissar erwartete keine Antwort und reichte Lena eine Kopie des Briefs. Die Seiten waren lieblos zusammengeheftet. Die Ecken waren geknickt und der Toner des Kopierers schwach. Bereits das letzte Treffen mit Robert hätte trotz der Umstände etwas mehr Würde verdient gehabt. Und nun das: Statt der handgeschriebenen Zeilen erhielt Lena eine schlechte Kopie. Taktlos. Wieder einmal.

Langsam setzte sie sich aufs Sofa. Schon bei den ersten Wörtern schossen Lena die Tränen in die Augen.

Liebe Leni,

wenn du diese Zeilen liest, bin ich tot. Es gibt für mich keinen anderen Ausweg.

Ich liebe dich wie meine eigene Schwester. Du weißt, dass mich meine Eltern nie akzeptiert haben. Nie war ich gut genug für sie. Die mediale Hetzjagd führte nun dazu, dass sie komplett mit mir gebrochen haben. Ich sei die Schande der Familie, ließen sie mir über ihren Anwalt mitteilen.

Du bist meine einzig verbliebene Familie, und genau genommen warst du das schon seit dem Kindergarten. Du warst die Einzige, die mich immer so akzeptierte, wie ich war. Voller Fehler und geprägt von Misserfolgen. Doch du standst immer hinter mir. Oder, besser gesagt, vor mir und hieltest deine schützende Hand über mich. Du warst schon immer die Stärkere von uns beiden. Für dich war ich gut genug.

Unsere Freundschaft hat mir unendlich viel bedeutet. Bei dir konnte ich mich fallen lassen und fühlte mich verstanden.

Lenas Mundwinkel zuckten bei jeder Zeile. Tieftraurig las sie weiter.

Du warst es, die mich vor den Hasstiraden meines Vaters bewahrt hat. Dir habe ich es zu verdanken, dass ich Rechtsanwalt wurde. Doch auch das reichte meinen Eltern nicht. In ihren Augen blieb ich der Versager. Oder, wie es mir meine Eltern per Anwalt mitteilten, ›der größte Fehler ihres Lebens‹. So was sollte ein Kind nie von seinen Eltern hören.

Lena fischte sich eine Wimper aus dem Auge. Ihr Blick verschwamm, aber sie las weiter, um den Brief kurz darauf fassungslos in ihren Schoß zu legen.

Kinder sollten auch nicht vom Anwalt ihrer Eltern mitgeteilt bekommen, dass sie adoptiert sind.

All die Jahre trauten sich meine Eltern nicht, mir die Wahrheit zu sagen. Und jetzt, wo ich das Ansehen der Familie beschädigt habe, kam ihnen diese Tatsache gerade recht. Der Anwalt war sogar so ›freundlich‹ und hat mir die Adoptionsdokumente ins Gefängnis gebracht. Meine Eltern ließen mir über ihn mitteilen, dass die Adoption von Anfang an ein unglückliches Missverständnis gewesen sei. Mein ganzes Leben ist also ein unglückliches Missverständnis. Natürlich informierten sie auch die Presse über meine Adoption, um den Ruf der Familie zu retten. Der Bastard aus gutem Hause.

Lenas Mund wurde trocken. Das wäre selbst für Hollywoodfilme oder Romane zu heftig.

»Übel, gell?«

Lena sah über Peters' deplatzierten Einwand hinweg.

Robert musste Höllenqualen gelitten haben, als er den Brief geschrieben hatte. Doch aus den Zeilen klang kein Wort der Reue oder Entschuldigung. Stattdessen trieften sie vor Selbstmitleid.

»Dieser Feigling. Robert ist des heimtückischen Mordes schuldig, wird überführt und statt sich seiner Tat zu stellen, flüchtet er sich feige in den Suizid.« Lena konnte nicht fassen, wie sich ihr ehemals bester Freund von ihr entfremdet hatte.

Meine liebe Leni, es war blöd von mir, dass ich mich auf Diana eingelassen habe. Es war noch blöder von mir, dass ich dir nicht davon erzählt habe. Den richtigen Moment dafür habe ich verpasst. Ich habe mich so geschämt. Geschämt, weil ein Verhältnis mit einer Assistentin in der Kanzlei nur Ärger gibt. Geschämt, weil ich als Anwalt ihr gegenüber in einem Weisungsverhältnis stehe. Geschämt, weil Diana letztlich auch deine Assistentin ist. Vor allem aber geschämt, dass ich es dir einfach nicht sagen konnte. Es war falsch, und ich bereue es zutiefst.

Dass mich Berg fallen lassen würde, war mir klar. Den Laden hätte ich eh verlassen, sobald meine Schulden abgezahlt gewesen wären.

Meine Schulden. Ein weiteres Thema, für das ich mich so unsagbar schäme. Ein weiteres Mal, dass du dich für mich aufgeopfert hast. Auch dafür möchte ich dir von ganzem Herzen danken, Leni.

Robert hatte bislang kein Wort darüber verloren, warum er Mark umgebracht und Luca entführt hatte. Woher all der Hass für seine bestialischen Taten gekommen war. War er wegen der Fotos der Skala des Bösen durchgeknallt? Lena verwarf den Gedanken. Das war doch etwas zu weit hergeholt. Robert gab die Tat weder zu noch stritt er sie ab. Allein der Gedanke an die Vernissage der Skala des Bösen ließ Lena erschaudern. Bereits an jenem Abend musste Robert seine Verbrechen bis ins kleinste Detail geplant haben, glaubte sie nun. Denn schon an diesem Abend war er seltsam gewesen. Aggressiv zu Mark und ausweichend ihr gegenüber. Kein Wunder. Das Arschloch hatte sie seit Wochen bespitzeln lassen. Hinzu kam die fehlende Unterstützung bei Berg oder das Verschweigen der Affäre mit Diana. Kleinigkeiten, die jede für sich selbst betrachtet nicht der Rede wert waren, führten mit einem Mal zu etwas Großem. Roberts Brief zeigte, wie perfide er selbst mit seinen letzten Worten an sie noch versuchte, sie zu manipulieren.

Was ich dir mitteilen muss, liebe Leni, wird dir das Herz brechen. Und das tut mir unendlich leid. Weil ich die letzte Person bin, die dir wehtun möchte. Aber ich muss es dir sagen. Das bin ich dir und unserer Freundschaft schuldig. Ich habe es der Staatsanwaltschaft nicht mitgeteilt, da es nur dich etwas angeht und uns beide diese Kommissarin Lubetzki ohnehin nicht ausstehen kann. Daher wüsste ich auch nicht, was sie mit dieser Information anfangen würde.

Lena atmete tief ein und schloss die Augen. Ihre Hände zitterten, und die Tablette machte sie benommen. Sie wusste nur eines mit klarem Verstand: Sie vermisste ihren alten Robert und war angewidert von der kranken Seele, zu der er geworden war.

Ich habe Sanders mit der Observation von Mark betraut. Er ging fremd, und ich wollte Beweise dafür sammeln.

»Was für ein schwachsinniger Scheiß!« Ungehalten feuerte Lena die Seiten durchs Wohnzimmer.

»Bitte hören Sie nicht auf zu lesen, Frau von Nierstein. Ich muss wissen, was Sie von der ganzen Geschichte halten«, sagte Peters.

Angewidert hob Lena den zusammengehefteten Brief auf. Sie las weiter, auch wenn sie die Vorwürfe für ungeheuerlich hielt.

Ich habe Mark vor vier Wochen mit einer Blondine in der Sauna des Fitnessstudios erwischt. Ich habe ihn zur Rede gestellt, doch er stritt alles ab. Selbstgefällig lachte er mich aus. Daher rührte übrigens auch unser angespanntes Verhältnis auf seiner Vernissage. Ich habe ihm gedroht, dir alles zu erzählen, wenn er es dir an eurem gemeinsamen Abend nicht beichten würde.

Auf Sanders bin ich in den Kanzleikontakten gestoßen. Bereits nach zwei Tagen zeigte er mir massenhaft eindeutige Fotos von Mark und der Blondine. Damit war der Job für mich erledigt. Doch die Angelegenheit verselbstständigte sich, und nachdem du von einem Stalker berichtet hast, befürchtete ich, Sanders stecke dahinter. Vor Kurzem habe ich herausgefunden, dass er euch sogar in der Wohnung bespitzelt hat. Ich drohte ihm mit einer Klage, sofern er dich und deine Familie nicht in Ruhe lassen würde.

Lena schüttelte immer wieder ungläubig den Kopf. »Wie perfide ist das denn? Mein Mark soll fremdgegangen sein?

Erst bringt dieses Schwein ihn um, und dann trampelt er noch auf seiner Ehre rum?«

»Bitte lesen Sie noch den letzten Absatz, Frau von Nierstein. Bitte. Ich muss wissen, was Sie davon halten.«

Widerwillig kam Lena der Bitte nach.

Meine liebe Lena, ich weiß, dass ich viele Fehler gemacht habe. Zu viele. Aber eines musst du mir glauben. Niemals hätte ich dir Luca weggenommen. Niemals! Und auch wenn Mark dir untreu war, hätte ich ihn doch niemals getötet. Ich hätte nie einen Menschen töten können, und erst recht niemanden, den du liebst. Denn für mich wirst du immer das Wichtigste in meinem Leben bleiben: meine Schwester!

In Liebe und tiefer Freundschaft

Dein Robi

Lena knüllte den Brief zusammen und wollte ihn Peters reichen. Sie hatte für einen Moment sogar Mitleid mit Robert empfunden. Er war offensichtlich psychisch krank gewesen. Aber das mit Mark war einfach zu viel.

»Sie können die Kopie behalten, Frau von Nierstein. Dann nehmen wir Ihre Aussage noch zu Protokoll, dass Sie den Inhalt des Briefs ebenfalls für eine Lüge halten, und wir können den Fall schließen. Da Herr Schenk tot ist, kann der Mörder Ihres Mannes nicht mehr verurteilt werden. Andere Anhaltspunkte oder Verdächtige gab es ohnehin nicht.«

Lena kam es vor, als wäre Peters erleichtert. Ihm war wichtig, das Ganze ad acta zu legen. Für ihn war es ein Verbrechen von vielen. Schon bald würde er keinen Gedanken mehr daran verschwenden.

Doch für sie war es ihr Leben.

Kapitel 36

Lena wälzte sich im Bett hin und her. Trotz einer zweiten Beruhigungstablette konnte sie nicht schlafen. Die Sonne war bereits aufgegangen und zauberte einen mystischen Schleier übers Westend. Mal war es unter der Bettdecke zu warm und mal zu kalt. Selbst Lucas friedliches Schnaufen aus dem Kinderbett neben ihr hatte keine beruhigende Wirkung auf sie. Seit seiner Entführung ertrug sie es nicht mehr, von ihrem Sohn getrennt zu sein, und hatte sein Bettchen in ihr Schlafzimmer geholt. In der Nacht war er noch hellwach gewesen und hatte spielen wollen. Grundsätzlich schien er alles gut überstanden zu haben. Die medizinische Untersuchung und psychologische Erstbetreuung hatten keinen Anlass zur Besorgnis gegeben.

In Lenas Kopf sammelten sich Gedankenstränge mit losen Enden. Wie kalt gewordene Spaghetti, die aneinanderklebten, so blieben auch ihre Überlegungen hängen.

Lena spürte den Druck der immer stärker verklumpenden Spaghetti im Kopf. Sie wusste, dass die Beruhigungstabletten ihrer Gesundheit schadeten, wagte es jedoch noch nicht, sich der nüchternen Realität zu stellen. Sie hasste sich dafür. Sie wollte ganz für Luca da sein, aber der Schmerz war zu groß und die Erlösung durch die Tabletten so leicht.

In ihrem Körper spürte sie noch eine andere beunruhigende Entwicklung. Wenn die Trauer und der Abschiedsschmerz überhandnahmen, überkam sie eine ohrenbetäubende Stille. Lena trauerte nicht nur um Mark, auch Robert war tot. Auch wenn sie Robert für das, was er getan hatte, hasste, so vermisste sie doch die alte Vorstellung von ihrer tiefen Freundschaft.

Kurz danach durchdrang sie wieder ein beruhigender Lärm. Ein Gebrüll, das sie aufforderte, sich zusammenzureißen, alle Energie in Luca und die Herausforderungen des Lebens zu stecken.

Lena stieg aus dem Bett. Welche Prüfung das Leben auch immer für sie bereithielt, sie würde sie bestehen. Für Luca.

Sie schaltete die Espressomaschine ein und holte Milch aus dem Kühlschrank.

Spontan stellte sie die Tasse neben Marks Laptop und startete ihn. Wenn es etwas zu finden gab, dann in seinem Computer. Auch wenn sie sich illoyal vorkam, Lena musste sämtliche Zweifel beiseiteräumen, um dieses Kapitel abschließen zu können.

Lena wollte Mark als das in Erinnerung behalten, was er für sie gewesen war: ein liebevoller Ehemann und toller Vater. Ihre uneingeschränkte Liebe zu ihm sollte nicht durch haltlose Beschuldigungen beschmutzt werden.

Sie fuhr den Laptop fuhr hoch. Wieder stieß sie auf den verschlüsselten Ordner, der jetzt nicht mehr so unschuldig wirkte wie letztes Mal. Lena wollte Gewissheit. Sie versuchte es auch mit abwegigen Daten und Begriffen als Passwort, die sie jedoch allesamt nicht weiterbrachten. Hinweise auf das richtige Passwort fanden sich weder auf dem Schreibtisch noch sonst in der Wohnung.

Erst jetzt fiel ihr auf, dass das Ordnersymbol aussah wie ein Museum. Hatte Mark das so gestaltet? Warum? Lenas komisches Bauchgefühl verstärkte sich. Es war, als hätte Mark den Ordner betont harmlos wirken lassen wollen. Ihr wurde übel. Einem Impuls folgend griff sie zum Mobiltelefon und wählte die Nummer des Museums. »Guten Morgen. Wie schön, dass ich Sie so früh erreiche und das auch noch an einem Samstag. Mein Mann Mark war vor ein paar Tagen bei Ihnen wegen Ihrer ausgeschriebenen Stelle und …«

Der Mitarbeiter des Museums unterbrach Lena irritiert. »Ich verstehe Sie nicht ganz. Wer soll sich bei uns beworben haben? Und wofür? Wir haben seit Monaten keine freie Stelle.«

»Das wundert mich. Sie müssen sich täuschen. Mein Mann war Anfang der Woche bei Ihnen. Den ganzen Vormittag lang, und er wurde dabei durch Ihr Haus geführt.«

»Wenn das ein Scherz sein sollte, bin ich dafür nicht in Stimmung. Guten Tag.« Der Mitarbeiter legte auf.

Lena starrte auf den Hörer. Was um alles in der Welt hatte das zu bedeuten? Sie konnte sich unmöglich geirrt haben. Mark hatte eindeutig vom Museum für Moderne Kunst erzählt. Erst Roberts Behauptung und dann das. Hatte nicht auch Sanders Andeutungen gemacht? Sie hatte dem keine Bedeutung beigemessen. Aber hatte er nicht so was gesagt wie *Wenn du wüsstest, was Mark wirklich für einer war, würdest du nicht von Liebe sprechen?*

Lena schreckte auf, als ihr Handy klingelte.

»Hey, Süße«, meldete sich Diana. »Schön, dass du wach bist. Soll ich mit Brötchen vorbeikommen?«

Diana hätte nicht unpassender anrufen können. Lena stand der Sinn überhaupt nicht nach einem Kaffeeplausch. Ihre Gedanken kreisten einzig darum, was sie mit der Information des Museumsmitarbeiters anfangen sollte, und Sanders' Kommentar nagte an ihr. Aber Diana absagen wollte sie auch nicht. Nicht nach dem, was sie für Lena getan hatte.

»Ja, komm gern vorbei. Bis gleich.« Lena legte auf. Sie musste noch einmal mit Sanders sprechen. »Können Sie ein Passwort auf Marks Laptop knacken?«, fragte sie wenig später am Telefon.

»Natürlich. Gib mir 30 Minuten.«

Sanders klingelte, kurz nachdem Diana aufgetaucht war, die gerade frischen Kaffee kochte. Luca schlief immer noch in seinem Kinderbett.

»Erwartest du jemanden zum Frühstück?«, fragte Diana.

»Das wird Sanders sein. Erzähle ich dir gleich«, sagte Lena auf dem Weg zur Tür mit Marks Laptop in der Hand.

Als ihr Nachbar eintreten wollte, versperrte sie ihm den Weg. »Ich möchte, dass Sie nie wieder meine Wohnung betreten. Ich hoffe, das verstehen Sie. Hier ist Marks Laptop. Können Sie das Passwort knacken?«

Sanders nahm den Computer wortlos entgegen. Während er im Hausflur eine Software installierte, durchbrach Lena die Stille. »Sie wissen sicher, dass sich Robert im Gefängnis das Leben genommen hat, oder?«

Sanders sah weiter auf den Monitor und antwortete knapp: »Ja, ich weiß.«

»Dann wissen Sie auch, dass er Sie nicht mehr verklagen kann, wenn Sie mir den Grund für seinen Auftrag verraten. Tja, und da ist noch etwas.« Sie begann zu flüstern. Sie wollte das Thema auf keinen Fall vor Diana ausbreiten. »Bei unserer letzten Begegnung in Ihrer Wohnung haben Sie etwas angedeutet.«

Sanders lächelte. »Begegnung ist gut, Lena. Was meinst du? Raus damit.«

Sanders' Geduze ging ihr zunehmend auf die Nerven, sie sagte jedoch nichts. Schweigend blickte sie zu Boden.

Auch wenn Sanders ihre Hasstiraden und Schläge verdient hatte, taten sie ihr dennoch leid. So tief hätte sie niemals sinken dürfen. Es schien Lena, als wäre sie die ersten Stufen der Skala des Bösen hinaufgestiegen, und das gefiel ihr überhaupt nicht. Mit weiterhin gesenkter Stimme fuhr sie fort. »Es ging um meinen Mann. Sie haben etwas in der Richtung gesagt, wenn ich wüsste, was er wirklich für einer wäre, würde ich nicht von Liebe sprechen.«

Sanders blickte Lena nachdenklich an. »Hier, bitte schön. Einfach auf die Datei klicken. Willst du das wirklich wissen, Lena? Deine beiden Fragen führen zu einer Antwort.«

Lena nickte Sanders zu und nahm den Laptop entgegen.

»Nun gut. Schenk hatte den Verdacht, dass dein Mann fremdging.«

Sie sah ihn zögernd an. »Was … ähm … was haben Sie rausgefunden?«

»Nun, dass er es mehrfach getan hat, Lena. Und dass ich das kaum als Liebe bezeichne. Daher auch mein Kommentar. Und das wirst du garantiert auch in dem Ordner finden. Ich weiß mittlerweile, wie dieser notorische Fremdgeher gedacht hat. Schau dir den Ordner lieber nicht an.«

Doch zu spät. Lena hatte bereits draufgeklickt. In Millisekunden katapultierten sie Sanders' Worte und die Bilder, mit denen sie nun konfrontiert wurde, in eine andere Welt. Sie fühlte sich wie im falschen Film. Wie in einem Comicstreifen von Tom und Jerry, in dem sie in jeder neuen Szene mit einem großen Schmiedehammer einen Schlag auf den Kopf bekam.

Lena lachte hysterisch auf. Dann scrollte sie durch eine Flut an Sexfotos und -videos. Alle waren selbst gedreht beziehungsweise aufgenommen worden. Sie zeigten Mark im Rausch der Wollust mit einer Rothaarigen.

Lena ging in die Wohnung und knallte Sanders die Tür vor der Nase zu.

Diana trat mit Brötchen in der Hand zu ihr und starrte verblüfft auf den Bildschirm. »Dieses Arschloch. Dieser Wichser. Wie konnte er dir das nur antun?« Sie nahm Lena fest in den Arm und bewahrte sie vor dem sicheren Fall in das nächste tiefe Loch.

Als wäre ein Fremder in den Filmen zu sehen, gab sie nüchtern Antwort. »Wie konnte ich nur so blind sein? Das ist Annika. Unsere Nachbarin von unten. Sie hatte einen kurzen Auftritt bei der Vernissage von der Skala des Bösen, und ihr kleiner Cousin spielt ab und zu mit Luca auf dem Spielplatz.«

»Während Mark wohl Turnunterricht bei ihr hatte«, platzte es aus Diana heraus. »Na warte. Der werden wir es zeigen«, schnaubte sie.

Kreidebleich stammelte Lena: »Dann hat Robert also nicht gelogen. Er hat Mark von Sanders observieren lassen, um Beweise zu sammeln. Um mich zu beschützen. Was, wenn er auch beim Rest nicht gelogen hat? Was, wenn Lubetzki ihn zu Unrecht verdächtigt hat – und ich ihn auch? Ich hab dir ja von Roberts Abschiedsbrief erzählt.«

»Natürlich war das Arschloch der Mörder. Du hast die Kommissarin doch gehört. Jetzt lass uns deine Nachbarsschlampe auseinandernehmen.«

Zutiefst verunsichert schnappte sich Lena das Babyphone mit Bildübertragung und ihren Wohnungsschlüssel und lief mit dem Laptop bewaffnet zusammen mit Diana die Stufen hinunter. Sanders war wieder in seine Wohnung verschwunden.

Kapitel 37

Lena klingelte Sturm.

Schlaftrunken öffnete Annika. Sie schien eine lange Nacht hinter sich zu haben und über den frühen Besuch wenig erfreut. In einer unverschämt gut sitzenden Shorts und einem leichten Tanktop lehnte sie am Türrahmen.

Annika war zweifellos hübsch. Sie strahlte eine jugendliche Unbekümmertheit aus. Lena konnte sich vorstellen, wieso ihr die Männer verfielen. Warum aber ausgerechnet ihr Mann zu den genitalgesteuerten Primaten gehört hatte, wollte Lena nicht einleuchten. War es der Sex mit Annika wert gewesen, ihre Liebe, ihre Beziehung, ihr Familienleben zu riskieren? Oder hatte Mark etwa mehr als reine Körperlichkeit mit dem jungen Ding verbunden?

Lena wollte etwas sagen, doch Diana kam ihr zuvor. »Du Schlampe bist mit dem Mann meiner Freundin ins Bett gegangen! Sie sind verheiratet. Sie haben einen kleinen Sohn, du Miststück!«

Schlagartig schien sich Annika in ihrem knappen Outfit unwohl zu fühlen. Eingeschüchtert und mit hochrotem Kopf bat sie die beiden, im Wohnzimmer Platz zu nehmen. Lena und Diana setzten sich schweigend auf die Couch, platzierten das Babyphone in Hörweite und schauten immer wieder auf dem Bildschirm nach Luca. Annika warf sich eine Wolljacke über und schlüpfte in eine Jogginghose. Es schien, als suche sie in der bequemen Kleidung eine Form von Schutz. Dann platzten die Worte aus der jungen Frau heraus. »'tschuldige. Bitte verzeih mir, Lena! Es war das Dümmste, was ich jemals getan habe. Ich schäme mich so. Es tut mir auch unendlich leid, was deinem Mann zugestoßen ist. Die Polizei hat nach seinem Tod das gesamte Haus befragt.«

Lena musterte Annika. Sie schien sich aufrichtig zu schämen. »Was du da getan hast, tut mir unsagbar weh, Annika. Ich kann dir nur wünschen, dass du niemals selbst zu spüren bekommst, wie sich das anfühlt.«

Hätte Lena die Videos und Fotos nicht gesehen, so hätte sie Annika vielleicht verzeihen können. Zu sehr aber hatten sich die Sexszenen in ihr Gehirn gebrannt. Zu vertraut, zu tabulos hatten Mark und Annika sich aufeinander eingelassen. Gerade das Verspielte, das Vertraute verletzte Lena. »Es war kein einmaliger Ausrutscher, richtig? Wie lange ging das Ganze mit euch? War mehr als Sex im Spiel?«

Annika ließ sich in einen Sessel fallen. Unruhig rutschte sie hin und her. Lena griff hilfesuchend nach Dianas Hand. Mit der anderen spielte sie mit ihren Haaren.

Annika holte tief Luft und nestelte verlegen an einem kitschigen Hello-Kitty-Armband, das sie trug. »Es hat vor knapp einem Jahr begonnen. Ich habe Mark zufällig beim Einkaufen getroffen, und wir haben uns auf Anhieb gut verstanden. Zu der Zeit hatte ich Besuch von meinem Cousin. Er ist nur drei Jahre älter als Luca. Du kennst ihn ja.« Annika blickte Lena kurz an und fuhr fort. »Du musstest übers Wochenende wohl arbeiten, und so kam Mark mit Luca zu mir.«

Lena war fassungslos. Es war also eine handfeste Affäre gewesen, die bereits wenige Monate nach Lucas Geburt begonnen hatte. Lena ließ sich die Kränkung und Enttäuschung nicht anmerken. Vielleicht lag es an den Beruhigungstabletten oder der emotionalen Berg- und Talfahrt der letzten Tage. Jedenfalls merkte sie, wie in ihr etwas erstarkte. Plötzlich konnte sie distanziert mit den Ereignissen umgehen. Lenas fester Blick verunsicherte Annika wohl noch mehr. »War Luca die ganze Zeit bei euch? Ich hoffe für dich, dass mein Sohn eure Spielchen nicht mitbekommen hat.«

»Nein. O Gott. Nein. Natürlich nicht, Lena. Wirklich! Glaub mir das bitte.«

War Lena zunächst erleichtert darüber, machte sie die Konsequenz, die sich aus dieser Erklärung ergab, kurz darauf fassungslos: Mark musste Luca regelmäßig bei einem Babysitter gelassen haben, den Lena noch nicht einmal kannte.

Verletzt wandte sie sich an Diana. »Mark hat meinen Luca abgeschoben wie ein lästiges Anhängsel, nur um seinen Trieb zu befriedigen. Wie jämmerlich. Hoffentlich hat er wenigstens einen zuverlässigen Babysitter gewählt.«

Ihr wurde flau bei dem Gedanken, dass Luca einem wildfremden Menschen überlassen worden war.

Das war nicht der Mann, den sie geheiratet hatte und der ihr vor dem Altar ewige Treue geschworen hatte. Das war nicht der Mann, von dem sie gedacht hatte, dass er Luca und sie uneingeschränkt liebte, sich kompromisslos aufopferte.

»Kurz nach der Vernissage zur Skala des Bösen habe ich die Affäre beendet«, sagte Annika.

Diana starrte sie giftig an. »Erwarte jetzt keinen Orden von uns. Wurde der Sex zu langweilig?«

»Nein, das war es nicht. Mark bombardierte mich eines Morgens mit Vorwürfen. Ich hätte dir, Lena, in einem

Parkhaus aufgelauert, würde dir Drohbriefe schreiben und dich stalken. Als ich Robert bei der Vernissage kennengelernt habe, habe ich das zum Anlass genommen, mich von Mark loszueisen.«

Lena sah Diana mit leerem Blick an. »Deshalb hat das Arschloch mich nicht ernst genommen. Er dachte, Annika würde dahinterstecken. Und mich ließ er in dem Glauben, er würde mich für verrückt halten. Ich fasse es nicht. Wie kann ich mich nur so in ihm getäuscht haben?« Lena stand auf. Sie hatte genug gehört. Außerdem wollte sie Luca nicht noch länger alleine lassen.

Annika hielt sie auf. »Bitte glaube mir. Ich habe nicht verstanden, wovon Mark sprach, und hatte offen gestanden auch keine Lust, den Quatsch zu verstehen. Erst recht nicht, nachdem ich von einer weiteren Frau erfuhr, mit der er etwas hatte. Irgendeine Blondine, deren Namen ich nicht kenne. Ich weiß nur, dass Mark sie wohl in einem Fitnessstudio getroffen hat.«

Kapitel 38

Lena und Diana spielten mit dem dick eingepackten Luca auf dem Eisenbahnspielplatz. Der Kleine hatte sichtlich Spaß.

Auch die kühle Dezemberluft konnte Lenas düstere Stimmung nicht vertreiben. Mark war seit mehreren Tagen tot, doch mit den Erkenntnissen der letzten Stunden hatte sich Lenas Trauer verändert.

»Ich kann dir nicht genau sagen, was ich gerade fühle, Diana«, sagte sie. »Einerseits vermisse ich Mark unglaublich, selbst nach dem, was ich erfahren habe. Ich würde ihm so gern den Kopf abreißen und ihm sagen, wie unglaublich enttäuscht ich von ihm bin. Niemals hätte ich das von ihm gedacht. Aber ich kann ihm noch nicht einmal Vorwürfe machen. Mit ihm darüber reden, wie es so weit hatte kommen können. Was falsch lief. Ich bin zutiefst gekränkt, und das muss ich mit mir allein ausmachen.«

Während Luca im Sandkasten Förmchen stapelte, hielt Diana tröstend Lenas Hand. »Tut mir leid, aber Mark war offenbar ein rücksichtsloses Schwein, und Annika ist eine Schlampe. Und was sollte diese Behauptung von wegen Mark hätte noch eine Affäre mit einer unbekannten Dritten gehabt? Mit irgendeiner Brünetten. Lächerlich. Die wollte doch nur ablenken.«

Lena seufzte laut auf. »Eine Blondine. Annika hat nicht abgelenkt. Leider. Sanders hat ebenfalls bestätigt, dass es kein einmaliger Seitensprung war. Wusstest du eigentlich, dass Robert Sanders damit beauftragt hat, Mark zu bespitzeln? Er wollte Beweise für Marks Untreue sammeln.«

Diana sah Lena überrascht an. »Was? Das ist ja unfassbar. Das habe ich natürlich nicht gewusst. Hätte ich dir sonst sofort gesagt. Das ist ja heftig. Denk aber daran, dass Sanders eine Vollmeise hat.«

»Einerseits ja, andererseits hilft er mir. Dank ihm habe ich schließlich meinen Liebling wieder.« Lena schaute stolz Luca zu, wie er die Rutsche hochkletterte und mit einem lauten Jauchzen heruntterglitt.

»Halte dich bitte von Sanders fern. Ich traue ihm weiterhin nicht.«

»Seit wann bist du denn so ängstlich, Diana? So kenne ich dich gar nicht. Ich brauche seine Hilfe. Ich will wissen, ob er die Adresse dieser Blondine kennt. Ich muss sie zur Rede stellen.«

Diana drückte Lenas Hand fest. »Das bringt doch alles nichts, und du machst dich damit nur noch unglücklicher. Selbst wenn es diese Tussi geben sollte, was hast du davon, mit ihr zu reden? Denk an das Video mit Annika. Manchmal ist es besser, weniger zu wissen. Hak es ab. Mark ist fremdgegangen, und Robert hat ihn deswegen ermordet. Das ist schlimm genug. Allein diese Tatsache zu verarbeiten, wird nicht leicht werden.«

Lena blickte nachdenklich in den Himmel. »Robert hat den Mord in seinem Abschiedsbrief vehement abgestritten, alles andere aber zugegeben. Den Fremdgeh-Vorwurf habe ich ja auch erst für eine Lüge gehalten. Vielleicht war Robert ja wirklich unschuldig.«

Diana klatschte laut in die Hände. »Hey Lena, aufwachen! Das ist doch Quatsch. Natürlich war es Robert. Das hat die Polizei zweifelsfrei festgestellt, und die Akte wurde geschlossen. Bohre nicht weiter in der Wunde. Denk an Luca. Er braucht dich. Und Berg benötigt dich in zwei Monaten für ein Megaprojekt. Du bist jetzt wieder seine Nummer eins.«

Lena vergrub die Fingerspitzen im Sand des Spielplatzes und zog Linien. Die Furchen zwischen den kleinen Quarzsteinchen wurden immer tiefer. Als hätte Luca seinen Namen gehört, rannte er auf Lena und Diana zu. Lena breitete die Arme aus. Doch Luca kuschelte sich an Diana.

»Wow, Diana. Luca mag dich. Das hat er noch nie bei jemand Fremdem gemacht. Normalerweise dauert es Tage, bis er seine Scheu ablegt.« Lena stand entschlossen auf. »Du hast recht. Ich muss es hinter mir lassen und nach vorn schauen. Das Leben muss weitergehen. Luca zuliebe.«

Als Lena mit Luca allein in ihrer Wohnung war, ging ihr die Blondine nicht aus dem Kopf. Sie wusste, dass der Weg hin zu einem normalen Leben lang sein würde. Aber er konnte erst beginnen, wenn sie keine offenen Fragen mehr hatte. Eigentlich wollte sie Sanders nicht mehr um Hilfe bitten, aber ein allerletztes Mal brauchte sie ihn noch.

»Nanu? Das wird ja schon zur Gewohnheit«, meldete sich Sanders amüsiert am Telefon.

»Entschuldigen Sie bitte. Auch dass ich Sie im Flur habe stehen lassen. Es wurde mir einfach zu viel, diese Fotos und Videos von Marks Geliebter. Annika habe ich vorhin konfrontiert, und sie hat eine Blondine erwähnt, die auch etwas mit meinem Mann gehabt haben soll.« Sie dachte daran, dass Robert ebenfalls eine Blondine erwähnt hatte.

»Ja. Eine gewisse Claire. Sie war die Zweite im Spiel. Es war jedoch nur eine kurze Affäre. Die beiden haben sich lediglich zweimal getroffen. So plötzlich, wie sie mit Mark angebandelt hatte, so plötzlich ließ sie ihn fallen.«

Sanders' Tonfall ließ Lena aufhorchen. »Da ist doch noch etwas, oder?«

»Nun ja, ich kann es nicht belegen. Es ist so ein Bauchgefühl, aber das hat mich selten im Stich gelassen. Mir kam es so vor, als wollte sie etwas Bestimmtes von Mark, und als sie es bekommen hatte, haute sie wieder ab. Und ich spreche nicht von Sex.«

Lena stutzte. »Also steckte mehr dahinter? Was, wenn diese Claire etwas mit dem Mord an Mark zu tun hatte? Vielleicht hat sie sich eine Beziehung erhofft und fühlte sich verarscht. Oder vielleicht ist Claire auch zweigleisig gefahren, und ihr Partner hat Mark aus Eifersucht umgebracht. Robert hat den Mord ja in seinem Abschiedsbrief abgestritten.«

»In diese Richtung habe ich bislang nicht gedacht. Das kann ich schnell rausfinden. Ich melde mich.«

Sanders' abrupte Verabschiedung überraschte Lena, kam ihr aber gelegen. Je eher er diese Idee verfolgte, umso schneller konnte er Licht ins Dunkel bringen. Ein anderer Gedanke ließ sie nicht los: Als Sanders die zweite Affäre bestätigt hatte, hatte es ihr nicht wehgetan.

Lena lenkte sich mit Hausarbeit ab. Auch wenn es noch zu früh für Luca war, um zu essen, kochte sie ihm sein Lieblingsgericht: Fischstäbchen mit Kartoffeln. Sie bereitete auch eine Portion Gemüse zu, obwohl Luca dies stets verschmähte. Das Telefon klingelte. »Das ging schnell, Sanders. Haben Sie was?«

»Ja.« Sanders klang aufgeregt.

Lena wurde unruhig, ein Kälteschauer kroch über ihren Rücken.

»Ich habe die Mobilfunkdaten von Claire untersucht. Exakt an Marks Todestag hat sie die letzte Textnachricht an ihn geschickt. Den Inhalt der Nachricht kann ich leider nicht sehen. Der Zeitpunkt kann Zufall sein, dachte ich mir und habe mir Claires Bewegungsprofil angeschaut. Natürlich ist auch das illegal, aber dafür umso interessanter.«

»Was meinen Sie damit?«

»Na, ich habe dir ja bereits gesagt, dass man mir den Mord an deinem Mann unterschieben wollte, indem man seinen Autoschlüssel und sein Portemonnaie in meinen Briefkasten geworfen hat. Es blieb dafür nur ein relativ enges Zeitfenster zwischen der Ermordung deines Mannes und dem Auffinden der Gegenstände in meinem Briefkasten. Wann genau der Mord stattgefunden hat, hat mir ein Kollege erzählt, der von deiner Schwiegermutter beauftragt wurde. Er hatte Einsicht in die Ermittlungsakte. Der Rest war ein Kinderspiel. Claires Bewegungsprofil über den Mobilfunkanbieter hacken und schauen, wo sie in diesem Zeitraum gewesen ist. Sie muss sich hier in der Nähe aufgehalten haben. Die Funkzelle ist aber leider größer, und daher kann ich nicht mit Sicherheit sagen, ob sie am Briefkasten war, aber Ort und Zeit passen. Ist doch ein seltsamer Zufall, oder?«

»Dann hat sie Mark umgebracht und Luca entführt?«

»Langsam, Lena. Jetzt wird es kompliziert. Ihr Telefon war nicht in der Nähe des Tatorts eingeloggt. Stattdessen in Briefkastennähe und kurz vorher in der Funkzelle des Hauptbahnhofs. Zu dieser Zeit hat sie bei der Bahnhofspolizei eine Anzeige gegen Unbekannt erstattet. Jemand hat ihr wohl in der U-Bahn 40 Euro gestohlen. Ich konnte online das Protokoll hacken.«

Lena war beeindruckt, wie viele Informationen Sanders in so kurzer Zeit hatte ermitteln können. Sie überlegte kurz. »Die Anzeige bei der Bahnhofspolizei kommt mir sehr konstruiert vor. Was, wenn diese Claire den Diebstahl erfunden hat, um ein wasserfestes Alibi für die Tatzeit zu bekommen? Und dann hat sie irgendwo auf dem Weg vom Bahnhof zum Briefkasten einen Komplizen getroffen. Der hat ihr Portemonnaie und Autoschlüssel übergeben, um eine falsche Fährte zu legen. Warum ausgerechnet Sie unter Verdacht geraten sollten, würde auch passen. Sie muss bemerkt haben, dass Sie sie beschatten.«

Sanders klatschte in die Hände. »Das ist es. Es müssen zwei Täter sein. Robert und Claire kannten einander. Zumindest hat Robert sie zusammen mit Mark im Fitnessstudio gesehen.«

»Robert wusste, dass Sie Claire ebenfalls observiert haben, richtig?«

»Ich wollte ihm bei unserem letzten Treffen alle Details mitteilen, aber dazu kam es nicht mehr. Er blaffte mich an, dass der Auftrag erledigt sei und ich nie wieder in eure Nähe kommen solle. Er hat mir sogar mit einer Anzeige gedroht, wenn ich nicht sofort alles einstellen würde. Komisch, oder?«

Lena erinnerte sich an Roberts Erklärung aus dem Abschiedsbrief. »Nicht wirklich, Sanders. Robert wusste von meinem Stalker und vermutete zu Recht, dass Sie dahinterstecken. Er wollte das Ganze stoppen.«

»Lass uns nicht mehr darüber reden.« Sanders seufzte peinlich berührt. »Was aber, wenn er mit der Szene Claire den nötigen Freiraum verschaffen wollte, damit sie Mark unbeobachtet in eine Falle locken konnte? Und Robert hat dann den Rest erledigt.«

Lena kam die Geschichte nicht rund vor. »Claire war doch nicht in Tatortnähe und Mark auf dem Weg zum

Geburtstag meiner Schwiegermutter. Das passt nicht so ganz zusammen, finde ich. Haben Sie irgendeinen Beweis bei Claire gefunden, dass sie mit Robert gemeinsame Sache gemacht hat?«

»Leider nein, das heißt aber nicht, dass es keinen gibt. Vielleicht hat sie ein nicht angemeldetes Prepaidhandy oder eine E-Mail-Adresse, die ich nicht kenne. Einfacher wäre es, bei Schenk nachzusehen. Bei ihm läuft jede Kommunikation über den Kanzleiserver. Selbst den Auftrag zur Observation hat er über seine Arbeitsadresse abgewickelt. Er war da bequem. Wir müssten also nur in seinen Posteingang kommen. Doch genau hier liegt das Problem. Das Netzwerk ist von außen undurchdringbar. Selbst für mich ist es viel zu gut geschützt.«

»Ich könnte morgen ganz früh ins Büro gehen und den IT-Kollegen um Hilfe bitten. Der IT-Chef arbeitet jeden Sonntag, so wie die meisten Anwälte, die gerade mit einem Projekt beschäftigt sind. Mir fällt schon eine passende Erklärung dafür ein. Ein gemeinsames Projekt oder so. Doch eines passt nach wie vor nicht: Was hätte Robert für ein Motiv gehabt? Ich zerbreche mir seit Tagen den Kopf, aber kann den Beweggrund einfach nicht sehen. Und warum hätte er mit Claire gemeinsame Sache machen sollen?«

Sanders lachte auf. »Dummerchen, wach auf. Aus Eifersucht. Robert wollte dich für sich allein haben.«

Kapitel 39

Lena schlief in der Nacht erneut kaum. Selbst die Beruhigungstabletten konnten ihr nicht helfen. Nie und nimmer war Robert in sie verliebt gewesen. So gut hatte sie ihn gekannt. Andererseits hätte sie ihm bis vor Kurzem auch niemals einen Mord zugetraut. Sanders hatte recht. Bevor sie zur Polizei gehen konnte, brauchte sie mehr Beweise, zumal Sanders' Ermittlungsmethoden illegal waren.

Luca bei ihrer Schwiegermutter abzugeben, tat Lena weh. Auch wenn sich der Kleine prima mit seiner Oma verstand, schrie er wie am Spieß, als sie sich allein auf den Weg in die Kanzlei machte. Und das, obwohl sich Lena geschworen hatte, nie wieder die Arbeit vor Luca zu stellen. Diesmal ging sie jedoch aus einem anderen Grund zu Scrutch & Partners.

Es war früher Sonntagvormittag und die Kanzlei so gut wie leergefegt. Das war Lena gerade recht für ihr Vorhaben. Nur Sasch, der technische Sicherheitschef, war stets ein Early Bird und nutzte den Sonntag für ein Update der Kanzleisoftware. Und er war vor allem eines: ein ausgewiesener Fachmann auf seinem Gebiet und dazu äußerst verantwortungsbewusst. Lena brauchte ihn.

Sie öffnete die Tür mit der Aufschrift »IT-Helpdesk«. Sasch packte gerade sein Frühstück aus.

Lena tastete sich langsam heran. »Guten Appetit, Sasch. Ich hoffe, es geht dir gut?«

Er zuckte zusammen. »Huch! Hast du mich erschreckt. Was kann ich für dich tun?«

Lena liebte seine direkte Art. Er redete nie um den heißen Brei herum. »Ich brauche Zugang zu Roberts Rechner. Du weißt sicher, dass er sich das Leben genommen hat, und jetzt muss ich mich um ein Projekt kümmern. Mir fehlt jedoch die komplette Korrespondenz.«

Sasch sah sie entgeistert an, als habe er sich verhört. Er beugte den Oberkörper zu ihr. »Du willst so unmittelbar nach der Tragödie wieder zurück ins Hamsterrad? Ihr Anwälte kennt auch nur eure Arbeit. Dafür benötige ich die schriftliche Genehmigung des projektverantwortlichen Partners. Hast du die?«

»Ach, Sasch. Wie lange kennen wir uns schon? Natürlich habe ich die Genehmigung. Aber mündlich. Es muss schnell gehen. Der Mandant braucht eine dringende Antwort, und daher haben wir den formellen Weg abgekürzt.«

Sasch überlegte einen Moment lang und zog die Tastatur zu sich. Lena schöpfte Hoffnung, doch dann hielt er inne. »Ist der verantwortliche Partner Berg? Ich rufe ihn schnell an, damit er mir den Auftrag bestätigt.«

»Er ist gerade mit eben diesem Mandanten beschäftigt«, log Lena. »Er flippt aus, wenn wir ihn wegen so etwas Läppischem behelligen.«

Sasch schob die Tastatur von sich. Nachdem er einen großen Bissen von seinem Brötchen genommen hatte, sagte er entschieden: »Nein. Keine Chance. Das mache ich nicht ohne Rücksprache.«

»Bitte, Sasch. Tu mir den Gefallen. Es ist wichtig. Ich würde niemals gegen Bergs Interessen handeln.«

Doch Lena biss bei ihm auf Granit. Resigniert verließ sie Saschs Büro und stieß auf dem Flur fast mit Berg zusammen.

»Sie hätte ich erst deutlich später hier erwartet, Frau von Nierstein. Wie geht es Ihnen?«

Verlegen und mit hochrotem Kopf entschuldigte sich Lena und suchte nach einer Erklärung. Aber die einzige, die ihr in den Sinn kam, war die Wahrheit. »Ich habe beim Helpdesk nachgefragt, ob ich Zugang zu Roberts E-Mails erhalte, aber hatte leider keinen Erfolg damit. Es gibt neue Anhaltspunkte, und ich erhoffe mir von der Durchsicht seiner E-Mails Gewissheit. Aber dafür benötige ich Ihre Genehmigung.«

»Neue Anhaltspunkte. Ich hoffe aber doch keine Hinweise auf Herrn Schenks Unschuld? Verstehen Sie mich bitte nicht falsch, doch das wäre für die Sozietät eine Tragödie. Wir haben ihm wegen der Schilderungen des Ermittlungsrichters und der Kommissarin Lubetzki außerordentlich gekündigt. Wenn wir das zu Unrecht getan hätten, könnte uns ein Journalist am Ende für den Suizid verantwortlich machen. Nicht auszudenken, was das für Konsequenzen haben könnte.«

Lena war von Bergs Schlussfolgerungen angewidert. Wieder ging es nur um das Wohl der Kanzlei. Dennoch kam ihr Bergs Gedankengang gelegen. »Genau das möchte ich ausschließen. Ich gehe nicht von seiner Unschuld aus, aber die Unsicherheit darüber wäre nicht gut. Für die Kanzlei nicht und auch für mich nicht.«

»Sie haben meine volle Unterstützung. Ich komme kurz mit ins Helpdesk.« Sie betraten Saschs Büro, der an seinem Brötchen kaute. Berg raunzte ihn an: »Was stellen Sie sich so an? Helfen Sie Frau von Nierstein mit Robert Schenks Mails. Ich habe keine Zeit, mich wegen solcher Dinge mit Ihnen auseinanderzusetzen.« Zu Lena sagte er: »Halten Sie mich informiert – oder zumindest Diana Weber. Sie kommt gleich, denn sie muss noch Papierkram für mich erledigen.«

Offenkundig wollte er mit der Angelegenheit möglichst nicht in Verbindung gebracht werden.

Lena war es recht. Bergs Aufforderung zeigte Wirkung. Sasch stopfte sich den Rest seines Brötchens in den Mund. Marmelade rann sein Kinn hinunter und sammelte sich in zwei Lachen auf dem Schreibtisch.

Lena zog mehrere Feuchttücher aus ihrer Handtasche. »Wie gut es doch ist, die auf alles vorbereitete Mutter eines kleinen Kindes zu sein.« Sie lächelte ihm beruhigend zu und wischte den Tisch ab. Saschs verkrampfte Körperhaltung löste sich. Seine eingefrorenen Gesichtszüge tauten auf.

»Na, dann wollen wir mal«, sagte er mehr zu sich selbst. Keine zehn Sekunden später stand er auf und bot Lena seinen Stuhl an. »Ich gehe mir einen Kaffee holen. Links siehst du Roberts Maileingänge, in der Mitte seine Ausgänge und rechts alle Dokumente, die er in der Cloud hat. Übrigens, Lena, was mich wundert, ist, dass die Polizei nie um Zugang gebeten hat. Ich dachte, die seien von Amts wegen zur Gründlichkeit verpflichtet.«

Sasch schlurfte aus dem Büro. Lenas Adrenalinpegel stieg. Sie durchforstete zunächst Roberts Hauptordner, klickte auf die Inbox und scannte im Schnelldurchlauf die eingegangenen und gesendeten E-Mails. Wenn man bei Großkanzleien etwas lernte, dann war es ein perfekt ausgeklügeltes Ablagesystem. Wenn Mandanten anriefen oder es aus anderen Gründen schnell gehen musste, sparte das wertvolle Zeit.

Lena fand keinerlei Nachrichten an Claire. Auch keine, die ansatzweise in die Richtung Liebschaft mit einer Unbekannten gingen.

»Moment mal. Er hatte doch eine Affäre mit Diana«, erinnerte sich Lena. Sie klickte auf Roberts Korrespondenz mit ihr. Wobei man kaum von Korrespondenz sprechen konnte. Es war eher eine einseitige Überschwemmung mit Liebesschwüren. Allein vor vier Wochen hatte Diana täglich bis zu fünf Nachrichten geschrieben, die alle unbeantwortet geblieben waren. Nur am Abend vor Marks und Lucas Verschwinden hatte es eine Reaktion von Robert gegeben. Lena klickte darauf. Der Text war knapp und eindeutig.

Lass mich endlich in Frieden. Es war ein einmaliger Ausrutscher, den ich zutiefst bereue. Ich hätte mich niemals darauf einlassen sollen. Wie oft soll ich dir das noch sagen oder schreiben? Sieh es endlich ein!

Das war heftig. Offensichtlich hatte Diana die Geschichte mit Robert aufgebauscht. Dianas Antwort war keine Minute später eingegangen. Hasserfüllt.

Das wirst du noch bereuen, so mit mir zu spielen. Du wirst sehen. Ich weiß alles von dir. Auch dass du Mark von Sanders bespitzeln lässt. Was Lena wohl zu deinem miesen Geheimnis sagen wird?

Lena wurde kreidebleich und versuchte zu schlucken.

Diana hatte gelogen. Sie hatte von Marks Observation gewusst. Auch hatte sie über ihre Beziehung zu Robert die Unwahrheit gesagt. Doch warum nur?

Lena nutzte die Funktion der E-Mail-Suche und grenzte den Zeitraum auf einen Tag vor Marks und Lucas Verschwinden bis zu Roberts Inhaftierung ein. Es ploppten mehrere Nachrichten auf.

Gab es E-Mails zur Tatzeit?

Ihr schossen die Tränen in die Augen. Wie hatte das bei den Ermittlungen übersehen werden können? Robert hatte mehrere Dutzend E-Mails vor, während und auch nach der Entführung geschrieben. Es handelte sich um

Korrespondenzen mit Mandanten, die Anfragen gestellt und kurz darauf zu Roberts ausführlichen Stellungnahme eine Rückfrage gehabt hatten. Robert musste zu der Zeit gearbeitet haben. Die Mails waren zeitnah beantwortet worden und zu detailliert, als dass man zur gleichen Zeit seelenruhig eine Entführung und einen Mord hätte durchführen können. Eine derart breit gefächerte, fachlich anspruchsvolle Kommunikation konnte niemand fälschen. Ein Totalversagen von Lubetzki.

Robert war unschuldig, und Lena hatte den Beweis. Schwarz auf weiß. Ihr Puls beschleunigte sich, als ihr eines bewusst wurde: Sie Rindvieh hatte Robert nicht geglaubt. Ihre Vorwürfe mussten ihn tief verletzt haben. O Gott – und vielleicht sogar in den Tod getrieben haben. Aber eines stand ebenfalls fest: Marks Mörder lief noch immer irgendwo da draußen frei herum.

Lena sah klar wie lange nicht.

Wie hatte sie das nur übersehen können? Machten sie die Beruhigungsmittel so dämmrig, dass sie die Signale nicht hatte erkennen können? Sie musste mit den Tabletten aufhören.

Lena suchte nach E-Mails an Berg mit ihr in Kopie. Sie wollte den Beweis, dass Robert auch in dieser Sache die Wahrheit gesagt hatte. Diana hatte stets behauptet, dass Robert entgegen seiner Beteuerung keinerlei positive E-Mails über Lena an Berg versandt hatte. Es gab etliche Treffer. Die meisten davon enthielten überschwängliche Lobpreisungen Roberts von Lenas Arbeit.

Sie zückte ihr Mobiltelefon und scrollte hastig zum besagten Zeitraum. Fehlanzeige. Keine Nachrichten von Robert. Auch unter den gelöschten Nachrichten nicht.

Es gab nur eine Erklärung: Diana.

Großer Gott, warum hielt sie Mails geheim? Diese Nachrichten hatte Lena nie gesehen, obwohl sie mit der richtigen Adresse im Verteiler gewesen war. Diana hatte sie gegen Robert aufgehetzt und die Nachrichten aus ihrer Inbox gelöscht, bevor sie sie lesen konnte. Warum hatte sie das getan?

Lena kannte die Antwort bereits. Sie scheute sie aber und wollte die letzte Gewissheit. Zu oft hatte sie in den letzten Tagen mit ihrem Urteil danebengelegen.

Wie hatte sie nur so blind sein können? Jetzt verstand sie auch Bergs Kritik anlässlich ihres letzten Performance Gesprächs, dass sie öfter aus dem Maschinenraum treten sollte. Damit meinte Berg, dass Lena mehr mit ihm gemeinsam bei Mandanten erscheinen sollte, statt hinter Büchern vergraben in der Bibliothek die Recherchearbeiten zu erledigen. Er hatte wahrscheinlich mehrfach darum gebeten, und sie hatte nie etwas davon mitbekommen.

Diana hatte dies jedes Mal geschickt verhindert. Berg hatte Lena mehrmals um Unterstützung vor Ort gebeten, doch Diana die Anfragen im Hintergrund geblockt. Beim Energiedeal hatte sie wohl nicht mehr anders gekonnt und Lenas Teilnahme an dem Termin dann auch noch als ihr Verdienst verkauft. Sie hatte die Dreistigkeit besessen, sich dafür von Lena feiern zu lassen.

Lena fiel es wie Schuppen von den Augen: Der Komplize von Claire war nicht Robert. Was, wenn es Diana war? Es fehlte aber der Beweis, dass sie tatsächlich involviert war, und auch, dass sich Diana und diese Claire kannten. Jetzt die Polizei anzurufen, wäre zu früh. Was sollte Lena auch sagen? Diana hatte ihr E-Mails vorenthalten und sie wegen Robert angelogen?

Lena meldete den Zugriff auf Roberts Account ab und versuchte, sich auf Dianas Rechner einzuwählen. Das Fenster »Administratorenrechte« erschien, begleitet von einem Warnton. Ein zwölfstelliger Code musste eingegeben werden.

In dem Moment kam Sasch mit einem Teller voller Marzipanschnecken und zwei Bechern schwarzen Kaffees herein. Lena schaltete reflexartig den Bildschirm aus und sprang vom Stuhl. Sie ärgerte sich über diese Dummheit, da es nur eine Frage von Sekunden war, bis Sasch den Bildschirm erneut einschalten würde. Aber nun war es zu spät, um etwas daran zu ändern.

»Hast du schon gefrühstückt?«, fragte er und schlurfte zu seinem Schreibtisch. Dort angekommen, stellte er Teller und Becher ab. »Ich hab dir was mitgebracht.«

»Total lieb von dir, Sasch, aber ich muss los. Luca wartet auf mich. Wir sehen uns. Lass es dir schmecken.«

Fast erleichtert, durch Lenas Absage mehr für sich allein zu haben, widmete sich Sasch seinen Marzipanschnecken.

Lena dachte nur an eines: Sie musste Beweise finden. Sie musste zu Diana nach Hause. Für Robi. Was für ein Verrat! Lena war tief erschüttert.

Kapitel 40

Diana wohnte am Frankfurter Stadtwald, zwischen dem Waldstadion der Eintracht und der Heinrich-Seliger-Straße. Eine idyllische Gegend, wenn nicht alle fünf Minuten Urlaubsbomber dröhnend über die Wohnsiedlung fliegen würden. Wobei es seit der Coronakrise etwas weniger geworden waren. Dianas kleine Einliegerwohnung befand sich im Souterrain.

Diana müsste zwischenzeitlich im Büro sein. Berg hatte keine Skrupel, sie sogar an einem Sonntag in die Kanzlei zu zitieren. Lena hoffte, dass die Eigentümerin des Haupthauses, eine ältere Dame, die sie zweimal gesehen hatte, ebenfalls nicht zu Hause war. Lena schlich unterhalb des Küchenfensters an der Hauswand entlang und blieb unmittelbar vor dem Kellereingang stehen.

Was machte sie eigentlich hier, fragte sie sich selbst, wonach sollte sie suchen? Irgendwie sinnlos, bei Diana einzubrechen und den Job der Polizei erledigen zu wollen. Wie sollte sie ohne Schlüssel in Dianas Wohnung gelangen? Und vor allem unbemerkt?

Lena hatte Glück. Die Kellertür war nur angelehnt. Das musste Schicksal sein. Lenas Herz schlug ihr bis zum Hals. Ihre Hände wurden feucht. Das war Hausfriedensbruch, schoss es ihr durch den Kopf. Erneut riskierte sie ihre Zulassung als Anwältin.

Lena öffnete die Kellertür leise und schlüpfte in den Gang. Das Haus war Anfang des 19. Jahrhunderts gebaut worden. Auch wenn es zwischenzeitlich gewiss mehrfach saniert worden war, war es teilweise renovierungsbedürftig. Das Kellergewölbe roch entsprechend modrig. Die kühle Feuchtigkeit schlug Lena beim Betreten wie ein nasser Lappen entgegen.

Dianas Wohnungstür befand sich am Anfang des Flurs. Am Ende des Ganges waren die Kellerräume der Vermieterin. Lena rüttelte an Dianas Wohnungstür. Natürlich war sie verschlossen. Was hatte sie erwartet? Aber vielleicht hatte sie erneut Glück und fand einen Ersatzschlüssel.

Lena hob den Fußabtreter vor Dianas Wohnung an.

Leider nichts. Der karge Steinboden lachte ihr kalt entgegen. Das fahle Licht leuchtete den Flur nur in Teilen aus. Lenas letzte Hoffnung war, dass sie in der Dunkelheit auf dem schwarzen Steinboden den Schlüssel übersehen hatte.

Sie hockte sich hin und tastete mit ihren Händen den Türschlitz entlang.

»Was machen Sie da? Hände hoch. Ich bin bewaffnet.«

Lena spürte einen harten Metallgegenstand am Hinterkopf und zuckte zusammen. Mit erhobenen Händen stand sie langsam auf und versuchte, die Situation zu entschärfen. Sie meinte, die Stimme der Vermieterin erkannt zu haben. »Hallo, ich heiße Lena von Nierstein. Bitte tun Sie mir nichts. Ich bin eine Freundin von Diana. Sind Sie es, Frau Berthold?«

Lenas Knie zitterten. Vielleicht stand hinter ihr gar nicht die nette alte Dame, sondern der Mörder war ihr gefolgt und sie saß in der Falle. Langsam, ganz langsam drehte sich Lena um. Sie blickte direkt in das fahle Licht. Die im Dunkeln stehende Person war nur schemenhaft wahrzunehmen. Anhand der Silhouette erkannte Lena, dass es sich um eine Frau mit einer Schusswaffe handelte. Sie fühlte sich hilflos. Ausgeliefert.

Panik stieg in ihr auf. Der schwer einsehbare Kellergang machte es leicht, jemanden von der Umwelt unbemerkt aus dem Weg zu räumen.

Lena sah sich vorsichtig nach Fluchtmöglichkeiten um, als die Gestalt ebenfalls in das fahle Licht trat.

»Ach, Sie sind es, mein Kindchen. Meine Güte, haben Sie mich erschreckt. Warum sagen Sie denn nichts, bevor Sie ins Haus gehen?«

Lena fiel ein Stein vom Herzen, als Dianas Vermieterin auf sie zukam.

Frau Berthold hatte sie wiedererkannt und lächelte sie freundlich an. »Diana ist nicht da, mein Kindchen. Sie ist arbeiten. Aber das wissen Sie sicher.«

Sie blinzelte Lena zu. Ihr schien das schwache Licht Probleme zu bereiten. Erst jetzt bemerkte Lena, dass der metallene Gegenstand keine Pistole, sondern eine Gartenschere war.

»Hallo, Frau Berthold.« Lena atmete erleichtert auf.

»Kindchen, Moment.« Die alte Dame fasste sich ans Ohr. »Mein Hörgerät. Ich habe mal wieder vergessen, es einzuschalten.«

»Frau Berthold, schön, Sie zu sehen. Ich weiß, dass Diana im Büro ist, deshalb bin ich hier. Sie hat etwas zu Hause vergessen und mich geschickt, es abzuholen. Diana meinte, dass unter dem Fußabtreter ein Ersatzschlüssel wäre, aber da ist er leider nicht, und nun komme ich nicht rein.« Lena hielt den Atem an. Es gefiel ihr nicht, die liebenswerte Frau zu belügen, doch sie hatte keine andere Wahl.

Frau Berthold verzog das Gesicht und schüttelte energisch den Kopf.

Lenas Herz pochte erneut wie wild. Ihre Lüge schien aufgeflogen zu sein.

»Aber Kindchen. Niemals wären wir so leichtsinnig. Es gibt viel zu viele schlechte Menschen auf der Welt. Da ist Vorsicht besser als Nachsicht.« Sie hob belehrend den Zeigefinger.

Lenas Gedanken kreisten immer schneller um eine passende Erklärung. Sie suchte krampfhaft nach einer Ausrede. In diesem Moment zog Frau Berthold einen großen Schlüsselbund vom Rockgürtel. Sie ging klimpernd die Schlüssel durch und hielt triumphierend einen nach oben. »Da ist er, mein Kindchen. Ich schließe Ihnen auf. Allerdings kann ich nicht warten. Gleich habe ich einen Termin bei der Fußpflege. Ziehen Sie einfach die Tür hinter sich zu. Ich schließe sie später ab.«

Lena konnte ihr Glück kaum fassen.

Sie betrat Dianas Wohnung. Sie war im Gegensatz zum maroden Flur erst vor wenigen Jahren ausgebaut worden und entsprechend modern gestaltet. Die Dreifachverglasung der Fenster ließen den Fluglärm kaum durch. Lena winkte der alten Dame zum Abschied zu und schloss die Tür.

Kapitel 41

»Oh, hi, Diana, hier ist Sasch. Ich hatte eigentlich Berg angerufen, aber er hat offenbar sein Telefon auf dich umgestellt. Ich muss dringend mit ihm sprechen. Kannst du mich durchstellen?«

Diana wunderte sich über Saschs Drängen. Normalerweise war er die Ruhe selbst, und Berg wegen IT-Themen zu stören, war ungewöhnlich. »Was ist denn los?«

»Tut mir leid, das kann ich dir nicht sagen. Es geht um Lena, das muss ich mit ihm persönlich klären. Er hat schließlich die Autorisierung zur E-Mail-Durchsicht gegeben.«

Diana wurde unruhig. »Ach so. Die Autorisierung. Sag das doch gleich. Berg ist in einem wichtigen Mandantengespräch und will nicht gestört werden. Was ist das Problem? Vielleicht kann ich dir helfen? Warte, ich komme rüber.« Nachdenklich ging sie zum IT-Helpdesk und öffnete die Tür, ohne anzuklopfen. Sasch schreckte hoch.

»Trinkst du mittlerweile zwei Kaffee gleichzeitig?«, fragte ihn Diana statt einer Begrüßung.

»Nö«, antwortete er mit vollem Mund. »Der zweite war für Lena, aber die hatte es plötzlich eilig. Heute ist vielleicht ein Tag. Dabei ist doch Sonntag. Erst Lena mit ihrer Hektik und dann hab ich auch noch von Berg einen auf den Deckel bekommen.«

»Aha. Was gibt's denn so Dringendes bei dir?«

»Berg war angepisst, weil ich ihn um eine Bestätigung gebeten habe, dass Lena wirklich in Roberts Posteingang schauen darf. Erneut will ich von ihm nicht zusammengefaltet werden.«

»Ja, Berg kann ganz schön ungemütlich werden. Mach dir keine Sorgen. Ich kümmere mich um alles. Berg sollten wir damit besser nicht nerven. Aber jetzt sag, was das Problem ist.«

Sasch legte eine angebissene Marzipanschnecke auf den Teller. »Genau genommen gibt es kein Problem. Doch etwas war komisch. Lena hatte nur die Autorisierung zur Durchsicht von Roberts Nachrichten.«

»Boah, Sasch. Bitte! Lass dir nicht alles aus der Nase ziehen. Was ist los?«

Er rutschte unruhig auf seinem Bürosessel hin und her. »Na ja. Sie hat versucht, in deinen Posteingang zu gelangen. Hat natürlich nicht geklappt, da ihr der Zugangscode fehlte.«

Diana hielt kurz die Luft an. »Das war okay, ich hab es ihr erlaubt. Ich habe sie dann direkt an meinen Rechner gelassen.«

Sasch war erleichtert. »Uff. Gut, dass ich Berg nicht kontaktiert habe. Dann hat sie also die Projektdokumente von dir bekommen, und es ist geklärt?«

»Ja, alles in bester Ordnung. Oder gibt es noch etwas, das dich beschäftigt?«

»Nee. Sie wurde plötzlich etwas komisch. Und ich dachte, es läge daran, dass sie nicht in deinen Account kam. Es war aber bestimmt, weil sie wegen ihres Sohnes schnell nach Hause musste.«

»Oh ja. Der kleine Luca schreit wie am Spieß, wenn Lena zu lange weg ist. Passt also und ist kein Grund, sich Gedanken zu machen.« Diana lächelte Sasch an und verließ sein Büro.

Auf dem Flur zog sie ihr privates Handy aus der Tasche und öffnete eine Spyware-App. Zwei Klicks später wusste sie, dass Lena in den letzten zwei Stunden keine Nachrichten geschrieben und auch mit niemandem telefoniert hatte.

»Gut so, dann bleibt es unser Geheimnis. Ein weiterer Fehler, liebe Lena.« Diana lachte in sich hinein. Sie fühlte sich ihr gegenüber seit Wochen überlegen, und in Momenten wie diesen genoss sie ihre Macht über die Nachwuchsstaranwältin besonders. Ein weiterer Klick offenbarte Lenas Standort. »Die Schlampe ist bei mir. Und noch ein Fehler, meine Liebe.«

Dianas Lächeln erstarrte zu einer Fratze. Sie eilte zu ihrem Wagen und raste los.

Kapitel 42

Lena schaute ins Wohnzimmer. Das einzige Auffällige war, wie akribisch Diana die Wohnung geputzt hatte. Alles war akkurat aufgeräumt und sauber. Nirgendwo ein Staubkorn. Fast steril. So pedantisch gereinigt, dass man auf dem Fußboden hätte essen können.

War das ein Tick von Diana, der Lena bisher nicht aufgefallen war, oder eine Sicherheitsmaßnahme, um Spuren zu verwischen? Ungewöhnlich war auch, dass es keine persönlichen Dinge gab. Fotos von der Familie oder Freunden fehlten. Bei Lenas letztem Besuch hatte es in der Wohnung anders ausgesehen. Das war zwar merkwürdig, aber es deutete nichts darauf hin, dass Diana etwas mit der Entführung oder dem Mord zu tun hatte. Lena kam sich blöd vor. Ihre Fantasie schien mit ihr durchgegangen zu sein. Ja, Diana hatte ihr Mails vorenthalten, aber das machte sie noch lange nicht zur Mörderin. Andererseits hätte sie Beweise sicherlich besser versteckt oder würde sie zumindest nicht in der Wohnung aufbewahren.

Lena ging in die Küche. Alles war auf Hochglanz poliert und stand ordentlich an seinem Platz. Dasselbe im Bad. Selbst Haare in der Bürste gab es nicht. Der Kosmetikeimer war leer und ebenfalls lupenrein.

Das war schon irgendwie komisch, fand sie.

Lena lief ins Schlafzimmer. Es war abgedunkelt. Der Rollladen verhinderte den kleinsten Schimmer von Sonnenlicht. Es war das einzige Zimmer mit breiter Glasfront zum Garten.

Sie knipste das Licht an und sah sich um. Auch hier alles sauber und aufgeräumt. Lena öffnete die Schränke und Schubladen. Nichts kam ihr verdächtig vor.

Sie kniete sich vor das Bett und lugte darunter. Als sie die Matratze hochhob, raschelte etwas. Eine kleine Schachtel klemmte zwischen Lattenrost und Kopfteil.

Lena öffnete sie, zwei ausgeschaltete Handys waren darin. Sie erkannte sofort ihr altes Mobiltelefon und das von Mark. Er hatte die Buchstaben SGE eingravieren lassen – Sportgemeinschaft Eintracht. Sein Lieblingsverein. Unter den Handys befand sich eine zerknitterte Karte. *Das Leben ist vergänglich. Wahre Liebe nicht.* Und ihr Sport-BH lag zusammengeknüllt in der Schachtel.

Lena wollte schreien. Dass Diana all die Sachen hatte, konnte nur eines bedeuten: Sie war die Mörderin! Sie bekam kaum noch Luft.

Das Miststück. Diana hatte es erst Sanders in die Schuhe schieben wollen, aber weil er Marks Portemonnaie und Autoschlüssel vor der Polizei gefunden hatte, hatte Robert als Sündenbock herhalten müssen. Diese Schlange.

Die Skala des Bösen brauchte eine zusätzliche Stufe. Das war das Niederträchtigste, was Lena je erlebt hatte.

Nun hatte sie den Beweis und die entsetzliche Gewissheit.

Lena wollte aufstehen, aber ein Schlag auf die Schädeldecke hinderte sie daran. Sie brach lautlos zusammen.

Kapitel 43

Woher kam der stechende Schmerz? Lenas Hand wanderte zu ihrem Kopf und durchwühlte ihr dickes Haar. Die Schädeldecke war feucht. Sie tastete weiter und schreckte zurück. Ihr linkes Bein zuckte, als sie es berührte. Sie musste sich beim Sturz verletzt haben. Von der Stirn tropfte ihr etwas ins Auge. Lena wischte sich übers Gesicht und starrte auf ihre Hände. Sie waren voller Blut.

Geistesabwesend rieb sie Daumen und Zeigefinger aneinander und verschmierte das dickflüssige Blut. Es roch leicht süßlich und irgendwie schwer.

Komisch. In Krimis stand immer, Blut würde metallisch riechen. Irgendwie absurd. Wie riecht schon Metall? Lena steckte sich die Zeigefingerkuppe in den Mund und verzog angewidert das Gesicht. Es schmeckte metallisch.

Die Erkenntnis brachte ihre Erinnerung zurück. Lena sah sich hektisch um. Zu hektisch. Ein weiterer Stich durchfuhr ihren Körper. Ihr fiel ein, dass sie in Dianas Wohnung gewesen war. Und dort war sie noch immer.

O Gott. Sie würde ihr nächstes Opfer sein. Wie hatte sie nur so dumm sein und ihr ins Netz gehen können?

Lena konnte vom Schlafzimmer aus in die Küche blicken. Die Türen standen sperrangelweit offen. Diana saß seelenruhig am Esstisch und schälte eine Mandarine. Bekam sie nicht mit, dass Lena stark blutete?

Lena wollte aufstehen. Erst jetzt merkte sie, dass ein Bein und ein Arm mit Kabelbindern am Bettpfosten fixiert waren. Sie war festgebunden. Lena sank zurück auf den Boden und starrte Diana an. »Warum? Warum tust du mir das an?«

Diana schälte konzentriert eine weitere Mandarine und biss ins saftige Fruchtfleisch. Sie fuhr sich mit der Zunge über die Lippen und genoss wohl die köstliche Süße.

Als hätte jemand den Lautstärkeregler gefunden, erzählte Diana zunächst leise und kurz darauf immer lauter von ihrem Wochenendworkshop für Partnerassistentinnen. »Der Workshop war wie für uns gemacht. Ein ganzes Wochenende über hat uns Prof. Ross über die Grundzüge des Zivil- und Strafrechts informiert, damit wir zumindest grob verstehen, was ihr Anwälte den ganzen Tag so arbeitet. In den Pausen diskutierten wir leidenschaftlich, warum es den perfekten Mord nicht geben kann. Natürlich konnte er nicht ahnen, dass uns seine Ausführungen dazu dabei halfen, genau diesen zu planen. Claire und ich haben eifrig mitgeschrieben. Und das, obwohl wir ja nur dumme Sekretärinnen sind. Dass Robert Ross' Kontaktdaten im System finden konnte, war allerdings blöd von mir. Ausgerechnet einer der besten Strafverteidiger hat dir geholfen. Aber was soll's. So ist es noch mal spannend geworden.«

»Claire? Also hatte Sanders Recht«, platzte es aus Lena heraus. »Wer ist diese Claire?«

»In der Kanzlei nennen wir sie immer bei ihrem Zweitnamen. Claire fühlt sich wohler damit, wenn ihr Unmenschen sie nicht mit ihrem richtigen Vornamen anspricht. Das sorgt für eine innerliche Distanz bei ihr. Ich rede natürlich von Amelie, Claire Amelie, um genau zu sein, du Superschlaue.« Diana fühlte sich sichtlich wohl in ihrer dominanten Rolle.

Lena riss die Augen auf. »Meinst du unsere Amelie? Die Assistentin, die von Hartmut Fischer angebaggert und kurz darauf entlassen wurde? Sie heißt Claire mit erstem Namen? Gütiger Gott.«

»Wen sollte ich sonst meinen?« Dianas Augen blitzten auf. »Dem Fischer haben wir sein Verhalten zwischenzeitlich heimgezahlt. Du wolltest die Schweinerei ja auf sich beruhen lassen. Obwohl du mir versprochen hattest, etwas zu unternehmen. Zu Berg hast du nichts gesagt, obwohl ich dir die Gelegenheit dazu gegeben habe. Und statt den Fischer mit seiner Scheißtat zu konfrontieren, hast du ihn getröstet. Verräterin! Claire war vielleicht sauer, als sie euch gesehen hat. Sie ist die perfekte Ergänzung zu mir.« Diana lachte. »Ihr Anwälte haltet zusammen. Wir Assistentinnen aber auch.«

Lena schnaubte vor Wut. »Was soll das heißen?«

»Na, was wohl, du oberschlaue Anwältin? Abgestochen haben wir die Sau. Der erste Mord war am schwierigsten.«

Lena schaute Diana fassungslos an.

»Sei doch nicht so naiv, du Staranwältin. Nachdem Claire bei Nors & Partners so schroff und arrogant von Alexander Madlung abgelehnt worden war, musste er das büßen. Weißt du, was der Dreckskerl Claire statt einer Festanstellung angeboten hat? Hundert Euro für Sex. Madlung meinte, er wüsste von ihrer Affäre mit Fischer und dass sie jetzt immerhin dafür bezahlt werden würde. Mann, hat Claire auf den Idioten eingestochen. Sie kam richtig in Fahrt, als sein Blut spritzte wie in einem Schlachthof. Dich wollten wir anfänglich nur etwas erschrecken. Für deine Scheiß-Tröstaktion mit Fischer. Es war herrlich, dein angstverzerrtes Gesicht in der Tiefgarage zu sehen. Claire hatte so einen Spaß. Ich hätte am liebsten laut gelacht, als du von einer gollumgleichen Gestalt gefaselt hast. Dass sich dieser Supernerd Sanders in dich verliebte, machte die Story perfekt. Na ja, und als du großkotzig in dem Zeitungsbericht über Marks Vernissage die ganze Aufmerksamkeit auf dich gelenkt hast und dann noch behauptet hast, es gäbe kein perfektes Verbrechen, fühlten wir uns von dir herausgefordert. Jetzt hast du also unsere Aufmerksamkeit. Ach ja, meine Liebe, echt geil, dass du deine DNA bei der Umarmung von Fischer kurz vor seinem Tod auf ihm verteilt hast. Da wirst du bei der Kripo schwer rauskommen. Gerade, wo dich die Lubetzki doch so ätzend findet.«

Diana lächelte. »Nimm's gelassen, Lena. Dein Mark war eh ein Schwein. Was ist das bitte für ein Mensch, der seiner Frau wenige Monate nach der Entbindung fremdgeht und während der Schäferstündchen sein Kleinkind an einen wildfremden Menschen abschiebt?«

Lena dröhnte der Schädel.

Selbstgefällig lästerte Diana darüber, wie arrogant alle Anwälte seien. »Bereits im ersten Jahr dürfen Junganwälte durch die Welt fliegen und Weiterbildungen besuchen. Statt dankbar zu sein, beschweren sie sich. Warum schon wieder ein Samstag dafür geopfert werden müsse. Warum der arme Anwalt die Kosten für das teure Fünfsternehotel vorstrecken müsse. Warum die Seminarunterlagen mit ins Handgepäck müssten und nicht per Post nachgeschickt werden könnten. Bla, bla. Alter, gehen mir eure Probleme auf den Sack.«

Dianas verächtliche Stimme wurde immer schriller. »Und was ist mit uns? Sind wir etwa Menschen zweiter Klasse? Oder eher dritter Klasse, weil die IT-Kollegen ja bei euch einen besseren Status genießen als wir. Wie nennt ihr uns Assistentinnen noch mal?«

Diana tat so, als würde sie nachdenken, und zischte dann mit rollenden Augen: »Ach ja, Support-Funktion. Und wir sind Sekretärinnen. Noch nicht mal die Bezeichnung Assistentinnen hat sich durchgesetzt. Dabei gibt es niemanden, der mehr assistiert. Den Arsch tragen wir euch hinterher.«

Lena fühlte sich wie in einem Horrorthriller, in dem ein Psychopath sich immer mehr in Rage redete und kurz vor dem großen Finale von der Polizei überrumpelt wurde. Hoffentlich passierte das gleich auch hier.

Sie konzentrierte sich auf Geräusche von draußen, aber leider gab es keine Hinweise auf eine baldige Rettung. Warum auch? Niemand außer Frau Berthold wusste, wo sie war, und die war nicht zu Hause.

Lena zerrte am Kabelbinder. Keine Chance. Er saß fest. Und das Bett war zu schwer, um es zu bewegen. Sie dachte an Luca und schluckte ihre Tränen hinunter. Sie musste jetzt stark sein.

Wieso hatte sie niemandem Bescheid gesagt? Dafür könnte sie sich ohrfeigen. Wie naiv sie an die Sache herangegangen war! Wie eine träge Fliege war sie Diana in die Falle gegangen. Plötzlich klingelte Lenas Telefon.

Diana zog ihr das Handy aus der Tasche. Auf dem Display leuchtete der Name von Lenas Schwiegermutter.

Diana schaltete es aus. »Ei, ei, ei. Die verhasste Schwiegermutter. Macht sich wohl schon wieder Sorgen. Zumindest ist der kleine Hosenscheißer diesmal bei ihr. Noch mehr Nächte voller Geplärre will ich mir nicht geben. Claire war es auch leid, auf ihn aufzupassen. Du siehst, Frau Anwältin, wir haben an alles gedacht und uns gegenseitig Alibis verschafft. Das perfekte Verbrechen eben. Oder soll ich besser sagen: die perfekten Verbrechen?«

O Gott, sie gab es zu, schoss es Lena durch den Kopf. Sie gab alle Taten zu! Das konnte nichts Gutes bedeuten. »Bitte binde mich los, Diana. Keine Sorge, ich weiß nicht, wovon du sprichst, und das hier ist alles nur ein Missverständnis, weil du mich für einen Einbrecher gehalten hast.«

Dianas Augen funkelten. »Ein Missverständnis? Du hattest nie eine Chance gegen mich, Frau Superanwältin. Über Verbrecher hättest du mal ein Buch lesen sollen und nicht über den nutzlosen Paragrafenkram. In kritischen Lebensphasen wie diesen hilft dir der nämlich nicht weiter.«

Lena empfand eine Mischung aus Mitleid und Hass. »Warum hast du das getan?«

Diana lachte schrill auf. »Weil ich es kann. Weil wir die perfekten Verbrechen geschaffen haben.«

»Es gibt kein perfektes Verbrechen. Jeder macht einen Fehler, alles kommt irgendwann raus.«

Diana schüttelte den Kopf. »Diese Verbrechen sind perfekt. Ich habe dich manipuliert. Wie eine Marionette habe ich dich gesteuert, und sämtliche Spuren führen zu dir. Jede einzelne. Du hast Hartmut Fischer nachweislich als Letzte lebend gesehen. Du hast es sogar bei der Polizei zu Protokoll gegeben. Und der Pförtner hat bezeugt, dass du es so eilig hattest, die Tiefgarage zu verlassen, dass du ihn fast totgefahren hast. Ach ja, und deine DNA findet sich wie gesagt bei Fischer. Die haben wir auch am Tatort von Madlung hinterlassen. Ich sagte dir mal, dass ich es hasse, wenn Leute ihre Haare an Stuhllehnen kleben lassen. Damit habe ich dich gemeint, du Miststück. Erschrick also nicht, wenn Lubetzki dich damit konfrontiert, dass du einen Fehler gemacht hast. «

Diana lachte wieder. »Unser Meisterstück war Marks Tod. Ich werde dafür sorgen, dass der Fall neu aufgerollt wird, darauf kannst du dich verlassen. Man wird ihn dir in die Schuhe schieben. Ob mit oder ohne Tatbeteiligung von Robert. Allein das hochdosierte Schlangengift, mit dem ich deinen Mark getötet habe, bestellt auf deinen Namen und in der Kanzlei in Empfang genommen in deinem Namen. Die Rechnung ging an deine E-Mail-Adresse. Apropos, die haben dir schon zwei Mahnungen geschickt. Du solltest besser bald bezahlen. Und die Misshandlungen, die wir Mark angetan haben, runden alles ab. Es war für mich widerlich, solche Dinge einem Menschen zuzufügen. Aber hey, jetzt wird jeder denken, dass du aus verletzter Eitelkeit wegen seines Seitensprungs völlig ausgerastet bist. Ich denke, das Gericht wird deine Tat auf deinen Medikamentenkonsum zurückführen. Es war kinderleicht, das alles vor dir geheim zu halten. Genauso kinderleicht wird es sein, die Polizei diese Spur finden zu lassen. Ohnehin erstaunlich, dass die Bullen nicht längst draufgekommen sind. Aber das ist noch nicht alles. Du wirst sehen, meine Liebe.«

»Wieso habt ihr ein armes, unschuldiges Kind tagelang entführt?«

»Hach. Erst war der Bengel halt dabei. Und dann hat es uns einen Heidenspaß gemacht, dich damit zu quälen. Wir konnten zusehen, wie du dich mehr und mehr in die Tablettensucht gestürzt hast. Das wurde Teil unserer Rache. Auch wenn es riskant und verdammt anstrengend für Claire war, die vor allem dann auf Luca aufpassen musste, wenn ich bei dir oder im Büro war. Claire hatte ja dank Madlung und Fischer viel Zeit. Aber irgendwie gab uns das Risiko, durch das Gör aufzufliegen, den besonderen Kick.« Diana schien sich ihrer Sache so sicher zu sein, dass ihre Arroganz immer größer wurde. »Claire und ich hassen euch Großkotze so. Nur weil ihr studiert habt, denkt ihr, ihr seid etwas Besseres. Dafür werdet ihr büßen.«

Aus Diana sprach kein Neid. Es war pure Verachtung. Sie verzog den Mundwinkel so aggressiv, dass sie bei jedem Satz leicht spuckte. »Anfänglich haben wir nur mit der Macht gespielt, die wir über euch Anwälte haben. Grundlose Terminverschiebungen hier, Absagen da waren erst der Anfang, uns für den respektlosen Umgang zu rächen. Ihr Anwälte seid die Marionetten und merkt es noch nicht einmal. Wie oft hat Berg dich auf einen Pitch mitnehmen wollen, doch ich habe alle Termine geblockt. Du hättest alles für mich getan, nur um mal einen Mandantentermin zu bekommen. Na ja, und dann kam Claire auf das Punktesystem.« Diana lachte schrill.

»Punktesystem? Ist das für dich ein Spiel? Je boshafter, desto mehr Punkte, und irgendwann war das Steuern der Termine nicht mehr genug? Das ist doch völlig krank.« Lena war einer Irren ausgeliefert und konnte nichts tun. Diana gefiel offensichtlich die neue Grundordnung zwischen ihr, der Assistentin, und Lena, der Anwältin mit der besten Examensnote der Kanzlei. Ein Schauer lief ihr den Rücken hinunter, das Blut staute sich in ihrem fixierten Bein und Arm. Luca durfte auf keinen Fall auch noch seine Mutter verlieren.

Kapitel 44

»Don't fuck the company.« Diana strich sich stolz durchs Haar. »Dein bester Freund Robert war echt schwer zu knacken. Aber immerhin einmal habe ich ihn ins Bett gezogen. Oder besser, in den Sportwagen. Sein schlechtes Gewissen war der Grund, warum es bei diesem einen Mal in der Tiefgarage geblieben ist. Obwohl es ihm offensichtlich gefallen hat, so wie der abgegangen ist.«

Lena schaute Diana entgeistert an. War das der beginnende Wahn, oder war ihr Plan noch nicht beendet? Diana war eine tickende Zeitbombe. Sie musste sie stoppen, bevor sie explodierte.

Lena musste sie zu sich locken. Mittlerweile saß Diana wieder im Nebenraum am Küchentisch und war dadurch einige Meter von Lena entfernt. Nur wie? Und vor allem, was dann? Selbst wenn Lena sie überwältigen könnte, wäre sie noch immer ans Bett gefesselt. Sie brauchte etwas Scharfes. Lenas Blick blieb an einer leicht herausstehenden Schraube am Lattenrost hängen.

»Es ist so ein geiles Gefühl, Macht über euch scheinbare Überflieger zu haben. Claire wollte wissen, wie weit wir es treiben können. Na, und den Rest kennst du.«

Lena rieb mit dem Kabelbinder, der um ihren Arm gebunden war, über die Schraube. Langsam und lautlos. Bloß keine unnatürlichen Bewegungen machen. Diana durfte nicht darauf aufmerksam werden. »Nicht alles. Wie habt ihr Mark und Luca auf dem Parkplatz abpassen können? Unser Halt dort war spontan.«

Diana lachte schallend. »Das war das Beste! Eine göttliche Fügung sozusagen für das perfekte Verbrechen. Ich wusste ja, dass ihr bei deiner Schwiegermutter zum Geburtstag eingeladen wart und bin euch hinterhergefahren. Eigentlich wollte Claire Mark von der Party weglocken, und ich hätte ihn in eine entlegene Hütte gebracht. Es wurde durch die Planänderung hektisch für Claire, denn sie war eigentlich mit der U-Bahn zur Villa von Marks Mutter unterwegs, wurde aber während der Fahrt bestohlen. Da Claire Menschen abgrundtief hasst, die meinen, sie könnten andere ausnutzen und sich über sie stellen, hat sie den Diebstahl sofort angezeigt. Ich habe Claire dann die neuen Instruktionen durchgegeben und ihr später das Auto übergeben. Klar war für uns jedenfalls schon länger, dass Mark Opfer Nummer drei werden würde. Ein untreuer Ehemann, der versuchte, mit Schwerverbrechern reich und berühmt zu werden und der damit die Personifizierung der Doppelmoral war. Ach ja, und nebenbei konnten wir die jahrgangsbeste Anwältin quälen, die leugnete, dass das perfekte Verbrechen möglich war. Und dann kam uns der Zufall zu Hilfe oder, besser gesagt, deine Blase. Wir brauchten Mark nicht von dir zu trennen. Er war schon allein. Ich stieg ins Auto, bedrohte Luca und zwang Mark loszufahren. Erst mal weg von dort. Wenig später befahl ich ihm zu stoppen. Nun ja, und dann spritzte ich ihm das Schlangengift in den Hals. Keine Sorge, er hat nicht gelitten. Es musste ja schnell gehen.«

»Von wegen. Die Kripo meinte, ihr hättet Mark schlimm zugerichtet«, entgegnete Lena voller Verachtung.

Sichtlich stolz über ihr Vorgehen konterte Diana: »Das haben wir nach seinem Tod gemacht. Es musste nach einer emotionalen Beziehungstat aussehen. Der Richter wird sich die Misshandlungen mit Marks Fremdgehen und deiner Überreaktion darauf erklären.« Diana lachte teuflisch. »Klassische Beziehungstat unter untreuen Eheleuten.«

Lena war auf die Schraube fixiert. Ihr Handgelenk schmerzte von der Reibung.

»Na ja, und zack, zügig auf die Rückbank mit ihm und weg von dort. Claire hat den Rest erledigt, und ich bin mit deinem kleinen Scheißer zu mir. Hier unten bekommt niemand was mit. Frau Berthold ist halb taub. Ständig vergisst sie, ihr Hörgerät einzuschalten. Auch die Freilassung von Luca war perfekt orchestriert. Ich kannte deinen Plan mit der Überwachungskamera und musste lediglich Claire instruieren, Luca im richtigen Moment in deine Arme rennen zu lassen. Er kann ja für seine missratenen Eltern am wenigsten.«

Die höchste Kategorie der Skala des Bösen! Eine Täterin, die bewusst differenziert, wer ein Recht auf Leben hat und wer nicht.

Lena wurde eiskalt. Aber sie wusste, was zu tun war. Der Kabelbinder. Er würde hoffentlich bald nachgeben.

»Ein vernachlässigter Mann, der früher oder später weggelaufen wäre. Ein Sohn, den du kaum aufwachsen siehst. Ein bester Freund, dem du bedingungslos vertrauen müsstest, statt an ihm zu zweifeln und ihn am Ende sogar in den Selbstmord zu treiben.« Mit zugekniffenen Augen ging Diana einen Schritt auf Lena zu. »Glaubst du immer noch, du wärst mir überlegen? Bist die Superschlaue und hast es nur mit einer dummen Tippse zu tun?«

Lena sah Diana mit festem Blick an. Noch ein bisschen, und der Kabelbinder wäre ab. Sie spannte sämtliche Muskeln an und war fest entschlossen, dem Albtraum ein Ende zu bereiten. Doch der Kabelbinder wollte sich nicht lösen.

»Du ätzende Schlampe. Du hörst einfach nicht zu. Du kapierst gar nichts!«, schrie Diana mit hochrotem Kopf und ging zur Küchenzeile. Dort schnappte sie sich ein Messer, schlenderte bedächtig zu Lena ins Schlafzimmer und hielt das Messer drohend in die Höhe. »Folgender Deal, Frau Staranwältin. Ich rufe kurz zwei Leute an, und du hältst die Klappe. Ein Mucks, und ich schneide dir die Kehle durch. Kein Mucks, und du bekommst das Messer und kannst damit machen, was du willst.«

Lena war überrascht. Natürlich ließ sie sich darauf ein. Was sollte sie auch tun? Mit nach wie vor ans Bett gefesseltem Arm und Bein, der Kopfwunde und dem verletzten Bein war sie Diana ausgeliefert. Die Anrufe würden ihr zumindest Zeit verschaffen.

Diana nickte ihr zu, startete Musik auf ihrem Handy und drehte die Boxen im Schlafzimmer auf. Mit Helene Fischer hatte Lena nicht gerechnet. Dann schlurfte Diana mit ihrem Handy in der Hand ins Bad. »Komm schnell vorbei. Ich brauche dich. Alles genau wie besprochen. Ich weiß, es wird krass, aber es muss exakt so laufen«, brüllte sie in das Mobiltelefon und legte kurz darauf auf. Das Bad spiegelte sich im Souterrainfenster des Schlafzimmers. Lena konnte, dank Dianas Schreien in den Telefonhörer, trotz der Musik fast jedes Wort verstehen und aufgrund der Fensterspiegelung alles genau sehen. Warum überhaupt die Musik? Offenkundig Kalkül, damit man Lena im Hintergrund nicht hörte? Diana wählte erneut eine Nummer. Plötzlich schrie sie ins Telefon, als sei der Teufel persönlich hinter ihr her. Gewollt kurzatmig und panisch rief sie: »Frau Lubetzki, was für ein Glück! Sie müssen mich retten. Lena will mich umbringen! Genauso, wie sie es mit ihrem Mann getan hat, als sie von seiner Affäre erfahren hat. Ich habe auch Beweise dafür, dass sie Robert perfide in den Selbstmord getrieben hat. Sie hat gerade versucht, ihr und Marks Mobiltelefon in meiner Wohnung zu verstecken. Sie hat etwas von einem Mord an ihrem Konkurrenten bei Nors & Partners und auch an ihrem Kollegen Fischer gefaselt. Sie ist völlig irre! Wahrscheinlich tablettensüchtig.«

Tatsächlich! Diana versuchte, ihr all ihre Verbrechen in die Schuhe zu schieben! Lena schrie, so laut sie konnte. Lubetzki musste ihr helfen. »Alles gelogen. Bitte, retten Sie mich!«

Auf diesen emotionalen Ausbruch hatte Diana offenbar nur gewartet. Sie brüllte ins Telefon und übertönte Lenas Schreie. »Scheiße, sie hat ein Messer! Ich habe eine Scheißangst. Kommen Sie schnell! Ich habe mich im Bad eingeschlossen, weiß aber nicht …«

Diana ging in den Flur, zog die nach innen aufgehende Badtür leise zu und trat sie dann mit voller Wucht auf. Das Telefon hielt sie direkt ans Türscharnier. Das Schloss riss heraus und Holz zersplitterte. Flehend schrie sie ins Telefon: »Nein! Bitte nicht, Lena! Warum tust du mir das an?«

Lena sah fassungslos in der Spiegelung des Fensters zu, wie sich Diana selbst zu verletzen begann. Lena versuchte, noch lauter zu schreien. Versuchte, zu Lubetzki durchzudringen. Doch je lauter sie wurde, desto furchteinflößender musste es bei der Kommissarin ankommen. Mit einem Mal rammte Diana ihren Kopf mit voller Wucht gegen das Waschbecken. Sie stöhnte laut vor Schmerzen, das Telefon dicht am Geschehen. Jedes Geräusch erlebte die Kommissarin hautnah mit. Sicher hatte sie mittlerweile auf Lautsprecher umgestellt, und Peters hörte mit. Diana knallte ihren Kopf erneut gegen das Waschbecken. Ihre

Stirn platzte auf, und Blut strömte ihr übers Gesicht. Sie schrie wie am Spieß und legte auf.

Scheiße, dachte Lena panisch, ich muss hier weg! Diana drehte vollkommen durch. Hoffentlich war die Kommissarin gleich da. Sie musste diese Psychopathin für immer einsperren.

Lena rieb den Kabelbinder hektischer an der Schraube, aber der Riss im Plastik war noch immer nicht ausreichend.

Diana öffnete das Badezimmerfenster. Mit offenem Mund starrte Lena auf eine zierliche Gestalt, die sich durch das schmale Fenster zwängte. Offenkundig wollte sie von Frau Berthold nicht gesehen werden und mied daher den Hauseingang. Die Gestalt grinste sie an. Amelie. Claire.

Kapitel 45

Beim Kabelbinder fehlte nur noch ein kleines Stück. Lena spannte ihre Armmuskeln an und versuchte, das letzte bisschen aufzureißen. Diesmal klappte es. Das Plastikband zersprang. Sie musste noch schnell ihr Bein befreien. Das gelang mit beiden freien Händen sehr schnell. Lena stand auf und blieb wie erstarrt stehen.

Dianas Gesicht war blutverschmiert. Die klaffende Wunde an der Stirn ließ Lenas Magen rebellieren, doch viel furchtbarer war das Spektakel, das nun folgte.

Diana gab Claire das Küchenmesser und zeigte auf eine Stelle an ihrem Bauch. Sofort drang die scharfe Klinge mit voller Wucht dort in Dianas Körper ein. Ihre Bluse war binnen Sekunden blutdurchtränkt. Die Wunde musste tief sein.

Lena schrie auf und blickte um sich. Sollte sie fliehen oder sich bewaffnen?

Diana presste sich die Hand gegen den Bauch, um die Blutung zu stoppen. Dann torkelte sie in die Küche. Dort zog sie sich Spülhandschuhe an und wusch das Küchenmesser ab. Das Spülbecken färbte sich blutrot.

Wortlos zwängte sich Claire durchs Badezimmerfenster zurück in den Garten.

Was sollte das? Wieso hat Claire das Messer nach detaillierter Anweisung von Diana tief in deren Bauch gerammt? Was ist das für ein Horrorstreifen, der hier abläuft?

Lena musste etwas finden, womit sie sich verteidigen konnte. Diana war selbst in diesem Zustand alles zuzutrauen. Voller Panik rannte Lena ins Wohnzimmer. Diana taumelte ihr nach. Ihre schweren Verletzungen sorgten dafür, dass sie sich kaum noch auf den Beinen halten konnte. Aber mit eisernem Willen hielt sie das Küchenmesser mit ihren Gummihandschuhen fest.

»Bitte, nein, Diana. Lass mich«, wimmerte Lena. »Denk an Luca. Er braucht mich!«

Lena schrie, während Diana weiter auf sie zuschlurfte. Dicht vor ihr blieb sie stehen. Lena hielt sich die Hände schützend vors Gesicht. Durch die Finger sah sie, wie das Küchenmesser mehrmals ins Fleisch eindrang. Unbarmherzig. Ohne zu zögern. Blut spritzte und ergoss sich auf Lenas Körper.

Kapitel 46

Das warme Blut spritzte auf Lenas Gesicht und Hände. Ihre Bluse war bereits durchtränkt und klebte an ihr. Jetzt erst erkannte Lena, dass sie unverletzt war. Es war Dianas Blut, das sich über sie verteilte. Lena glaubte durchzudrehen. Diana hatte auf sich selbst eingestochen.

Was …? Was sollte das, um Gottes willen?

Diana ließ das Küchenmesser fallen und schleppte sich mit letzter Kraft in die Küche. Dort wusch sie die Gummihandschuhe ab.

Das war Lenas Chance. Sie schnappte sich das Messer. Der geschwungene Griff fühlte sich vertraut an. Sie wischte die Klinge an ihrem Hosenrock ab. Erst jetzt bemerkte sie das Familienwappen der von Niersteins darauf. Es war Lenas Sushi-Messer. Henriette hatte es Mark und ihr zur Hochzeit geschenkt. Diana musste es mitgenommen haben, als sie bei ihr gewesen war. Deshalb hatte Lena es nicht finden können, als Sanders bei ihr geklingelt hatte.

Mit dem Messer in der Hand fasste Lena neuen Mut. Sie ging in die Küche und beugte sich über Diana, die dort auf dem Boden kauerte. Sie verlor Blut. Viel Blut. Besonders schlimm waren mehrere klaffende Schnittwunden an ihrem Oberschenkel und Stichwunden an ihrem Bauch. Das Blut floss wie ein Sturzbach aus Diana heraus.

»Warum hast du dich selbst niedergemetzelt, Diana? So einfach wirst du deiner Strafe nicht entkommen, du Miststück.« Fassungslos legte Lena das Küchenmesser in sicherer Entfernung von Diana auf den Boden und suchte in der Küche nach Handtüchern. Die Blutung musste gestoppt werden. Diana musste für ihre Taten zur Rechenschaft gezogen werden. »Was war das gerade für eine Aktion mit Claire? Wieso hat sie dir das Messer in den Bauch gerammt und ist dann wieder verschwunden? Ihr seid doch beide komplett durchgeknallt.«

Erst jetzt bemerkte sie den abscheulichen Geruch. Es stank wie in einem Schlachthof.

Lena schnappte sich das Küchenmesser, damit Diana keine erneute Attacke starten konnte. Dann schaltete sie die Musik aus und hetzte ins Bad, um Handtücher zu holen. Am Fenster blieb sie kurz stehen und spähte hinaus, ob sie Claire irgendwo entdeckte. Lena wollte gerade nach den Handtüchern greifen, als ihr das Messer aus der Hand gekickt wurde. Fast zeitgleich wurde sie mit voller Wucht auf die harten Badfliesen gestoßen. Schmerzhaft wurden ihre Arme auf ihren Rücken gedreht. Lena spürte ein spitzes Knie gegen ihre Wirbelsäule drücken. Durch den Fall platzte ihre Kopfwunde wieder auf.

Scheiße! Sie war auch zu blöd. Wie hatte sie Diana nur allein lassen können?

Lena schrie auf. »Du Schlampe! Wie hast du es hierher geschafft?«

»Ich wusste immer, dass Sie die Täterin sind. Die Anwaltsmorde werde ich Ihnen auch noch nachweisen. Das mit der Flucht durchs Badfenster wird nichts mehr.«

Handschellen klickten. Bevor Lena auf den Rücken gedreht wurde und ihrer Angreiferin ins Gesicht sehen konnte, wusste sie es. Es war nicht Diana, die sie anblaffte. Es war Lubetzki. Und die hielt sie offenbar für gefährlich.

Die Kommissarin zerrte Lena unsanft auf die Beine und ins Wohnzimmer. Dort stand Peters, der sie mit der Waffe im Anschlag fixierte. Wie in Trance wanderte ihr Blick durchs Wohnzimmer und in die Küche. Durch die gesamte Wohnung zogen sich Blutspuren. Riesige Lachen hatten sich in der Küche ausgebreitet. Diana sah aus, als würde sie gleich ohnmächtig werden. Wahrscheinlich war sie kurz vorm Verbluten. Dennoch schien es Lena, als lächelte Diana sie triumphierend an.

Kapitel 47

»Frau von Nierstein, Sie werden gleich in den Gerichtssaal geführt. Meinen Sie wirklich, wir sind gut vorbereitet?«

Lena zwinkerte dem nervösen und überfordert wirkenden Junganwalt aufmunternd zu, auch wenn ihr überhaupt nicht nach Optimismus war. Ihr Fall war der erste des jungen Pflichtverteidigers. Kein angesehener Strafverteidiger hatte sich bereit erklärt, sie in der Sache zu vertreten. Aus Pietät gegenüber den ermordeten hochangesehenen Rechtsanwälten Fischer und Madlung und dem in die Selbsttötung getriebenen Kollegen Schenk, wie sie behaupteten. Doch Lena wusste es besser. Der lange Schatten der Kanzlei Scrutch & Partners sorgte dafür, dass keiner mit dem Fall ins Rampenlicht wollte. Die mediale Schlammschlacht der reichen Bankiersfamilie Schenk und der Adelsfamilie von Nierstein tat zweifellos ihr Übriges. Zwischen diesen einflussreichen Frankfurter Familien wollte kein Anwalt zermalmt werden.

»Wir sind gut vorbereitet«, versicherte Lena. »Aber jetzt lassen Sie mich noch kurz mit Sanders allein.«

Lenas Pflichtverteidiger stand wie ein dressiertes Hündchen auf und schloss die schwere Sicherheitstür hinter sich.

Lena schaute Sanders mit festem Blick an und fasste die Lage knapp zusammen: »Berg vertritt Roberts Familie als Nebenkläger. Eine Ironie des Schicksals. Jetzt kann er unabhängig von der Staatsanwaltschaft Beweisanträge stellen. Ich glaube aber nicht, dass er das nutzen wird. Die Kanzlei hat sich noch nie in Strafverfahren ziehen lassen. Seine Anwesenheit war sicherlich die Bedingung der Familie Schenk, damit sie die Kündigung von Robert verschweigt.« Lena kaute an einer Haarsträhne und fuhr dann fort: »Da haben sich zwei Schakale zum Tanz aufgefordert.«

Sanders betrachtete Lena nachdenklich. »Es ist alles so ungerecht. Nur durch deinen Hinweis auf den E-Mail-Verkehr wurde Roberts Unschuld bewiesen. Ein Justizskandal sondergleichen, dass das früher nicht erkannt wurde. Jetzt sind alle nur besorgt, ob man ihnen einen moralischen Vorwurf wegen des Selbstmords machen kann. Absurd und heuchlerisch. Soll ich nicht doch Roberts Abschiedsbrief über die sozialen Medien verbreiten? Das würde den verlogenen Schenks ganz schön den Wind aus den Segeln nehmen.«

Lena schüttelte energisch den Kopf. »Das kommt nicht infrage, Sanders. Auch wenn es mir helfen könnte, die Nebenklage zu verhindern, wäre es falsch, und Robi hätte es niemals gewollt.«

»Willst du mich dann wenigstens als Entlastungszeugen benennen?«

Wieder schüttelte Lena heftig den Kopf. »Das hatten wir schon besprochen. Das bringt nichts. Was könnten Sie letztlich beweisen? Die Täterschaft von Diana und Claire jedenfalls nicht. Ihre Vermutungen werden fürs Gericht zu vage sein. Außerdem haben Sie die Indizien illegal erworben. Fürs Gericht sind sie damit nicht verwertbar, und was noch schlimmer wäre: Sie könnten ebenfalls Ärger bekommen. Wenn Sie aus dem Verkehr gezogen werden, hätten Diana und Claire völlig freie Hand.«

Sanders starrte Lena mit aufgerissenen Augen an. »Du willst dich kampflos verurteilen und für den Rest deines Lebens hinter Gitter stecken lassen?«

»Nicht kampflos. Ich brauche Sie als meine Waffe. Als meinen letzten Trumpf.«

Sanders sah Lena entschlossen an. »Was soll ich tun?«

»Diana und Claire werden irgendwann einen Fehler machen, und dann schlagen wir zurück. Bitte bleiben Sie an ihnen dran. Es ist nur eine Frage der Zeit. Die beiden haben Blut geleckt und werden weitermorden.«

Sanders nickte. »Blut geleckt haben sie. Und es wird nicht lange dauern, bis sie weitermachen. Diana sieht schon wieder richtig fit aus.«

»So zugerichtet, wie sie war?«, fragte Lena ungläubig.

»Ich konnte Einsicht in die Krankenakte nehmen. Frag nicht, wie. Der Eintrittswinkel einer der Wunden spricht eindeutig für Fremdeinwirkung. Das war Claires Beitrag. Das haben die beiden Terrorschwestern genau geplant, und es wird deine Darstellung einer Selbstverletzung vor Gericht unglaubwürdig machen. Die beiden haben tatsächlich alles perfekt durchdacht und ausgeführt. Die Schnitt- und Stichwunden scheinen jedenfalls schneller als erwartet zu verheilen. Alle Wunden waren exakt so platziert und nur so tief, dass keine Organe oder Gefäße lebensgefährlich verletzt wurden. Verrückt, dass diese Tatsache niemanden stutzig macht.«

Lena dachte an die Skala des Bösen. Diana und Claire hatten sich einen Spitzenplatz verdient.

»Noch was. Claire ist als Zeugin geladen. Auf dem Flur konnte ich sie und Diana vorhin belauschen. Sie haben überlegt, ob Berg als Nächster dran sein sollte, aber Claire erzählte etwas von einer arroganten Schnepfe aus ihrer neuen Kanzlei. Sie hat zwischenzeitlich einen Job als Assistentin bei Kirk & Reynolds.«

Die Tür ging auf, und Lena wurde in den Gerichtssaal geführt.

Sanders konnte ihr gerade noch zurufen: »Ich bleibe dran. Versprochen!«

Angesetzt waren für den Gerichtsprozess mehrere Tage. Doch der Vorsitzende Richter konnte aufgrund der eindeutigen Beweislage das Urteil deutlich schneller verkünden. »Im Namen des Volkes ergeht folgendes Urteil: Die Angeklagte wird des dreifachen Mordes an den Rechtsanwälten Alexander Madlung und Hartmut Fischer sowie dem Künstler Mark von Nierstein in Tatmehrheit mit versuchtem Mord an der Assistentin Diana Weber schuldig gesprochen. Sie wird deshalb zu einer lebenslangen Gesamtfreiheitsstrafe verurteilt. Bei der Strafzumessung ist das Gericht von der Schuld der Angeklagten ausgegangen und hat die Wirkungen, die von der Strafe für ihr zukünftiges Leben in der Gesellschaft zu erwarten sind, berücksichtigt. Die Freiheitsstrafe wird die Angeklagte in der geschlossenen Psychiatrie verbüßen. Der wochenlange Medikamentenmissbrauch führte bei ihr zu einer starken retrograden Amnesie. Die überdosierte Einnahme beschleunigte die schizophrene Erkrankung der Angeklagten erheblich.«

Lena saß still auf der Anklagebank und war in Gedanken ganz woanders.

Mein geliebter Luca. Du spielst jetzt sicher vergnügt mit deiner Oma und bekommst von alldem nichts mit. Ich verspreche dir, ich werde kämpfen. Diana und Claire werden eines Tages Fehler machen. Dann ist es nur eine Frage der

Zeit, bis der Fall neu aufgerollt wird und ich dich wieder in meinen Armen halten kann.

Du wirst sehen, irgendwann werde ich Papas Sammlung ein weiteres Bild hinzufügen. Das von Diana und Claire. Und dann bekommt die Skala des Bösen in ihrer höchsten Kategorie 22 eine neue Nummer eins.